Philippe Sollers

Un vrai roman
Mémoires

Gallimard

Avertissement

Ceux et celles dont les noms n'apparaissent pas dans ces Mémoires peuvent considérer que c'est, en général, pour leur bien.

Ph. S.

« Judicieuse anatomie : regarder les choses en dedans. »

« Vite et bien : deux fois bien. »

GRACIÁN.

Naissances

Quelqu'un qui dira *je* plus tard est entré dans le monde humain le samedi 28 novembre 1936, à midi, dans les faubourgs immédiats de Bordeaux, sur la route d'Espagne. Je n'ai aucune raison d'en douter. En tout cas, l'état civil est formel, puisque j'y suis déclaré sous le nom de Philippe, Pierre, Gérard Joyaux, fils d'Octave Joyaux (40 ans) et de Marcelle Joyaux, née Molinié (30 ans), troisième enfant, donc, après deux filles, Clothilde et Anne-Marie, dite Annie (5 ans et 3 ans).

Baptisé catholique à l'église du coin. Signe astrologique occidental : Sagittaire, ascendant Verseau. Chinois : rat de feu.

Bonne chance.

Toute ma vie, on m'a reproché d'écrire des romans qui n'étaient pas de vrais romans. En voici enfin un. « Mais c'est de votre existence qu'il s'agit », me dira-t-on. Sans doute, mais où

est la différence ? Vous allez me l'expliquer, j'en
suis sûr.

Roman familial plus qu'étrange : deux frères,
ayant épousé deux sœurs, vivent dans deux maisons jointes et symétriques, chaque pièce de
l'une étant l'exacte réplique de celle de l'autre.
D'un côté « nous », de l'autre Maurice, Laure
et Pierre (mon « parrain », dix ans de plus que
moi). Il y a donc, d'emblée, un Pierre Joyaux
et un Philippe Joyaux. Cela fait deux P. J., et je
mettrai longtemps à imposer le *h* pour écrire
l'abréviation de mon prénom, Ph. Joyaux et pas
P. Joyaux. Je réussirai même à obtenir un tam-
pon rouge pour bien souligner la séparation.
Aujourd'hui encore, où je m'appelle le plus souvent Sollers, l'inscription P. S., dans les signa-
tures ou les interviews, me dérange (d'autant
plus que cela fait « Post-Scriptum » ou « Parti
Socialiste »). Ph, vous dis-je, comme le Phi grec,
c'est-à-dire, bien entendu, Phallus. P. J. n'était
pas non plus possible, puisque cela donne
« Police Judiciaire ». J'insiste : Ph. J. ou Ph. S.
Et ne vous avisez pas, les adultes, de traiter
familièrement cet enfant de « Fifi ». Il vous en
coûtera, chaque fois, une amende. Un franc de
ces temps anciens, deux pour les récidivistes.
Tirelire. Banco.
Ce nom de *Joyaux* a d'ailleurs été à la fois une
merveille personnelle et une plaie sociale, dans

la mesure où il m'a attiré (surtout à l'époque) une agressivité et des quolibets en tout genre. Jean Paulhan, qui a lu mes premiers essais transmis par Francis Ponge, trouvait que c'était « un nom de grand écrivain » : ironie, sans doute, de Malraux à Joyaux... J'ai donc passé mon enfance, à l'école, à entendre déformer ce « Joyaux » en « Noyau » ou « Boyau », sans parler des apostrophes lassantes des professeurs petits-bourgeois : « Ce Joyaux n'est pas une perle. » Ou bien : « Dites-moi, Joyaux, vous ne brillez pas de tous vos feux aujourd'hui ! » J'ai remarqué, autre trait d'époque, que les noms systématiquement moqués étaient en général aristocratiques ou juifs. J'étais suspect comme eux, je le reste.

Nom d'autant plus difficile à porter que les Frères Joyaux possédaient une assez importante usine de fabrication de produits ménagers, tôle, aluminium, émaillerie, casseroles, plats, brocs, marmites, lessiveuses, poubelles, étiquettes à lettres bleues ornées des trois croissants traditionnels de la ville. L'entreprise offrait même des buvards à lettres rouges, je les ai encore. Mais un Joyaux dans les poubelles, est-ce bien raisonnable ? Redoublement des sarcasmes, à n'en plus finir. Qu'on ne croie pas, cependant, que j'aie changé de nom en publiant par timidité ou servilité sociale. Quand mon premier petit livre est paru, et surtout, presque simultanément, le

second (*Une curieuse solitude*), j'étais encore
mineur (moins de 21 ans, en ce temps-là), et ma
famille trouvait ce roman scandaleux. Donc
pseudo, *Sollers*, personnage imaginaire que je
m'étais créé vers 15 ou 16 ans, un peu sur le
modèle du Monsieur Teste de Valéry (« la bêtise
n'est pas mon fort », etc.). Ce personnage était
secret, voué à la pensée et à la méditation, très
influencé par Stendhal, mais venu tout droit
de l'*Odyssée*, comme son nom, traduit en latin,
le laisse supposer : un type aux mille tours et
détours, plein de subtilités et de ruses, et qui
veut avant tout vivre sa vie libre et se retrouver
chez lui. J'ai été plutôt très bon en latin, le dictionnaire m'a donné mon nom d'écrivain.

Sollers, de *sollus* et *ars* : tout à fait industrieux,
habile, adroit, ingénieux.

Horace : « *lyrae sollers* », qui a la science de la
lyre.

Cicéron : « *sollers subtilisque descriptio partium* »,
adroite et fine distribution des parties du corps.
« *Agendi cogitandique sollertia* », ingéniosité dans
l'action et dans la pensée.

Sollus (avec deux *l*, à ne pas confondre avec
solus, seul) est le même que le *holos* grec, c'est-à-
dire tout entier, sans reste (holocauste), et que
totus, entier, intact. On entend aussi *salvus*, guéri
ou sauvé. Tout entier art : tout un art.

Attention, Sollers avec deux *l*. De même que

Joyaux, écrit sans *x*, comme pour éviter le pluriel, me blesse (autre quolibet « Joyaux de la cou-
ronne »), de même l'absence épisodique de ce
deuxième *l* me souffle d'indignation. Il m'arrive
aussi d'entendre prononcer « solaire », et j'en-
caisse mal. Je passe sur les très nombreux articles
intitulés « Le système sollers », ou « Rien de nouveau sous le sollers », etc., le bon docteur Freud
nous a expliqué ce que cette attaque au nom
signifie de façon gentiment meurtrière. C'est
comme ça, en route. Qui est-on d'abord, et
enfin ? Un nom. Se donner le sien n'est pas une
mince affaire.

Puisque je traite, en passant, la question si
importante du nom, de celui qui vous est imposé
par la naissance (cachez-moi ce Joyaux que je ne
saurais voir), et de celui qu'on se crée par l'écriture, je trouve grandement remarquable la fréquence des pseudos dans la littérature française,
pour dissimuler en général un nom disgracieux.
Il vaut mieux s'appeler Molière que Poquelin,
Voltaire qu'Arouet, Stendhal que Beyle, Céline
que Destouches, Gracq que Poirier, Yourcenar
que Crayencourt, Duras que Donnadieu, Sagan
que Quoirez. Mon cas est donc à l'opposé. Quoi
qu'il en soit, le fait d'avoir deux noms, et de pouvoir en jouer, est une chance. On n'est jamais
assez double, ou triple, pour échapper aux
autres, à la famille, à l'école, à la contrainte, au

contrôle social. Jekyll-Joyaux, Sollers-Hyde.
Deux frères épousant deux sœurs, deux maisons
symétriques, une bizarrerie d'origine, beaucoup
d'imagination, et voilà, quelque chose s'ouvre.
Je m'appelle Joyaux *dit* Sollers. De toute façon,
masquer un nom trop brillant par un pseudo
neutre, mais qui ne l'est pas pour les amateurs,
ne me paraît pas indigne de mon héros immédiatement préféré, Ulysse, lequel, on s'en souvient, a su s'appeler « Personne » au moment
voulu.

Deux frères, deux sœurs, deux tantes aussi : la
femme du frère de mon père (la sœur de ma
mère, donc, Laure), et la sœur des deux frères,
vivant dans une troisième maison, sorte de char-
treuse avec pigeonnier. Les trois habitations sont
entourées d'un grand jardin plein d'arbres et
qu'on peut aller jusqu'à appeler un parc. Vous
ajoutez des garages, deux serres et un poulailler,
le tout en bordure d'une usine avec fours, cuves
et machines souvent dangereuses, et vous obte-
nez le théâtre des jours.

Cette tante, ma « marraine », vit seule et célibataire, vieille fille si l'on veut, mais intéressante,
stricte, fausse dévote, ayant même joué du piano
(je le revois, ce piano d'acajou, avec sa housse de
soie sur le clavier où je viendrai jouer en essayant
d'imiter Thelonious Monk : cette *housse*!). Elle
s'appelle Odette, mais a préféré se nommer

Maxie. Pour quelles raisons ? Mystère. On comprend seulement qu'elle a voulu rester fidèle à son père et à ses frères, ces derniers étant coupables d'avoir installé deux très jolies femmes dans leur intimité. Lesbienne ? Pas exclu, mais non consommée, avec transvasement pseudo-religieux, autre banalité des provinces.

Tout cela quand même très fou, quand j'y pense.

En tout cas, plus incestueux, difficile à trouver.

Mais revenons à la naissance biologique : elle ne s'est pas faite sans mal, paraît-il (forceps). On endosse un corps, il faudra le vivre avec ses particularités cellulaires et son imposition d'identité symbolique. Très vite, rien ne me paraît normal dans cette histoire. Aujourd'hui encore, j'ai le plus grand mal à y comprendre quoi que ce soit. Le refuge immédiat, c'est la maladie, otites à répétition, puis mastoïdite, puis asthme sévère. Le cœur bat dans les tympans qu'il faut exciser, le souffle ne va pas de soi, il y a quelque chose de *plus* à écouter ou entendre, la respiration est une sorte de miracle dont on ferait bien de tenir compte très tôt (avant d'expirer pour de bon et de rendre son dernier soupir). Le nouveau-né sait d'emblée qu'il est là pour mourir, et il voudrait bien savoir pourquoi on l'a jeté dans cette aventure. Tout cela, donc, surmonté assez tard, avec l'appui de l'arme sexuelle pensée. Mais

enfin, l'enfance est pour moi un continent de
lits et de draps froissés, de fièvre et de délire,
mêlé d'éblouissements continus au jardin. La
maladie récurrente affine les perceptions, les
angles d'espace, le grain invisible du temps. Les
hallucinations vous préparent à la vie intérieure
des fleurs et des arbres. On apprend à trouver
son chemin tout seul, à l'écart des sentiers battus, des clichés rebattus, des pseudo-devoirs. J'ai
fait beaucoup de figuration, d'ailleurs souvent
brillante, à l'école. Bon en latin, en français, en
récitation, pointu en algèbre, évasif en géométrie, désinvolte en physique et chimie, endormi
en géographie, très réveillé en histoire.

   Un parc jouxtant une usine à grande cheminée de brique, un dispositif adulte endoga-
mique à fort parfum incestueux, une ouverture,
une contradiction, une clôture. Deux hommes
sombres se lèvent très tôt, disparaissent par une
petite porte en bois dans un monde mécanique
et dur. On entend de loin les presses, les *frai-
seuses*, l'embauche et la débauche des ouvriers et
des ouvrières, la répétition d'usure plombée du
travail. Oui, des hommes sombres, ces patrons
mutiques. Ils ont fait la Première Guerre mondiale très jeunes (18-20 ans), ils ont été à Verdun,
nom maudit, comme tout ce qui se passe là-bas,
vers l'est. J'ai vu mon oncle (un dur à cuire,
pourtant) pleurer comme un veau en me mon-

trant des photos de la tranchée des baïonnettes, types enterrés vivants par des tirs d'artillerie, aciers dépassant du sol comme des fleurs. Mon père, lui, artilleur et gazé, était volontaire, dans les retraites, pour rester en arrière et faire sauter les batteries au milieu des cris des blessés. Normal : il était le plus jeune, donc célibataire. Le voilà en train de courir en zigzag, pour échapper à la mitrailleuse d'un avion allemand. Il refuse tout avancement, toute décoration, reste fondamentalement anarchiste, mais est contraint de jouer le jeu du travail (quel ennui). Son avis sur tout ça ? Dans une des vérandas, un jour de pluie : « La vie, quelle connerie. »

Aucune religion, bien sûr. Les deux frères sont les fils d'un ouvrier enrichi, vieux grigou du nom de Léon, sosie de Clemenceau, que je revois (je dois avoir 4 ans) dressant sa canne contre moi parce que j'abîmais ses massifs de fleurs. Oui, la vie, quelle connerie : dévorations, entre-dévorations, massacres de masse. On ne les verra pas, ces deux-là, accrochés à la moindre idéologie patriotique et guerrière. Ils ont vu, ils ont su, ils ont compris que tout le monde était vaincu. Opaques, renfermés, l'un brutal (l'oncle), l'autre, au contraire (père), doux, indulgent, désabusé, aimant la musique, collectionnant des 78-tours d'opérettes, sifflant bien, bonne voix de baryton léger, donc à la fois très triste et très gai. Il emmène une fois par mois ma mère au Grand Théâtre (aujourd'hui Opéra de Bordeaux), voiture (Citroën), fais-toi belle, dit-il à ma mère, robe longue, bijoux, tralala. Ce qu'il aimait ? *Rigoletto, Violettes impériales*, des trucs de ce genre. Dans leur bureau commun, devant son frère fumeur et sinistre (puisque les affaires ne sont jamais bonnes, rappels mensuels de la banque Westminster, succursale de Londres), il devait se rêver en costume dans ces comédies d'autrefois.

Nous sommes donc fin 1936, Front populaire en France et guerre d'Espagne, c'est-à-dire, pour moi, à travers les volets mi-clos, les hurlements des grévistes : « Joyaux au poteau ! » Ce slogan martelé, je l'entends encore, et je dois avouer que je l'ai trouvé par la suite plutôt naturel. Il y a les riches et les pauvres, les pauvres n'aiment pas les riches, les riches ne *voient* pas les pauvres, tout cela est normal. Nous sommes quand même des bourgeois spéciaux, exceptionnels, même, dans cette région de France. Usine, banque, camions, livraisons, ce n'est pas reluisant ni correct. Le prolétariat vous hait (c'est bien le moins), la petite-bourgeoisie vous jalouse à mort, la bourgeoisie traditionnelle feint de vous mépriser mais envie votre réussite. Vous avez donc contre vous les staliniens, les fascistes, les conservateurs. Ça fait beaucoup de monde, et ça explique pourquoi votre famille semble ne pas avoir d'amis. Vous avez, spontanément, un peu de morale, et même une sorte de sympathie pour les communistes. Vous essaierez plus tard de les amadouer : erreur.

Sous toutes les dénégations égalitaires, fraternelles et républicaines, la France est, et reste, le pays de la lutte des classes et de l'obsession sociale. Même dans l'uniformisation en classe moyenne, l'empreinte demeure, avec culpabilité profonde par rapport à l'ancienne aristocratie raccourcie, tombée depuis dans le cirque people.

La guerre d'Espagne entraîne un afflux de réfugiés à Bordeaux. J'entends très tôt parler et chanter en basque et en espagnol, je suis bercé dans ces langues. Mon premier grand amour viendra de là dans quatorze ans, une touche de destin, allons-y.

Je fais grève à ma manière en étant malade aussi souvent que possible. Je me laisse soigner et porter, je dois avoir le sentiment confus que de grands désordres se préparent. « Joyaux au poteau ! » Il va pratiquer l'absence systématique, Joyaux, il sera déserteur, caché, introuvable. Pas de poteau pour Joyaux.

Donc, la guerre. D'autres réfugiés arrivent du nord, des Belges, des Hollandais, ils couchent une nuit ou deux dans les garages. Et puis bruit de bottes, chants gutturaux, les Allemands occupent la ville et réquisitionnent le bas des maisons. Que viennent faire chez nous ces barbares ? Qu'est-ce que cette invasion du diable ? Pourquoi ce bruit, cette peur, cette fureur ?

Un colonel autrichien civilisé (moindre mal) occupe le salon et la bibliothèque. Qu'à cela ne tienne, on vivra dans les étages, on ira se calfeutrer dans les greniers pour écouter Radio Londres malgré le brouillage. « Ici Londres : les Français parlent aux Français. » À travers l'anglais et un grésillement continu, comme venant d'une autre planète ou d'un paquebot perdu dans les glaces, des phrases en français, des « messages personnels », prennent un relief saisissant : « Une hirondelle ne fait pas le printemps, je répète, une hirondelle ne fait pas le printemps. » Ou encore, plus inquiétant : « Les carottes sont cuites, je répète, les carottes sont cuites. » Des trains vont sauter, vous êtes brûlés, l'opération est reportée, tirez-vous de là au plus vite, vous avez un traître dans votre entourage, détruisez ce pont ou ce dépôt de munitions. Pendant des années, dans les bois, en allant à la cueillette des champignons et surtout des cèpes (magnifiques, les cèpes), on trouvera des douilles de mitrailleuses dans les aiguilles de pin.

La radio est l'instrument principal de cette période : voix sénile et chuintante d'un maréchal, propagande de Vichy aux intonations raides et blanches (on peut réécouter ça, c'est hallucinant). L'allemand est aboyé au rez-de-chaussée ou dans les rues, mais de temps en temps l'occupant autrichien écoute de la musique classique, Schubert sans doute, en se poivrant au cognac. On entend de l'espagnol clandestin, de l'anglais chuchoté, surtout lorsque des aviateurs descendus en vol sont cachés dans les caves. Enfance très *auditive*, donc, avec otites à la clé. On m'opère de temps en temps, et, en plus, j'étouffe. Tout est chaotique, souffrant, contradictoire, et, en un sens profond, merveilleux. Les instructions familiales sont strictes : « Si, au collège, on te demande de chanter "Maréchal, nous voilà !", tu sors du rang, tu ne chantes pas. » Les Anglais, c'est définitif, ont forcément raison. Le marquage et la haine des Juifs ? Une honte. « Londres, comme Carthage, sera détruite » ? Laissez-nous rire. Attention, 3 heures du matin, sirènes, canons, bombardements, descentes par les jardins dans les caves.

Je garde un souvenir ébloui des combats aériens dans le ciel de Bordeaux, la nuit, le jour, explosions cotonneuses, fusées éclairantes. À cette époque, je me rêve aviateur ou prêtre, c'est selon. Prêtre ? Ah, mais oui, ce culte catholique m'enchante. Il y a de la musique, de la lenteur, des fleurs. Je suis un premier communiant blond et mignon, un communiant solennel encore plus mignon, à brassard blanc et à foi intense. Pourquoi ne pas aller au paradis, je vous le demande, alors que le jardin vous y invite avec insistance, au milieu de la destruction et du bruit?

Et, bien sûr, les femmes. Le clan Molinié, rien à voir avec le clan Joyaux. Le grand-père maternel, d'abord, Louis, escrimeur célèbre en son temps, devenu propriétaire terrien avec chevaux de course. Il a trois filles, Germaine, Laure et Marcelle. J'ai les deux dernières, ravissantes, sous la main. Mariages arrangés avec les frères Joyaux, mais qu'importe? Ce sera un désastre du côté de Laure (cancer mortel), un assez bon équilibre du mien (cancer surmonté de ma mère). Mon père m'abandonne assez volontiers sa femme. Pas de désir de meurtre à son égard, puisqu'il est plutôt déserteur. Je ne lui ai connu qu'une seule tendance érotique : une jolie Anglaise, Violet, femme d'un officier français tué à Dunkerque, pour laquelle il a fait des repérages de la base de sous-marins à Bordeaux. Il a été emmené un soir, puis relâché dans la nuit. Là-dessus, mutisme.

Louis, c'est le patriarche venu du dix-neuvième siècle, le dieu sous lequel respire à peine sa femme, Marie, épousée pour son argent. Ancien instructeur militaire à Joinville, maître d'armes, as du fleuret, de l'épée, du sabre, virtuose du pistolet, vainqueur dans d'innombrables tournois, passionné de chevaux et de cartes (bridge). J'ai gardé quelques-uns de ses trophées, médailles, statuettes, vieux fleurets, programmes, et j'ai encore devant moi sa belle montre en or pour gousset, arrêtée, Dieu sait pourquoi, à 8 h 10.

Sur le tard, tassé, on avait du mal à l'imaginer bondissant, se fendant, s'élançant, pointant et touchant. Vieux cadet de Gascogne, quoi, bretteur et menteur sans vergogne, mousquetaire désaffecté et sans roi. Aussi peu républicain que possible, mais pas clérical non plus, toujours l'anarchie rentrée, peut-être une constante de la Gironde. Peu bavard, en tout cas, le jeu, pas les phrases. Il a tenu à ce que sa fille cadette, ma mère, fasse de l'escrime dès l'âge de 8 ans, et, pour elle, les gestes sont vite passés dans les mots, vivacité, repartie, humour, jugement sûr. À 25 ans, elle a été une des premières femmes à conduire sa voiture dans les rues de Bordeaux (attroupements autour de cette curiosité, paraît-il). Malgré un grave accident, elle a continué à conduire jusqu'à 78 ans. Féministe avant la lettre ? Sans doute, mais légitime défense, après tout.

Louis dit quelques mots, personne ne moufte, c'est l'Ancien des Jours, d'Artagnan à la retraite, une légende. Il va tous les après-midi à son « Cercle » (les notables sont, ou ne sont pas, membres du Cercle). Pendant la guerre, il nous file de la nourriture venant de sa propriété des environs, où il élève encore deux beaux étalons de compétition. En amont, vers la Révolution, il est parfois question de deux garçons de petite noblesse provinciale morts sur l'échafaud, à 22 ans, en criant « Vive Jésus-Christ ! ». Sans plus. C'est loin, on s'en fout plutôt, mais lui a eu deux grands chagrins : la mort de son cheval préféré (photos) lors d'un transport à Londres pour le Derby (incendie criminel d'un wagon, pur-sang brûlé vif), et l'innovation dégradante de l'attache électrique pour les escrimeurs. Il voulait maintenir le principe de l'*aveu* de la touche, le truc chevaleresque à panache. Une lumière s'allume, l'image virtuelle du sang disparaît ? Grotesque. On le voit à Longchamp, Louis, photographié dans un journal hippique, avec, près de lui, un jockey et un entraîneur. Il est accompagné d'une très jolie fille souriante, la sienne, à toque de fourrure. C'est ma mère, juste avant son mariage. Elle a 18 ans.

Sacré Louis, probablement invivable. Je pense avoir certains de ses défauts, et quelques-unes de ses qualités : le stylo, n'est-ce pas, vaut bien une épée.

Femmes

Ses filles, tout en se moquant de lui sans
plaindre leur mère, ont grandi dans cette gratuité affichée. Deux fleurs, vraiment, intelli-
gentes, très féminines et plutôt viriles, courage,
franc-parler, mal mariées mais pas résignées.
Très liées entre elles, d'une maison à l'autre, se
téléphonant cinq fois par jour, se chuchotant
plein de choses, l'une plus romantique (Laure),
l'autre plus drôle, avec des dons d'imitations sar-
castiques surprenants. La plupart du temps, propos dans le mille. Un côté « on ne nous la fait
pas », souveraineté horripilante et native venue
de leur père. L'aînée, Germaine, vit en ville,
mais a été exclue par les deux autres comme
trop névrosée. Laure et Marcelle : du charme et
des peaux de rêve. Elles mettent beaucoup d'art
à ne rien faire, à se lever tard, à aller chez leurs
couturières, à donner des « thés », à embêter les
professeurs ou les curés, à faire circuler l'ironie
dans les salles à manger. Elles sont gaies. Je les
revois dans leurs chaises longues, l'été, pour le

café, près des serres. Elles sont soignées et très bien habillées (ah cette robe bleu-noir à pois blancs, ces souliers blanc et noir).

Ont-elles eu des amants ? Plus que probable. La cadette, surtout, la mienne. Coiffeurs ? Médecins ? Par là. Laure a pris un rôle plus sévère, halo mystique, léger désespoir, puritanisme forcé (mari fruste), lecture de Dostoïevski. Marcelle, l'incrédule, plutôt Proust ou Colette. Laure, l'autorité ; Marcelle, la fantaisie (mari délicat et doux). Laure me punit parfois dans un rituel étrange : elle me demande de tendre la main droite et me donne un léger coup sur la paume. C'est indolore, mais très humiliant. Pas de gifles, une sorte de désaveu militaire. J'entends parler d'enfants battus, mais, sauf deux ou trois fois, je ne crois pas l'avoir jamais été. Quand j'exagère, mon père se force à jouer son rôle, mais il n'y croit pas, ça se voit. Je disparais au fond du jardin, et voilà.

J'adore ma tante Laure, ma deuxième mère. Elle tient à me séduire, et je la séduis. Elle me préfère à son fils, c'est clair, ce qui me vaudra, de la part de ce dernier, une haine recuite. Ma mère est directe, sa sœur allusive. Ma mère est un théâtre sensuel, sa sœur un couvent secret. Ma mère m'en voudra d'avoir préféré sa sœur,

laquelle mourra d'un cancer fulgurant, encore
en pleine beauté transformée en sainte. Elle me
dit des choses sans rien dire, Laure. J'aime ses
mains.

Et voici ma ruse : pendant mes maladies et les
longues stations dans mon lit, je demande que
Laure, elle et personne d'autre, vienne s'asseoir
près de moi et me caresse l'avant-bras droit, ce
qui, je l'affirme, diminue mes douleurs. J'insiste,
je supplie, elle vient, elle s'assoit, elle me caresse
doucement et à fleur de peau l'intérieur du bras
jusqu'à la *saignée* du coude. La séance peut durer
une bonne heure, sans un mot. Savons-nous,
l'un et l'autre, la musique que nous jouons ?
Voyons.

J'ai vivement désiré ma mère et ma tante
parce qu'elles étaient désirables, avec leurs
petites histoires, leurs dénégations, leurs gênes,
leurs pudeurs, mais aussi leurs provocations
semi-conscientes, leur narcissisme empourpré,
leur linge, leurs peignoirs, leurs robes, leurs
cheveux, leurs seins, leurs jambes. Ma mère a
des yeux singuliers : l'un marron foncé, l'autre
marron clair, presque vert. Yeux introuvables
ailleurs, yeux de déesse, yeux de sorcière. Je les
ai beaucoup regardés de près, en me roulant le
plus possible sur elle. J'ai essayé une fois de l'embrasser carrément sur la bouche, mais elle a
trouvé ça déplacé, ce qui ne l'a pas empêchée
de rire (drôle de rire). Quand je sors d'elle, elle
a 30 ans. Je suis son dernier enfant.

L'autre garçon, Pierre, dans la maison symétrique, a dix ans de plus que moi, il est mon plus-que-cousin, et aussi mon « parrain ». Il est élevé pour diriger l'usine. Il la dirigera, en la menant à sa perte. Il se moque constamment de moi, m'appelle « petite tête », redouble plus tard de mépris lorsqu'il est question que je devienne « écrivain ». Il est habile de ses mains, a fait construire, dans un coin du jardin, un petit atelier de menuiserie et de ferronnerie. Il est sec, fait des études brillantes, mais ne passera pas, lui, à travers son père.

Après la mort de Laure (le cancer veille à dénouer les situations sans issue), tout l'équilibre entre frères explose. Je serai ruiné (ou presque) à 24 ans. Maisons et parc rasés, laissant place à un grand supermarché. Maisons et propriétés rasées ? C'est une malédiction particulière. Le même drame est arrivé à l'île de Ré, au début des années 1940, nos maisons gênant la ligne de tir défensive des Allemands en face de l'océan. Reconstruction lente et patiente. Mais, au fond, la destruction a du bon : pour Bordeaux, par exemple, les enchantements ne passent pas à d'autres. Plus de traces, c'est mieux. Ou alors, à Ré, nouveaux murs sur place, nouvelle ère, nouveaux plaisirs, nouvelle nature vivifiée.

Cancer : Laure s'efface rapidement en plein été. Marcelle juste avant : cancer du sein, ablation, sursaut d'énergie. La maladie peut développer un nouveau corps en surplomb, j'en sais quelque chose. C'est une lutte à mort avec la mort. La mort est une proposition de suicide, une tentation qui rôde, un désir de solution et d'abréviation, un désir de contre-désir. On l'associe bêtement au sexe, rumination religieuse. Freud a dit des choses profondes sur cette aile sombre. L'aile éclairée, il est vrai, est peu fréquentée.

J'attends, mes oreilles battent, j'étouffe, je guette. Il y aura un jour, je le sais, je le sens, une sortie du tunnel, une lueur, un signal, une lumière. Il est étrange et normal que cette période de l'histoire de France soit si peu représentée du côté lumineux et libérateur. La littérature qui l'évoque est le plus souvent morne, perdue, déprimée, coupable. Enfances ou adolescences malheureuses, sous le poids du fascisme ou du communisme, malaise de trahison ou de marché noir, misère et honte. Absence de la nature, libido zéro, horizon zéro. L'un évoque le portrait de Pétain dans la cuisine de ses parents médiocrement collaborateurs, l'autre a vécu sous le regard de Staline, un troisième n'est jamais revenu de la défaite de 1940 vécue à cheval, un autre, ou une autre, est passé d'un seul coup de Vichy à Moscou. Un autre encore n'en finit pas de se souvenir avec peine de son père trafiquant et de sa mère au cœur sec, d'autres n'étaient pas là mais en Afrique du Nord ou ailleurs, les plus jeunes, aujourd'hui, semblant avoir intégré un paysage historique devenu sans histoire, monde lourd, empêché, verrouillé, barré. Le soupçon systématique est au programme, la séparation organisée, l'ignorance instrumentalisée dans le sens du péché et d'une dissimulation humiliée. *Vous êtes coupable.* On m'a proposé cent fois ce programme : j'ai fait, par moments, semblant de l'accepter, et puis non, je n'ai pas acheté les billets. Le silence, l'exil, la ruse. Il en est résulté, et il en résulte encore, un froid immédiat entre mes compatriotes et moi.

L'usine, au milieu du vingtième siècle, se présente ainsi (papier à lettres) :

Fabrique de Tôlerie
Galvanisation des métaux
Maison fondée en 1886
Joyaux Frères
125 Cours Gambetta
Talence près Bordeaux.

Ce petit empire, sur le cours Gambetta, va du n° 117 au n° 145. Mon adresse est au 121.

Au début des années 1960, il n'en reste rien.

Très bien. Plutôt la destruction que l'occupation par des étrangers.

Je raconte ma visite de revenant, plus tard, dans le supermarché qui à remplacé ce monde : *Portrait du joueur*, roman (1985).

Vers 13 ou 14 ans, comme averti d'un naufrage possible, je prends énormément de photos des lieux. Je les regarde de temps en temps avec stupeur. Mais oui, c'est bien cette herbe-là, cette sapinette-là, ces fusains-là, ces terrasses-là, ce chat-là en train de se faire les griffes contre un tronc de jeune acacia. Et aussi ces vérandas-là où j'entends des voix.

Comme il y a trois maisons, on passe de l'une à l'autre à travers le jardin. On est invité à déjeuner chez Maxie ou Laure, du moins après la guerre, car avant, malgré le soutien de la propriété de Louis à la campagne, il a fallu faire pousser des topinambours sur les pelouses. Je me souviens très bien de mon émerveillement devant l'apparition du *pain blanc*, un don du ciel, une vraie eucharistie, un délice. La guerre est finie, les Allemands sont partis en déroute, abandonnant derrière eux des postes de radio modernes dont nous allons profiter, le soir, mon père et moi. Musique, énorme continent de musique, où va se détacher de plus en plus le nom de Mozart.

Les Anglais vont revenir (ils n'auraient jamais

dû partir). Ils font jouer *Le Messie* de Haendel à la cathédrale de Bordeaux. Pour services rendus, nous sommes invités au consulat britannique à une réception en l'honneur de la reine Mary. Elle dit : « Nous voici *reveniou* dans notre bonne ville de Bordeaux. » Elle m'embrasse, elle sent bon, bien pomponnée et poudrée, charmante grand-mère. Je suis très chic dans mon petit costume de flanelle grise à culottes courtes. Finalement, contre Jeanne d'Arc et Napoléon, sans parler des fous furieux du vingtième siècle, les Anglais sont toujours vainqueurs (sauf en Irlande). Le Prince Noir : « Édouard, prince de Galles, celui qui régenta si longtemps notre Guyenne, personnage duquel les conditions et la fortune ont beaucoup de notables parties de grandeur... » (Montaigne, première page des *Essais*).

Fou

On peut entrer dans l'usine par une porte dérobée du jardin. J'y vais, le dimanche, je me promène longuement dans les ateliers, devant les fours de l'émaillerie, à travers les perceuses, près des cuves d'acide, dans les bureaux. Je m'assois dans le fauteuil en cuir de mon père, j'ouvre ses tiroirs, je pique du papier, des buvards. C'est une grande fabrique à douleurs, l'usine, les accidents, terribles (brûlures, asphyxies, doigts coupés), sont assez fréquents. Tout est sombre, je fais résonner mes pas et ma voix, comme pour un exorcisme. Monde souterrain des forges, du métal, du bruit qui transperce et transforme, de la fumée montant par la cheminée. Vivre là et de ça, comme eux? Impossible. C'est décidé, je ne ferai *rien*. En réalité, je m'en rends compte aujourd'hui : je n'ai jamais travaillé. Écrire, lire, et puis encore écrire et lire *ce qu'on veut*, s'occuper de pensée, de poésie, de littérature, avec péripéties sociopolitiques, n'est pas « travailler ». C'est même le contraire, d'où la liberté. Il faut sans doute, dans cette expérience, garder une immense confiance. Mais en quoi ?

La scène, ici, est très précise. On est à la campagne, c'est l'été, j'ai 5 ans. Je suis assis sur un tapis rouge sombre, ma mère est à côté de moi et me demande, une fois de plus, de déchiffrer et d'articuler une ligne de livre pour enfants. Le b.a. ba, quoi, l'ânonnage. Il y a des lettres, des consonnes, des voyelles, la bouche, la respiration, la langue, les dents, la voix. Comment ça s'enchaîne, voilà le problème. Et puis ça se produit, c'est le déclic, ça s'ouvre, ça se déroule, je passe comme si je traversais un fleuve à pied sec. Me voici de l'autre côté du mur du son, sur la rive opposée, à l'air libre. J'entends ma mère dire ces mots magiques : « Eh bien, tu sais lire. » Là, je me lève, je cours, ou plutôt je vole dans l'escalier, je sors, je cours comme un fou dans le grand pré aux chevaux et aux vaches, j'entre dans la forêt en contrebas, en n'arrêtant pas de me répéter « je sais lire, je sais lire », ivresse totale, partagée, il me semble, par les vignes, les pins, les chênes, les oiseaux furtifs.

Je sais lire. Autrement dit : *Sésame, ouvre-toi.* Et la caverne aux trésors s'ouvre. Je viens de m'emparer de l'arme absolue. Toutes les autres sont illusoires, mortelles, grotesques, limitées, ridicules. L'espace se dispose, le temps m'appartient, je suis Dieu lui-même, je suis qui je suis et qui je serai, naissance, oui, seconde, ou plutôt vraie naissance, seul au monde avec cette clé. Ça pourra se perfectionner à l'usage, mais c'est fait, c'est réalisé, c'est bouclé.

La deuxième scène a lieu le jour de mes 7 ans. L'expression « âge de raison » m'intrigue. Il a neigé, le rebord d'une balustrade est fourré de blanc et de gel. J'enlève ma montre, je la pose devant moi, et j'attends que l'âge de raison se manifeste. Évidemment, rien de spécial, ou plutôt si : la *trotteuse* prend tout à coup une dimension gigantesque et éblouissante en tournant dans le givre brillant au soleil. Les secondes n'en finissent pas de sonner silencieusement comme les battements de mon cœur : la raison est le Temps lui-même. C'est un grand secret entre lui et moi, inutile d'en parler, *je suis fou*, c'est mon âge. Je n'ai jamais compris, par la suite, ce qu'on voulait me dire en me parlant de mon âge.

Mes sœurs sont charmantes, sans doute, mais emmerdantes. J'apprends d'elles, très vite, la sourde et violente inimitié entre filles et garçons. Clothilde a cinq ans de plus que moi, Annie trois. Elles veulent sans cesse m'encadrer, me surveiller, m'accompagner, m'aider à marcher. Quand nous revenons ensemble des deux collèges religieux où nous faisons nos débuts, un pour les filles, un autre pour les garçons, même rue, presque face à face, elles tiennent absolument à venir me chercher, à me prendre la main, à aller à leur allure de bonnes sœurs tranquilles. Elles font les importantes, les pré-mères, les responsables de mon existence. Seule solution : dégager mes bras et courir à toute allure pour échapper à cette tutelle de mauvais anges gardiens. Je cours, je cours, elles ne pourront pas me rattraper, tant pis si une voiture ou un tramway me renverse, ce petit asthmatique a plus d'un tour dans son sac, c'est un cadet, un cavalier, un cheval, un chasseur, un *Spitfire* de la Royal Air Force, passant à travers les explosions de l'artillerie au sol. Mes sœurs rentrent affolées et dénonciatrices, réprimandes, une fois, dix fois, et, comme je n'arrête pas, permission enfin d'aller seul. Après quoi nous sommes en froid, mes sœurs et moi. Nous n'avons aucune ressemblance physique, au point de susciter l'interrogation : « Même père, vraiment ? », et rien à nous dire. On s'aime beaucoup, bien sûr, même si on ne se voit qu'une fois par an, et encore. Elles se sont mariées, elles ont fait beaucoup d'enfants, tout est pour le mieux dans le moins mauvais des mondes possibles. Cela dit, le type qui a résisté, enfant, à deux sœurs plus âgées que lui, est blindé pour la vie.

Dans ma chambre du coin, donnant sur le jardin, et où, pour échapper à l'école, je suis le plus souvent malade sans l'être tout en l'étant, le mobilier, pompeux mais rassurant à cause de l'acajou (splendide, l'acajou, comme l'acacia c'est bon pour les joues), le mobilier est de style Empire. Lit, armoire, fauteuils, bibliothèque, secrétaire, tables à tiroirs, couvre-lit vert bouteille, détails incrustés dorés égyptiens, enfin toute la gomme. Je suis tantôt un sphinx, tantôt Moïse sauvé des eaux. En face de mon lit, cadeau ou plutôt message de ma mère, une reproduction de *L'Assemblée dans un parc* de Watteau. J'éteins ma lampe, c'est là qu'il faut dormir. On ouvre mes volets, c'est là qu'il faut vivre. « Joyaux, au poteau ! » Ma tête roule dans la sciure, mais je la reprends calmement sous mon bras, et remonte avec, ni vu ni connu. Comme je suis fou, ça n'a pas beaucoup d'importance.

Lanterne magique d'abord, appareil de cinéma ensuite : le malade a ses exigences. On doit lui apporter, chaque jour, des magazines, des journaux, des livres, n'importe lesquels (la vraie lecture viendra plus tard). Le malade se met à l'aquarelle, mais il y est nul. Il écrit lui-même à la main un journal illustré de quatre pages de cahier d'écolier, qu'il vend plusieurs fois à sa famille. Il va même plus loin : il devient mystique, convoque tout le monde devant un autel impro-

visé sur une cheminée, célèbre la messe en latin,
oblige ces pécheurs et incroyants notoires à se
lever et à s'asseoir en cadence, ça l'amuse cinq ou
six fois, et puis ça va. Il donne ensuite des spec-
tacles payants de lanterne magique et de cinéma,
ou bien, caché derrière un fauteuil, un grand
livre d'images ouvert et posé devant le public, il
donne une conférence sur l'Afrique, l'Asie, les
animaux sauvages, la guerre des Boers, la vie de
Savorgnan de Brazza, les aventures des naviga-
teurs au pôle Nord ou ailleurs. Bref, il est une télé
à lui seul. Parfois, le public se permet de bavarder
pendant qu'il parle, alors il le met à l'amende et
se comporte en tyran complet. Ils se croient donc
dans la réalité, ces ignorants imposteurs et escla-
vagistes ? Sanctionnés.

Au fond, ils n'ont pas grand-chose à faire
après le dîner, ils s'ennuient, ils sortent peu, il
n'y a pas encore de télévision, le malade est un
précurseur. Les femmes, surtout, sont trop heureuses d'échapper à leurs maris soucieux, aux
cigarettes de l'un, à la mélancolie de l'autre.
Cigarettes ? Ça, c'est l'oncle, à la réserve inépuisable de tabac : je lui vole ses Camel, je vais les
fumer en douce dans le petit bois de bambous,
mais je me fais prendre (12 ans). Le larcin inno-
cent me convient, et, sur ce plan, je m'entends
très bien avec mon père. Il a l'habitude de laisser
traîner ses pièces de monnaie dans une boîte

ouverte de son armoire. Je viens puiser là quand je veux (pas trop), il fait semblant de ne pas le savoir. Quand il me surprendra, ensuite, avec Eugénie, dans la lingerie où il est entré, Dieu sait pourquoi, un après-midi (elle est sur mes genoux, aucune équivoque), il se montrera d'une discrétion parfaite. Pas un mot à ma mère, il ne balance pas.

Cette lingerie est occupée tous les jeudis par Mlle Roche, la couturière. C'est une petite vieille fille mutique à lunettes. Elle coud. Vient ensuite une autre petite vieille fille sans lunettes, pour les leçons de piano. Mes sœurs, selon le code en vigueur, doivent savoir lire et jouer la musique. Peine perdue, ça leur glisse dessus sans effet. Je suis sûrement un client plus doué, mais je vais me cacher au fond du jardin. Des *leçons*? Avec cette punaise de sacristie? Tu parles. La musique doit s'apprendre à l'oreille, le jazz sera là pour ça.

Des soldats de plomb? À la pelle, j'en ai, au fond d'un placard, une valise entière. Le cinéma dans ma chambre? Oui, avec un chef-d'œuvre muet qui m'ouvre l'Orient tout entier : *La Lampe d'Aladin*. D'autres jeux? Les dames, plutôt que les échecs, et là, croyez-moi, je suis imbattable : je prends les noirs, et c'est vite réglé. Le bridge? Elles y jouent beaucoup (influence de Louis), il y a donc des jours « bridge » et des jours « thé » (couverts d'argent, gâteaux, tables roulantes). La reine des « thés » est Violet, l'amie anglaise résistante, qui a sauvé sa peau on ne sait comment. Elle est très jolie, les yeux gris, secrète, elle m'emmène en cure à Luchon, dans les Pyrénées, pour améliorer mes oreilles et mon asthme, insufflations, fumigations, hôtel de luxe, concerts du soir, rapports ambigus. On ne dit jamais à quel point les femmes peuvent être sensuellement émues par les jeunes garçons, c'est étrange.

L'embêtant, c'est la montagne l'été. L'hiver, au contraire, le ski est une fête, à Super-Bagnères, à La Mongie, à Font-Romeu. Je m'étonne d'avoir su tenir sur des skis (des photos le prouvent), d'avoir dévalé la neige poudreuse pendant des heures, d'être tombé cent fois avec joie. Je repense avec le même étonnement à ma capacité de déborder sur l'aile droite, au foot, et d'avoir su tirer des corners au cordeau. Le même corps que celui qui s'essouffle sur un fond d'otites et de fièvre ? Mais oui, et c'est même la preuve qu'il peut y avoir plusieurs vies dans une vie. Jekyll respire difficilement dans une chambre enfumée ? Hyde n'a pas un mauvais coup de pied sur l'herbe. Jekyll se fait percer les tympans à n'en plus finir ? Hyde, à 12 ans, est un espoir de la raquette française sur terre battue, notamment au filet. Jekyll sèche tous les cours qu'il feint de suivre de loin, depuis son lit de souffrance ? Peut-être, mais Hyde n'arrête pas de faire du vélo à grande vitesse dans la campagne et dans son jardin (le virage, là, au bout de l'allée). Le seul handicap est la nage : oreilles, pas de tête sous l'eau. Je nage très mal, j'ai peur de perdre pied, j'ai toujours caché, en faisant de la voile, que je savais à peine nager, j'attendais le retour à terre en serrant les dents, conscient de mon ridicule. La gymnastique ? Zéro. La corde, les anneaux, le cheval d'arçon, tous ces instruments de torture ? Un cauchemar, vertiges. Exempté d'« éducation physique », donc, exempté d'éducation tout court. Discipline ? Très mauvaises notes, « frondeur » (compliment déguisé). Le jugement le plus cocasse au début du lycée mixte, annexe du lycée Montesquieu, en pleine campagne des faubourgs de Bordeaux ? « Fait le chimpanzé sur le rebord des fenêtres pour amuser les filles. »

Nul besoin de substances hallucinogènes : je délire beaucoup (mais la plus forte raison est fondée sur un grand délire), je rêve en sachant que je rêve, je suis poreux, je suis fait de la même étoffe que les rêves, la réalité n'est le plus souvent qu'un autre délire, hélas collectif. Le jardin, lui, sait tout. Les deux jardiniers, qui viennent à tour de rôle, s'appellent René et Ulysse. Si, si, Ulysse, là, dans l'après-midi, brouette, seau, râteau, tuyau d'arrosage, allant et venant, puis rentrant dans son appentis. Les garages, les greniers, les cuisines, les caves, c'est là que ça se passe vraiment. Peu à peu, les choses se précisent : les bibliothèques sont là, mais ils les négligent. Comme c'est curieux, ces volumes reliés jamais ouverts attendant derrière les vitres, les pianos pour rien, les livres pour personne, et, au fond, ces messes et ces communions pour rire, ces curés débiles, ces baptêmes, ces mariages, ces enterrements *en passant*. Dieu, s'il existe, est bien négligé en ce bas monde, mais il est peut-être trouvable dans les mots, les notes, la prière personnelle, le temps à perdre, surtout, le temps gratuit.

Je visite ma vie, et c'est merveilleux parce que je suis en train de la visiter à chaque instant. « Souviens-toi » : la formule de ce voyage, je l'ai prononcée mille fois. Souviens-toi de ce coin de chemin, de ce bois, souviens-toi de ce moment, avec Eugénie, sous les arbres. Proust s'est trompé : ce n'est pas la mémoire involontaire qui ramène le vrai temps, mais la mémoire volontaire placée en abîme. À côté d'elle, tout près, se tient la révélation. « Je suis une mémoire devenue vivante, dit Kafka, d'où l'insomnie. » Borges a raconté l'histoire d'un homme tellement submergé de mémoire qu'il ne peut plus s'endormir, ayant malgré tout pris la précaution de ne jamais aller dans un quartier de sa ville pour ne pas avoir à s'en souvenir. C'est le thème de l'*Aleph*, le mauvais infini, ce vertige. C'est aussi l'expérience de l'asthmatique (que Proust a si bien connue) : il a devant lui *trop* de possibilités de perceptions, et il en étouffe, comme un pianiste qui devrait jouer sur dix pianos à la fois. Impossible de résoudre cette équation du trop d'air, piège mathématique.

Dieu, s'il existe ? Mais il n'a pas à exister puisqu'il *est*. Lequel ? Là, les avis divergent, mais ça m'est égal, je le mets à la première personne, et le tour est joué. « Mon Père qui es aux Cieux » me convient très bien, « que ton nom soit sanctifié » aussi, puisque j'ai déjà en perspective un autre nom que celui de mon père terrestre. « Que ton règne vienne » ? Il ne viendra jamais *dans* le temps puisqu'il *est* le temps. « Que ta volonté soit faite » ? Pourquoi pas, puisque la volonté, c'est-à-dire le ressentiment et l'esprit de vengeance, nous empêche, nous, d'entrer dans le temps du temps. « Donne-moi aujourd'hui mon pain de ce jour » ? Je t'en prie, que ta gratuité déborde, et dispense-moi de travailler. « Pardonne-moi mes offenses » ? S'il te plaît, puisque les offenses des autres à mon égard me paraissent étroites, minimes, idiotes, sans importance. « Ne me soumets pas à la tentation » ? Pourquoi m'infligerais-je cet aveuglement ? « Et délivre-moi du Mal » ? Je n'accepte pas le Mal.

Quant à la Vierge Marie, pas de problème, je suis un archange et je la tutoie immédiatement (les Italiens le font bien). « Je te salue, pleine de grâce, bénie entre toutes les femmes. » Suis-je « le fruit de ses entrailles » ? Le mot *entrailles* me gêne (l'italien dit plus délicatement *seno*), et, au lieu d'être un fruit, j'aimerais plutôt être une fleur (Dante *dixit*). Même si elle meurt, la mère du dieu que je suis mérite de ne pas mourir. Par ailleurs, être un « pauvre pécheur » comme les autres ne me saute pas aux yeux. Qu'elle prie donc pour moi, celle-là, maintenant, et à l'heure de ma résurrection, et dans les siècles des siècles, amen.

Il y a une Annonciation divine, de Fra Angelico (1400-1455), à Florence. L'ange est un papillon de rêve à ailes colorées, la Vierge est pensive, l'architecture incroyablement sobre et légère. C'est le saint patron des artistes et surtout des peintres, ce moine inouï, et il a été béatifié en 1982. Pourquoi si tard ? Réponse à trouver. Mais, l'année d'avant (1981), on a tenté d'assassiner un pape place Saint-Pierre, à Rome.

Dans l'une des bibliothèques, il y a de vieilles bibles illustrées du dix-huitième siècle, reliées en cuir (Dom Calmet). Le récit pourrait être plus clair, mais les planches de la vie des Hébreux dans le désert sont magnifiques. Entre nous, je crois être un des très rares écrivains français à

connaître la Bible à fond. C'est indispensable :
on ouvre, et, immédiatement, sublime et cocasserie garantis. Peu à peu, ce sera donc la Bible
d'une main, les Grecs et Voltaire de l'autre.
Comme l'ignorance s'accroît, je ne le regrette
pas.

Le catholicisme français est un drôle de foutoir. On y trouve, pêle-mêle, le meilleur et le pire.
Le clergé ? Le plus souvent médiocre, refuge à
névroses, ménagerie d'embarras sexuels. Le
curé de notre paroisse est peut-être un saint :
d'origine aristocratique, il se dévoue sans compter pour les pauvres et, surtout, les Gitans. Il
vient taper mes parents une fois par an : c'est le
denier rédempteur du culte. Un vague cousin
passe de temps en temps déjeuner : lui, c'est le
curé mondain, blabla, amateur de chasubles,
d'aubes, de napperons, de surplis, il amuse ma
mère en faisant la folle. Tiens, encore un autre,
qui se ramène pour prendre le thé chez tante
Maxie : il fait la vieille avec les vieilles, il sent
le cierge, elles lorgnent avidement son lourd
crucifix.
En réalité, il faut dire les choses : ces bourgeois sont implacables, les prêtres sont leurs
domestiques, leurs agents de mauvais opium.
Cela dit, l'ancienne affaire religieuse ne marche
pas bien, les bigotes sont encore là (et pour
cause), mais l'antique maison s'effondre. Au

début des années 1950, la cathédrale de Bordeaux affiche encore la liste des films à voir ou
à ne pas voir, précieux renseignements pour
les débauchés en herbe. La ferveur naïve fait
place à l'ennui. Mystique à 8 ans, je ne le suis
plus à 12.

Ce continent désaffecté me réintéressera bien
plus tard, à travers l'art, la musique, la poésie, la
théologie, l'Italie. Une cure sévère et éblouie de
Dante me réconciliera avec la splendeur catholique, hélas recouverte par le plâtre et le sirop
pudibonds. Mon père ne croit à aucune de ces
salades concoctées, comme la morale, pour châ-
trer les hommes. Il faut le traîner à la messe dont
il ne veut pas, aller le supplier (faussement) de
« faire ses pâques » pour le salut de son âme, ou
plutôt de sa réputation sociale. Ce sont les
femmes, bien entendu, qui insistent sur ce
devoir. Elles n'y croient pas non plus, mais le
dimanche est une occasion de toilettes, de petit
spectacle. Hélas, l'église est laide, pas le moindre
vitrail enchanté, aucune duchesse de Guer-
mantes à l'horizon, les temps ont radicalement
changé depuis Proust, dont je vais lire un jour le
grand livre, avec peur d'en avoir fini tellement
c'est beau. Tout sera dit, alors : j'irai vivre longtemps à Venise.

Inutile de préciser qu'il ne faut pas compter sur moi pour le confessionnal, les chuchotements à travers la grille, toutes ces confidences de bonnes femmes sournoises obsédées, à travers leur curé, par la sexualité. Je raconte n'importe quoi au début, puis je n'y vais plus, puisque je ne commets que des péchés « véniels » et aucun « mortel » (le sexe comme péché mortel, quelle faribole). Les adultes se trompent à tous les coups. Ils me croient préoccupé d'au-delà? Ils m'envoient à un jeune curé local qui me bafouille une bouillie hallucinante d'éducation sexuelle : les enfants viennent d'une tige d'amour qui va jusqu'au cœur de la maman déposer sa graine. J'en rougis pour lui, c'est trop con. Ces braves gens hypocrites ne savent donc même pas d'où viennent les enfants, illusion comique si elle n'était pas aussi répandue dans toutes les sphères de la société, y compris les plus intellectuelles. Mais si, mais si. Demandez donc à un homme ou à une femme de décrire correctement les organes génitaux de l'autre sexe et leur fonctionnement : stupeur garantie. Et je ne parle pas seulement d'anatomie. Le Dieu biblique, on devrait s'en étonner davantage, s'occupe sans arrêt de ces choses. Ce Créateur est un Procréateur sourcilleux. Un certain Jésus-Christ, un jour, on en parle encore, a vendu la mèche, raison pour laquelle, en bonne Loi, on l'appelle le Blasphémateur. Après quoi, il a été transformé en sirop, lourde erreur.

Baudelaire a corsé la mise. Par un décret des puissances suprêmes (angéliques, donc), le poète apparaît dans un monde ennuyé, et sa mère, épouvantée et pleine de blasphèmes, voudrait anéantir ce « bubon empesté ». Éclairons les choses : le poète est mignon, inquiétant, il sent bon, on le mangerait volontiers, mais il a son idée, et, en plus, il vit sous la tutelle invisible d'un ange. On l'enveloppe, on le chambre, mais il résiste, il se tait, il a un supplément qui n'est pas l'âme (avec ça, on s'arrangerait), mais un étrange rapport à l'espace, au temps, aux mots. Son sexe intrigue, on le pressent spécial, équivoque, autosuffisant, mal cadré, et il pourrait même, si l'on n'y prend garde, se penser lui-même au lieu de servir au soutien social. Le pire, d'ailleurs, s'il ne devient pas prêtre, moine ou homosexuel, serait qu'il aille batifoler, en connaissance de cause, chez les femmes. Quelle mère pourrait l'accepter?

Il faut avoir vu des mères ou des tantes sortir d'une opération du phimosis (j'ai constaté ça pour un petit cousin), sérieuses, concentrées, un peu rouges, bien plus qu'à la messe. Même effet dans les circoncisions : là, elles accusent carrément le choc, elles sont très pâles. Ça les intéresse intensément, trop, à côté. Cet organe *doit* faire des enfants, c'est sa seule excuse, médicale ou divine. Sinon, qu'il aille à Sodome, ça nous soulagera, et qu'il pratique ce que Claudel, dans une formule exagérée mais amusante, appelle « l'antisacrement excrémentiel ».

Érection, éjaculation, sperme sont aussi mystérieux pour les filles que clitoris, vagin, menstrues ou formation des embryons pour les garçons. Ça s'agite dans la confusion, mais le seul point commun, aucun doute, est anal. Tout ça, vous verrez, finira par des histoires d'argent, donc de mort. Et en route pour Balzac, l'horreur des vengeances, l'usure du ressentiment, les silences plombés, l'ennui au vinaigre et les cimetières. Les cimetières sont sous la lune, l'amour a disparu du soleil. Malgré toutes leurs dénégations et leurs grands airs, les adultes sont des enfants ratés qui veulent, à tout prix, transmettre à leurs descendants ce ratage, y compris sous forme d'ascension sociale. L'enfance ? Un paradis contrarié. Eh bien, non, je vais le garder. Il n'y a aucune raison de renier ou de déserter son enfance pour l'adapter à celle des autres, le plus souvent humiliée, malheureuse ou bornée.

Comme je m'amuse à prendre au sérieux cette histoire d'« ange gardien », j'avance, sous sa tutelle, au milieu des fleurs. Être fou, c'est-à-dire vraiment raisonnable, et ne jamais travailler, demande beaucoup d'art et de science. On se

comprend même parfois entre fous. Je pense à
cette vieille et belle tante, femme d'un parent
éloigné aveugle, un notaire habitant dans le
Gers. On les reçoit un mois tous les ans (l'héri-
tage), il fume beaucoup dans son fauteuil de
cuir, sa femme, Marthe, est réputée cinglée. Je
revois son beau visage égaré, ses yeux gris-vert.
Personne ne fait attention à elle, on l'évite
comme une lépreuse, mais moi je l'aime, je
l'observe, je sais qu'elle cache son jeu, qu'elle est
coincée dans son rôle de chaos et d'incohé-
rence. Quel étrange fantôme vivant, quelle apparition, quelle force. Un après-midi (on est seuls),
elle regarde, par la porte-fenêtre du salon, la
pluie tomber sur le jardin et étoiler les vitres.
Je m'approche d'elle, je lui demande à quoi
elle pense, et elle me répond lentement, très
sensée, cette phrase extraordinaire (je l'entends
encore) : « Je pense aux vicissitudes humaines. »
J'ai été obligé d'aller au dictionnaire. *Vicissitude*
(latin *vicissitudo*) : événements heureux ou malheureux qui affectent l'existence humaine (au
pluriel, le plus souvent : les vicissitudes de la
fortune).

Sans nul doute, il s'agissait d'événements malheureux, et même très malheureux (la prison
notariale en province avec un mari devenu
aveugle, les secrets dérisoires des divorces, des
testaments, des donations et des successions).
Mais où a-t-elle pris cette phrase ? Elle me
regarde fixement, œil de chouette, et, soudain,

maintien souverain de déesse. Une minute plus tard, elle recommence à délirer et à déparler. Message reçu, petit débutant? Mais oui, cinq sur cinq, beauté terrible.

Juste avant « l'âge de raison », un vieil oncle curé est mort, son cadavre est allongé dans une chambre de la maison de Maxie. C'est l'été (on meurt beaucoup en été, chez nous), le soleil chauffe. Ma mère me demande de l'accompagner, me fait entrer dans la chambre mortuaire incroyablement calme, et me dit : « Tu vois, c'est ça, un mort. » Ce qui veut signifier : *rien*. Les femmes, à ce sujet, ont des moments très étranges. C'est dans cette même chambre que mon grand-père paternel meurt. Comme il agonise, et qu'il a horreur de l'odeur de la cire, sa femme (une sainte femme qui joue plutôt bien aux dames) se met à cirer énergiquement partout. Il meurt donc en odeur de sainteté, méchanceté de l'angoisse et du désespoir, bêtise funeste. Quelques années après, la sainte femme agonise au même endroit, et son fils aîné (Maurice) veut à tout prix, la seringue à la main, la soulager de ses souffrances. Son frère (mon père) le surprend au bord de la piqûre, ils en viennent aux mains, et l'euthanasieur amateur s'effondre en sanglots.

Lequel des deux est le meilleur fils? Rideau.

Découvertes

Je commence à comprendre que la clé des situations se trouve dans le sexe et les livres. Le sexe, parce que après quelques années mornes au collège, où la seule tentative pédophile que j'aie subie de ma vie est le halètement bizarre d'un professeur de mathématiques me menaçant, si je ne fais pas de progrès, de me déculotter et de me fesser devant toute la classe (message codé, sans doute, mais incompréhensible, dû à ses origines modestes), j'ai vite élu, en arrivant au lycée, un camarade de branlée, un élève de mon âge, que j'appellerai ici Jean, ou plutôt Jeannot. Lequel de nous deux a commencé ? Difficile à dire. Quoi qu'il en soit, on s'est beaucoup amusés ensemble, pendant au moins deux ans, et de la façon la plus agréable. Était-il beau ? Pas vraiment, et d'ailleurs ce n'était pas le problème. Intelligent ? Très, et puis famille de professeurs, un atout de raison et d'information, pas de religion, bonne humeur. Voilà donc quelle aura été ma seule expérience « homosexuelle » (ou plutôt pédérastique, les passes ultérieures avec quelques travestis très féminins n'entrant pas dans la même catégorie). Simple comparaison d'érection, en somme. Aucune inclination, et même répulsion, pour les lourds adultes de mon sexe. Les femmes plus âgées, en revanche, oui, ô combien, on va le voir. En tout cas, les ébats nombreux, et surtout jardiniers, avec Jeannot ont peu à peu cessé avec l'apparition du sperme, surprenante, dont on ne parle jamais, le projecteur familial et social étant braqué sur les règles des filles. Résumé : branlette solitaire, parfois accompagnée, et puis bientôt les femmes, pas les filles ni les jeunes filles. Ces dernières ne savent rien faire, c'est l'ennui.

Côté bibliothèque, c'est l'île au trésor. Chez Maxie, la pièce a une porte-fenêtre donnant sur un petit bois de bambous. Je suis en Chine. Pluie, solitude, stations sur le tapis à fleurs, corps oublié, délices. Les grandes éditions illustrées de Jules Verne sont là, *Vingt mille lieues sous les mers*, *Robur le conquérant*, *Le Tour du monde en quatre-vingts jours*. Mais aussi *La Jérusalem délivrée*, L'Arioste, les *Mémoires d'outre-tombe*. Les œuvres complètes de Fénelon (venues d'où ?), tout Balzac. Des images, mais rien d'érotique. Chez Laure, au contraire (premier étage, à droite, cèdre dès la fenêtre ouverte), les livres sur les peintres occupent un rayonnage important. Et là, enfin, plein de femmes nues épatantes, un peu grasses, Rubens, par exemple, cet aventurier majeur. Chez nous, style plus « moderne », Giraudoux (illisible), Colette (trop de sucre), Proust (illuminant), mais aussi tous les romans de la « Bibliothèque verte », surtout Jack London, et James Oliver Curwood, *Bari, chien-loup.* Quand ça me prend, je suis un chien au pôle Nord. La révélation qui traîne là est surtout un livre illustré sur la Grèce antique, vases orange et noir, danses, poursuites, nymphes, satyres, dieux, déesses, tout cela comme surgissant du jardin profond.

Je m'aperçois que je suis somnambule. Sur le toit, au bord d'une gouttière, ça manque de mal finir. Cette vie indépendante du corps, ou plutôt des corps multiples que contient un corps, m'intrigue. Je suis plus léger, plus indépendant, plus libre que je ne le crois. Je suis sûr d'avoir volé dans les escaliers, rien ne pourra me prouver le contraire. De même, je me vois souvent flotter au-dessus des trottoirs dans la rue, quand ce n'est pas le vrai vol d'oiseau, planant, au-dessus des arbres. Ces sensations sont enivrantes, de très bon augure. Me voici, en pleine nuit, du côté du poulailler endormi. J'ai froid, j'ouvre les yeux, je rentre à pas de loup jusqu'à mon lit. Une autre fois, mais décisive, je me retrouve, à 3 heures du matin, assis à ma table, lumière allu-

mée, en train de lire *L'Homme et la mer*, de Baudelaire. On comprend beaucoup mieux les yeux
fermés, en dormant :

Homme libre, toujours tu chériras la mer !
La mer est ton miroir ; tu contemples ton âme
Dans le déroulement infini de sa lame,
Et ton esprit n'est pas un gouffre moins amer.

   Et surtout :

Vous êtes tous les deux ténébreux et discrets :
Homme, nul n'a sondé le fond de tes abîmes ;
Ô mer, nul ne connaît tes richesses intimes,
Tant vous êtes jaloux de garder vos secrets !

Nous sommes loin de tout, dans le Sud-Ouest,
et c'est déjà le temps des vendanges. On m'auto-
rise, enfant, à descendre pieds nus dans le grand
pressoir. Pas longtemps, ça chavire. Je n'aime pas
le raisin, mais beaucoup le vin, je veux dire celui-
là, il n'y en a pas d'autre. On mange et on boit
très bien, rien à dire. Le rituel bordelais est
connu : huîtres et crépinettes en entrée avec sauternes glacé, alose à l'oseille avec saint-émilion
léger, entrecôte et cèpes avec margaux, glaces
avec le sauternes du début, chambré. Bonne
sieste ou bonne nuit à tout le monde. L'habitant,
jamais ivre, est toujours plus ou moins entre
deux vins, il a *dormi* sa vigne, il sait d'où il vient.

Pas d'hypocrisie : on ne dit pas, à l'époque, « employée de maison », mais bonne, cuisinière, femme de ménage. Différences subtiles, corps variés. Il y en a toujours quatre ou cinq, c'est l'ironie populaire. À 12-13 ans, je traîne avec elles ; et je m'offre à elles. Elles sont gênées, mais amusées, et, dans la plupart des cas, ça va marcher.

Thérèse, surtout, la belle sanglante. Il faut la voir estourbir un lapin, le saigner, l'accrocher au mur et le dépouiller de sa fourrure presque d'un seul geste, ou encore couper la tête d'un canard qui va courir un moment, décapité, dans les massifs de fleurs, pour avoir une idée de la beauté immédiate et innocemment cruelle de cette solide et belle paysanne de 30 ans. Je vais souvent l'observer dans sa cuisine, surtout quand elle découpe ou désosse de la viande. On se regarde à peine, on se comprend. Elle me permet de toucher ses seins (magnifiques) sous sa blouse, et même un léger baiser sur le coin de la bouche, hop, c'est fini. Ai-je mangé de la « sanguette », sang de la bête égorgée, cuite dans un petit plat d'œufs bleu émaillé ? Mais oui, et c'était très bon, avec un peu de persil. Je doute que je pourrais renouveler cet exploit aujourd'hui.

Et puis il y a Janine, garçon manqué et peu désirable, avec laquelle je fais du vélo dans la campagne, le long des vignes ou dans les chemins en sous-bois. Et puis Madeleine et Denise, vraies femmes, celles-là, qui me branlent debout, au fond des garages, avec, semble-t-il, un curieux plaisir. Et puis l'arrivée d'Eugénie, mais, là, il faut que vous lisiez mon premier roman, *Une curieuse solitude.*

« Elle arrivait. Il pleuvait et, de ma fenêtre, je n'apercevais que le toit des parapluies, le bas de sa jupe, ses chevilles. Vertige des voix animées, quand tout peut dépendre d'une seule, et qu'on s'efforce, tendant l'oreille, de démêler son cheminement incertain, ses ponctuations, ses interventions. On riait, on cherchait des mots.

« On montait les escaliers. Cette fois, je n'y tins plus. En traversant le palier j'aurais du moins l'excuse d'un déplacement naturel. Mais, tout de suite, nous fûmes face à face. Je ne vis que ses yeux. Ils prirent possession de moi avec tant d'ironie qu'à peine je pus balbutier des politesses, m'incliner, sourire. Ces yeux vous *regardaient*, à quoi je n'étais guère habitué, par dédain, sans doute, d'accorder à quelqu'un d'autre ce pouvoir. Je n'eus pas le temps de reconnaître la couleur de ce regard, ni le visage dont il émanait. Elle était vêtue de noir, obscure vraiment, comme une prêtresse ou ce qu'on voudra de sévère et d'imposant. Encore aujourd'hui je ne peux voir une femme en deuil sans la revoir, elle, brune et sombre, avec dans les yeux tout l'éclat de l'insolence et de la gaieté.

« Au dîner, j'observai Concha ouvertement, et

elle soutint mon regard. Elle ne refusait ni n'en-
gageait le combat, et ses yeux se posaient sur les
miens, curieux et froids, sans que je puisse déci-
der s'ils étaient pour ou contre mon désir.
Comme tous les yeux admirables, je m'apercevais qu'ils avaient une couleur difficile à identifier, ni marron, ni verts, avec une tache pourpre
dont on aurait dit qu'elle savait user. Je regrettais
d'être obligé de lui parler, car mon observation
s'en trouvait amoindrie, mais j'étais le seul à
parler suffisamment l'espagnol, et, comme elle
savait mal le français, j'étais obligé de lui servir
d'interprète. Tout de suite, cette complicité de
langage me parut en créer une autre, plus profonde. J'aimais quand son visage se tournait vers
moi pour un appel muet, une traduction. »

Amour, avec le temps, je ne sais plus, mais
passion, sûrement. La passion, c'est l'impératif
de présence, parce que cette présence n'aurait
jamais dû se présenter, et qu'elle confisque,
d'une certaine façon, le temps lui-même. C'est
« la grande déesse du Temps » que devient Albertine pour le narrateur de la *Recherche*. La providence, quoi, l'énorme coup de chance qui
domine, ensuite, votre vie. En tout cas, je vais
découvrir là, pour la première fois, le long baiser
profond dans la bouche, et ce qui s'ensuit
comme connaissance : qui bien embrasse, tout
étreint.

Mais, pour l'instant, j'en suis encore à courir dans le jardin, à me *guérir*, à transformer ma vulnérabilité et mes maladies en force. Vélo, foot, tennis. J'ai mon rituel, répété vingt à trente fois par jour : je fais le tour des maisons, je passe, à travers une terrasse, par-dessus un mur, je dévale entre les fusains, je recommence, j'invente une proximité à perdre haleine, je m'évade, je m'échappe, je vais de plus en plus vite, je maîtrise un cercle magique avec les paroles ou plutôt les incantations qu'il faut, *je fais le mur*, on ne me retrouvera jamais. C'est la signification des cabanes enfantines, mais aussi de la sortie d'Égypte du peuple hébreu, une colonne de feu ou de fumée le guide. Ma colonne à moi est invisible, peu importe s'il s'agit de Dieu ou du Diable (plutôt du Diable, après tout), tirons-nous d'ici, et même de cette planète, avec l'approbation évidente de cette grande bordure d'hortensias.

Autre épreuve, visuelle, celle-là : je monte dans l'une des chambres du grenier, je fixe le soleil, je veux qu'il commence à décrocher, à tournoyer comme pour une fin du monde, genre Fatima. Je reste étonné de ne pas m'être brûlé les rétines avec cette folie, symptôme spontané et glorieux de paranoïa. Non seulement le paranoïaque a des ennemis, mais il leur soutire une énergie thermonucléaire considérable. Je

suis une secte et une religion à moi seul, un
aigle qui regarde le soleil en face, un Égyptien de
haut vol, le sommet de la pyramide, c'est moi.
Cédera bien qui cédera le premier, le disque
flamboyant ou moi. Je m'initie en douce, je
reçois la lumière, je sors des caves et du tombeau
local cloacal, je triomphe de mon squelette, je
me transfuse dans les galaxies, je suis immortel,
c'est ça.

Ou encore : cette chambre du grenier est un
temple, une navette interspatiale, elle va accueil-
lir un jour ou l'autre une extraterrestre qui se
présentera, offerte et nue, sur le lit. Ce sera
Eugénie, et ce lit sera notre lit.

Dans les caves, les barriques, les bouteilles,
les porte-bouteilles, l'odeur de terre profonde,
les descentes en pénombre avec elle. Au grenier,
les malles, les papiers, la merveilleuse poussière,
et le soleil fixé en abîme, avant de basculer dans
ses joues, son cou, sa bouche, ses cheveux, ses
bras, ses seins, ses cuisses, et surtout son rire.
Tourne, manège, viens jusqu'à moi. « Viens à
mon appel, Muse à la robe d'or. » Ça, c'est
Pindare, un habitant lointain des lumières.

Ou bien, on prend avec un camarade cette
barque blanche, on rame sur le bassin d'Arca-
chon, du côté des Abatilles, du Moulleau, du
Pyla, on va jusqu'aux bancs de sable, au large de
la grande dune, on pêche à la traîne, lignes

hameçonnées de moules, on prend du poisson qui frétille sur les pieds nus, mais pas toujours. On calfate la barque avec du mastic, dont l'odeur, avec celle du fart pour les skis, vient encore jusqu'à mes narines.

La villa, au milieu des pins, a un bungalow de rêve, chaises longues en osier, coussins bleus. Au village d'à côté, près de l'eau, le marchand de glaces s'appelle *Le Cornet d'amour*. On l'atteint vite en vélo, monnaie grappillée ici et là, encore deux boules de chocolat, et le guidon brille.

Comment ai-je fait, sans rien faire, pour poursuivre des études plutôt correctes, ne jamais redoubler une classe, passer des concours, et me retrouver, toujours aussi ahuri et absent, dans des amphithéâtres où avaient lieu des cours de mathématiques financières ? Franchement, je n'en sais rien. J'ai dû remplir des copies, mais à mes yeux elles sont toutes blanches, aucun souvenir, impression pénible, mais certitude, sans arrêt, que tout cela n'a aucune importance. Ai-je bénéficié d'un favoritisme social ? Même pas, et plutôt au contraire, les professeurs de lycée étant pour la plupart dans la mouvance communiste (donc irrités par ce fils de bourgeois inconséquent), et mes camarades (y compris les filles) n'ayant aucune sympathie pour moi. Quelques-uns, malgré tout (surtout Jeannot), ont dû me prêter leurs devoirs, vite recopiés (je sais faire), ou bien l'école de la République était déjà, à l'époque, dans un état d'effondrement total. Le français, le latin, l'histoire, bon, mais ensuite ? L'espagnol, très bien, et pour cause. L'anglais convenable, plus tard l'italien, et deux ans de chinois, pour voir. Ce vieux professeur d'espagnol a toute ma gratitude : devant mon aisance étrange à manier cette langue (leçons très particulières d'Eugénie), il m'offre sa traduction de *L'Homme de cour*, du fantastique Gracián.

Je retrouve mon carnet de notes du lycée Montesquieu pour l'année 1948-1949. Appréciation générale : « Bavard et dissipé : passerait son temps à s'amuser et à se promener en étude. »

Reçu, je ne sais comment, au concours de l'ESSEC, après avoir été admissible à HEC, je fais des apparitions dans cette école alors hautement fantaisiste, sans terminer le cycle, puisque, à force de sécher, je finis par sécher tout court. Mes parents m'ont imposé cette orientation, celle de mon plus-que-cousin, en vue de codiriger l'usine. Rigolade, mais ils m'envoient de l'argent, ça va comme ça. Et puis tout change très vite, je publie un livre.

Moralité : celui qui veut suivre son aventure personnelle, en restant inaperçu et insoupçonnable, le peut. Qui ne veut pas se faire prendre n'est pas pris. Qui ne recherche pas la loi se contente d'avoir avec elle des rapports purement techniques. Qui se sait invisible n'est pas vu. Même indifférence, plus tard, quand les caméras de télévision tournent.

La clandestinité, si elle est dictée par le plaisir, s'apprend vite. Il suffit d'aimer par-dessus tout être seul, puisque tout le malheur des hommes consiste à ne pas pouvoir rester seul dans une chambre, de prendre, donc, le parti contraire, mais très fermement. À partir de là, vous êtes dans l'inobservable, personne ne se doutera de rien, pas plus que les gouttes : vous avez pris la tangente qu'il faut.

Comment est-il possible que Voltaire ait écrit à Tronchin, en 1761 :

« Quelquefois, je prends ma félicité pour un rêve. J'aurais bien de la peine à vous dire comment j'ai fait pour me rendre le plus heureux des hommes. Je m'en tiens au fait, tout simplement, sans raisonner. »

Dans quel but, tout ça ? Ce n'est pas encore clair, mais l'aimant est la poésie, rien qu'elle. Baudelaire, Rimbaud, tous les autres, dans le plus grand désordre. Du moment que ça résonne, que le rythme de la pensée est là, je réponds. J'ai encore ma vieille édition des *Chants de Maldoror* et des *Poésies* de Lautréamont, toute soulignée et déchirée, lue et relue jusqu'à m'endormir.

L'autre exemplaire lu et relu, tout dépenaillé, est le *Ecce Homo* de Nietzsche :

« Il ne trouve du goût qu'à ce qui lui fait du bien. Son plaisir, son désir cessent dès lors qu'il dépasse la mesure de ce qui lui convient. Il devine les remèdes contre ce qui lui est préjudiciable ; il fait tourner à son avantage les mauvais hasards : ce qui ne le fait pas mourir le rend plus fort. De tout ce qu'il voit et entend, de tout ce qui lui arrive, il sait d'instinct tirer profit conformément à sa nature : il est lui-même un principe de sélection ; il laisse passer bien des choses sans les retenir. Il se plaît toujours dans sa propre société, quoi qu'il puisse fréquenter, des livres, des hommes ou des paysages : il honore en *choisissant*, en *acceptant*, en *faisant confiance*. Il réagit lentement à toutes les excitations, avec cette lenteur qu'il tient, par discipline, d'une longue circonspection et d'une fierté délibérée. Il examine la séduction qui s'approche, il se garde bien d'aller à sa rencontre. Il ne croit ni à la "malchance" ni à la "faute". Il sait en finir avec lui-même, avec les autres, il sait *oublier* — il est assez fort pour que tout doive tourner, *nécessairement*, à son *avantage*. »

Paris

Ce sont d'ailleurs de tels livres (plus les sur-réalistes et Sade) qui vont me faire renvoyer de l'école Sainte-Geneviève tenue par les Jésuites, à Versailles. Mes parents ont compris le scandale Eugénie et m'ont envoyé là-bas en exil. Les chambres des élèves sont régulièrement fouillées, les révérends pères tombent sur ces abominations soigneusement stockées dans mes tiroirs. Soyons juste : ce n'est pas la seule raison de mon renvoi. Je ne fous rien, ou presque.

Mon numéro de lingerie, cousu sur mes vêtements, est le 5. Chaque matin, on est censé descendre à 6 h 30 dans le parc pour une course baptisée « bol d'air ». Toilette avec cuvette, eau glacée, douche deux fois par semaine, nourriture immangeable, genre omelettes à la poudre d'œufs. Chapelle et rechapelle, lever aux couleurs (préparations à Saint-Cyr, Navale et Polytechnique). Les pauvres types qui préparent HEC sont surnommés les « épiciers » et considérés comme des débiles mentaux et la lie de la société, ce qui, d'ailleurs, n'est pas faux. Je ne me demande même pas ce que je fais là, j'attends que ça passe.

L'heure est grave : la foi s'éteint, la jeunesse est molle, elle commence à critiquer la famille, le travail, la patrie, les valeurs en général, et peut-être même la religion, voire l'existence de Dieu, un comble. L'armée est en danger, comme le souligne le journal de l'école, au titre énergique : *Servir.* Le Diable rôde, et mes lectures, saisies dans ma chambre, prouvent que je suis un suppôt de Satan. D'autant plus que mes absences réitérées à la chapelle sont vite repérées et dénoncées. Plus grave : je ne vais jamais me confesser, la confession n'étant pas obligatoire, mais insidieusement conseillée. Un esprit fort, donc, et qui serait capable d'être jésuite si la jésuiterie était interdite ou persécutée. Les Jésuites sentent ce genre d'exception : « Vous êtes fait pour nous », me dit le recteur, en tripotant nerveusement le col de mon veston, avant de découvrir, abjection, que je suis allé, avec un ami, cracher sur le monument aux morts (ce monument où le nom d'un autre ami sera un jour écrit, pendant la guerre d'Algérie).

Oui, l'heure est grave, tout se délite, tout nous menace, tout fout le camp. L'Empire français prend l'eau de toutes parts, c'est la chute de Diên Biên Phu (en mai 1954, donc) : garde-à-vous pendant une nuit entière dans la cour, drapeau en berne, deuil national. Ça ne fait que commencer, la planète change son axe.

Vieilleries de ce temps-là : il y a encore le « bizutage », humiliation programmée des nouveaux venus, parodie d'initiation idiote. Ceux-ci doivent marcher à reculons dans la cour, respecter les « anciens », cirer leurs chaussures, faire leurs courses, se présenter à chaque instant au garde-à-vous devant eux, ne pas la ramener, sans quoi c'est vingt ou trente pompes allongé par terre. Le sommet est une course dans le parc de Versailles, cagoule sur la tête, jambes nues frappées aux orties, ingestion d'une grosse tartine de pain d'épice enduite de moutarde, puis simulacre de basculement dans l'eau du grand canal du château. « On ne naît pas homme, on le devient », hurle un pseudo-colonel de Beauvoir (plaisanterie minable, les Jésuites ayant pris position pour Camus contre Sartre, ce qui me rend Sartre définitivement sympathique, même si je vais le contester plus tard). Bref, tout ça pue la chambrée militaire, le fascisme homosexuel institué, la chiourme, les chiottes, la merde. J'ai vu ces gueules de la connerie française qui vont aller casser de l'Arabe (ou plutôt du « raton ») en Algérie. Je les ai vues, et j'ai dégueulé devant ces gueules. Après « Joyaux au poteau ! », c'est maintenant « Joyaux aristo ! » crié par des bourgeois ou des petits nobles honteux qui se feront bientôt crever la peau dans les djebels. Les autres se marieront, auront des enfants, et occuperont, comme on dit, de belles situations dans les affaires. Ils viendront même me demander, une fois mon nom d'écrivain connu, de leur parler en tant qu'ancien élève de l'École. Là, je leur donne une leçon : c'est ma femme, Julia, qui, comme psychanalyste, leur fait une superbe conférence de critique théologique. Ils applaudissent sans rien comprendre, ce qu'il fallait démontrer, point.

Je lis avec avidité mes livres interdits sous la lampe. Je souligne des phrases, je les apprends par cœur, je prends des notes, je griffonne, je jette, je reprends, je jette. Il y a quand même, un soir, un concert de chant à la chapelle, du Purcell, je ne l'oublierai jamais : la musique classique, après le jazz et le flamenco, vient de faire irruption dans ma vie. Et puis une prestation mémorable d'un vieux jèze qui raconte son expérience en Chine : c'est la première fois que j'entends parler quelqu'un qui a vécu dans cet énorme pays. Le père Bonnichon, lui (ce nom ne s'invente pas), a repéré mes qualités de dissertation, mais m'inflige, exprès, de mauvaises notes, et va jusqu'à lire, devant la classe médusée, ma copie, notée 2 sur 20, comme exemple de ce qu'il ne faut pas faire.

Pas mal joué, mais il en faut plus pour m'amadouer. Le père Bonnichon est peut-être un personnage éminent d'un roman catholique (et, en effet, il l'est), mais je ne suis pas là pour reprendre le flambeau d'un masochisme aussi pathétique. Il me convoque dans son studio de surveillance, Bonnichon, il me regarde du fond de son expérience du néant, la bouche un peu baveuse et tordue, il voudrait me plaire comme je lui plais, mais peine perdue. Tous ces pensionnaires, gardiens compris, sont des puceaux extravagants, et j'ai mieux à faire. Puceaux catholiques, mal baisés laïques, quel tableau éducatif, quelle pathologie de l'autorité. Ça doit continuer, je suppose.

Jeudi après-midi libre : je vais dans le parc de Versailles, je le connais par cœur d'allées en allées, de statues en statues, de fontaines en fontaines. C'est chez moi, c'est mon enfance en plus grand. Je marche, je m'assois, je remarque, gravier crissant, futaies, clairières. J'y reviendrai un jour, pas seul, à l'hôtel Trianon.

Le dimanche, libre du matin au soir : je prends le train pour Paris jusqu'à la gare Saint-Lazare, et alors, là, grande vie jusqu'à 22 heures, restaurant, chasse aux putes, dont l'une me vaudra ma première infection. Énervant, mais pas grave. Eugénie est loin, je me fais à l'idée qu'il faudra désormais en passer par des satisfactions plus triviales. Non que les putes de Paris soient désagréables, au contraire. Je n'en finirais pas de faire leur éloge, et même d'essayer de retrouver cette petite merveille vive de 25 ans (j'en ai 18), travaillant du côté de la Madeleine, et qui me propose à moi, étudiant, de faire le trottoir pour moi, après m'avoir offert une belle cravate. De temps en temps, à l'entrée des hôtels de passe : « Il n'est pas mineur, au moins ? »

C'est allé encore plus loin à Barcelone, dans les derniers feux du Barrio Chino, avec les admirables filles catalanes, les meilleures du monde (leurs grands-mères ont vu passer et agir Picasso). Vamos ! Courage !

Je rentre en courant à l'École et, le lendemain, je rate le « bol d'air ». Bref, un an et demi comme ça, et puis bonsoir, renvoyez-moi comme je vous renvoie, n'en parlons plus, *Ad Majorem Dei Gloriam*, à moi Joyce, à moi Loyola, à moi Gracián à travers les siècles.

Chacun devrait raconter ses expériences, les écrivains, les poètes, les philosophes, les curés, les curés de l'ombre, les politiques, les banquiers, les policiers, les militaires, les péroreurs révolutionnaires, qu'on voie un peu *à travers*.

Montre-moi ton enfance et ton adolescence, je te dirai qui tu es.

Je ris, en passant, des révélations de ce médiocre écrivain allemand, Günter Grass, prix Nobel de littérature, avouant qu'il a été Waffen SS à l'âge de 17 ans, pour échapper à son étouffante famille. Grass, on s'en souvient peut-être, a été la grande conscience sociale-démocrate de l'après-guerre. Des hypocrites s'indignent de son long silence avant l'aveu de cette « souillure », mais personne ne pose la vraie question : pourquoi Grass a-t-il eu *envie* de cette incorporation ? Pour échapper à sa famille, vraiment ? Ou plutôt pour ne rien savoir de ses désirs à l'époque ? Lesquels, d'ailleurs ? Expliquez-vous clairement (ou alors lisez l'extraordinaire roman de Jonathan Littell, *Les Bienveillantes*, confession d'un officier SS, cherchant à travers un matricide, une fusion incestueuse avec sa sœur *via* la sodomie passive, une issue impossible hors des massacres de cauchemar). Mon Dieu, mon Dieu, quelle misère : chrétienne, conservatrice, socialiste, fasciste, communiste, sociale-démocrate, réactionnaire, progressiste, etc. Est-ce qu'on ne pourrait pas s'évader de ces décors d'ensemble ? Grass, dites-moi : à 17 ans, qui aviez-vous envie de baiser ? Et vous, Bourdieu, et vous l'abbé Pierre ? Et vous, Staline, Mussolini, Franco, Pétain, Hitler ? Et vous, Bush, Ben Laden ? À 17 ans ? Mais tout est déjà joué, bien sûr, merci, Freud.

Adhérer aux Waffen SS à 17 ans, c'est comme si moi, au même âge, j'avais eu envie d'être parachutiste ou tortureur français. Peu importe, au fond, le contexte historique : l'inclination, le *goût*, tout est là. Vous avez, à cet âge, bandé pour *ça*? Chacun ses goûts, mais dites-nous franchement pour qui et pour quoi. Si c'est pour l'anal masculin (actif ou passif), allez à la misère masochiste ou à l'argent prédateur, c'est pareil, et, de plus en plus, l'avenir. La merde comme avenir.

Mon Espagnole, elle, au moins, arrivée du Pays basque à travers la montagne (j'ai été voir le chemin secret des immigrés clandestins), ne s'embarrasse pas de coinçages et de préjugés. Elle vient de la guerre civile, elle est anarchiste, elle se met à couvert à Bordeaux, elle a 30 ans, moi 15. Elle est très belle et bizarre pour une femme de ménage, elle me plaît, je lui plais : action. C'est d'elle que j'apprends la bouche et la langue, l'intérieur du corps féminin, sa douceur violente, son insolence. Elle m'apprend l'argot sexuel (je le traduis en français), et quelques phrases en basque (de quelle planète inconnue viennent ces mots?). Non seulement je l'aime, mais je l'admire : ironie, dissimulation, courage, discrétion, savoir-faire. Elle dort avec moi lorsqu'ils sont partis, c'est trop rare. Qu'est-ce qu'on s'est amusés, qu'est-ce qu'on a joui.

Je la reverrai à Paris, je raconte ça dans mon

roman, ma vie dans la marginalité espagnole. Et puis, elle disparaît : en Argentine, je crois.

À Paris, faux étudiant sursitaire, alors que commence la guerre d'Algérie (qu'on n'a pas le droit d'appeler « guerre » mais « maintien de l'ordre »), j'habite, près du Luxembourg, une chambre à l'hôtel Jean-Bart, rue Jean-Bart. Demi-pension payée par mes parents, mandat régulier de mon père qu'il augmente souvent, en douce. Le jardin du Luxembourg est encore un prolongement naturel du jardin d'enfance, comme le sera plus tard le parc Monceau, puisque j'habiterai une autre chambre, boulevard Malesherbes, en face de lui. Ça se trouve comme ça, appelons ces dons gratuits Providence.

À l'hôtel Jean-Bart vivent aussi trois ou quatre types comme moi, élèves venus de province. Avec deux d'entre eux, la camaraderie est immédiate et se limite à l'activité suivante : se saouler systématiquement au vin, de zinc en zinc, du côté de l'ancien Montparnasse. Cette ascèse d'abrutissement dure au moins un an. Je lui dois beaucoup dans mes décisions ultérieures. Le vin est dégueulasse, les rencontres grossières, les affalements de caniveau nombreux, les vomissements dans les lavabos logiques. Tout cela très gai, dépense pour rien, destruction joyeuse.

Je revois ma chambre donnant sur les toits gris.
Une petite radio, un électrophone permettant
d'écouter Bach, et puis Bach, et encore Bach. Et
puis les livres, parce que cette fois, ça y est, c'est
parti, je lis de plus en plus, je prends des notes, je
cherche mes propres phrases. Le matin, encore à
moitié ivre, je vais à la bibliothèque de l'Arsenal
lire les revues surréalistes, *Le Surréalisme au service
de la Révolution*, Breton, Aragon, Artaud, Crevel
(*Le Clavecin de Diderot, Mon corps et moi*), bref la
prose vivante. Deux boussoles : le sexe, le *phrasé*.
Sans bruit, avec un grand mouvement de nuit, la
bibliothèque commence à tourner sur elle-même.

La France de cette époque, juste avant le
retour en coup d'État de De Gaulle ? Comme
aujourd'hui : le vide. Voilà un pays magique
devenu indigne de ses cathédrales comme de
ses bordels, de ses châteaux comme de ses
grands criminels, une nation tassée, ramollie,
mal embourgeoisée et suicidaire, de plus en
plus socialistisée pour rire. Et pourtant, Paris est
toujours une fête, il faut savoir l'écouter en marchant. Je n'ai jamais autant marché *pour rien*
qu'à cette époque. Cinéma ? Très peu. Théâtre ?
Encore moins. Finalement, les livres : Proust,
Dostoïevski, Kafka, Sade, Bataille, Stendhal,
Nietzsche. Un jour de pluie, à la radio, j'entends
un jésuite vomir contre Nietzsche : fou rire
immédiat, c'est trop beau.

Breton, surtout. Je vais lui écrire bientôt, il me répond (belle écriture bleue appliquée) qu'il a aimé mon premier roman. J'irai le voir deux ou trois fois rue Fontaine (accueil chaleureux et cérémonieux). Pour l'instant, l'alerte m'est donnée par les *Manifestes, La Clé des champs, L'Amour fou,* l'incroyable *Nadja* : on sort dans la rue, il se passera forcément quelque chose de magique. Et c'est vrai, ça peut être vrai, ça m'est arrivé.

Il n'est pas impossible qu'on m'ait vu, en 1956, tout un mois de juillet, en Angleterre dans le Kent, à Broadstairs, entre Margate et Rams-gate. Mes parents m'ont expédié là pour perfectionner mon anglais. J'améliore surtout le bouche-à-bouche, sur la plage, avec des petites Anglaises qui n'ont visiblement rien d'autre à faire que manger des glaces et embrasser interminablement des garçons français. Le baiser profond, c'est tout, jamais plus bas, un calvaire. Le puritanisme anglo-saxon a son mystère très peu mystérieux, simple plomberie hystérique. Tout semble offert, rien n'est permis. Je retrouverai cet étrange système d'invite permanente à la frustration à New York, où les seules femmes fréquentables, bloquées entre l'activisme gay et la névrose d'argent, ont été (sont encore) les Européennes, les Portoricaines ou les Colombiennes. J'ai beaucoup parlé espagnol à Manhattan. Mais j'ai aimé la ville et le port, et aussi Londres. J'y suis revenu souvent.

D'où vient l'argent ? Les mandats de mon père doivent être plus importants que prévu. En tout cas, je l'ai. Et puis, il y a les restaurants universitaires, celui de Mabillon, celui de Monceau. Encore deux chambres : l'une, sinistre, au début du boulevard Raspail (voir le début de *Passion fixe*), à côté de la librairie Gallimard (Dieu sait si je peux penser qu'on verra, un jour, mes livres dans cette vitrine, mais *ça devait arriver*) ; l'autre, lumineuse, plus haut dans le boulevard, en face de l'Alliance française, sixième étage au bout d'un couloir, chez une veuve âgée invisible, avec balcon et petite terrasse. Rentrées à pas de loup au milieu de la nuit, visites de la fille brune l'après-midi, porte fermée à clé : c'est l'été.

Inutile de dire que je ne connais personne à Paris, sauf une vieille tante volumineuse vivant près du parc Monceau, avec une de ses amies squelettique, couple lesbien préhistorique. Elle m'invite gentiment à déjeuner le dimanche, c'est très bon, merci, et salut. Le milieu littéraire ? Aucune idée. Les journaux ? Jamais. L'actualité ? Une seule obsession : échapper à l'armée. Les études supposées ? Rien à foutre.

Il suffit de traverser le boulevard Raspail, en face de ma chambre d'époque, pour tomber sur l'Alliance française avec cette affiche : chaque jeudi à 18 heures, Francis Ponge, cours gratuit. Ponge, je l'ai un peu lu, je connais *Le Parti pris des choses*, je viens d'acheter le numéro de la *NRF* qui lui est consacré, avec un magnifique inédit, *Les Hirondelles*. Je lis donc la *NRF* ? Mais oui, pour les chroniques de Blanchot, et certains textes, comme les extraordinaires récits d'expériences mescaliniennes de Michaux. *Les Hirondelles*, donc, et c'est le printemps.

Je me retrouve dans une salle de classe sinistre, avec à peine dix auditeurs, devant ce type étrange (il a 60 ans), qui, pour gagner sa vie, improvise selon sa fantaisie. Qu'est-ce que parler ? Qu'est-ce qui se pense en parlant ? La question m'intéresse, d'autant plus qu'elle prend un aspect totalement inédit et concret. Ponge lit très bien tel ou tel texte du *Parti pris* ou de *La Rage de l'expression*, c'est très beau, net, concentré, ça résonne. Je reviendrai, j'amènerai plus tard deux amis, on ira bavarder ensemble. À la fin de ce qui n'est pas un « cours » mais une mini-conférence, je décide de lui montrer quelques papiers. Il réagit positivement très vite, prévient Paulhan, une grande amitié s'ensuit.

Je vais voir Ponge chez lui, rue Lhomond, près du Panthéon, au moins une fois par semaine. Sa solitude est alors terrible, sa pauvreté matérielle visible. Là-dessus, une fierté et une ténacité

radieuse, quelque chose de radical et d'aristocratique, dans le genre « tout le monde a tort
sauf moi, on s'en rendra compte un jour ». J'ar-
rivais, je m'asseyais en face de lui dans son petit
bureau décoré par Dubuffet, j'avais des questions, il parlait, je le relançais. J'ai fait ce que
j'ai pu pour lui par la suite : invitation d'un mois
à l'île de Ré, conférence à la Sorbonne, envoi
de caisses de vin de Bordeaux, obtention d'un
maigre salaire dans le budget de la revue *Tel
Quel* (il figure en tête du premier numéro), livre
d'entretiens d'abord diffusés à la radio, etc.
J'amène un électrophone et on écoute du
Rameau, et encore du Rameau (c'est son musicien préféré). Ponge, à ce moment-là, est très
isolé : mal vu par Aragon en tant qu'ancien communiste non stalinien, tenu en lisière par Paulhan (malgré leur grande proximité), laissé de
côté par Sartre, après son essai retentissant sur
lui dans *Situation I*. Il est encore loin de l'édition
de ses œuvres complètes et de la Pléiade, mais le
temps fait tout, on le sait. Jusqu'en 1968, idylle.
Ensuite, on s'énerve, moi surtout. Raisons apparemment politiques, mais en réalité littéraires
(Malherbe, sans doute, mais n'exagérons rien),
et métaphysiques (le matérialisme de Lucrèce,
pourquoi pas, mais pas sur fond de puritanisme
protestant). De façon pénible et cocasse, la rupture se produit apparemment sur Braque (texte
critique de Marcelin Pleynet, privilégiant sexuellement, et à juste titre, Picasso), mais aussi

(rebonjour Freud), à cause de mon mariage (sa propre fille est alors à remarier). Il y a, de part et d'autre, des insultes idiotes. À mon avis, à oublier.

J'ai beaucoup aimé et admiré Ponge, et la réciproque aura été vraie. Je ne vais pas citer ici les dédicaces superélogieuses de ses livres. Les historiens le feront un jour, c'est leur métier.

L'autre rencontre, importante et très différente (je suis doué pour les différences), est évidemment Mauriac. J'aime certains de ses romans (*Thérèse Desqueyroux*, par exemple, mené de main de maître du début à la fin, et qu'il aurait dû appeler *Poison*), mais je suis surtout attiré par son éthique politique. Visite classique du jeune écrivain à Malagar, donc, puis nombreuses rencontres à Paris, avenue Théophile-Gautier, ou, pour dîner, chez Calvet, boulevard Saint-Germain. Tout le monde sait que la conversation de Mauriac était éblouissante. Pour moi, à ce moment-là, il est d'abord quelqu'un qui a connu Proust, qui allait le voir chez lui vers 2 heures ou 3 heures du matin, retrouvant ainsi le grand hibou du Temps allongé dans son lit, les draps tachés d'encre. La dévotion de Mauriac pour Proust : « Vous comprenez, un jour, le soleil s'est levé, plus rien n'a existé. Moi, j'ai remis ma copie... »

Il écrit son « Bloc-Notes » assis sur un petit lit, Mauriac, papier sur ses genoux, à l'écoute. Il est incroyablement insulté à longueur de temps, et il y répond par des fulgurations et des sarcasmes (ressemblance avec Voltaire, après tout). Il est très drôle. Méchant ? Mais non, exact. Sa voix cassée surgit, très jeune, la flèche part, il se fait rire lui-même, il met sa main gauche devant sa bouche. Homosexuel embusqué ? On l'a dit, en me demandant souvent, une lueur dans l'œil, si à mon égard, etc. Faribole. Mauriac était très intelligent et généreux, voilà tout. Fondamentalement *bon*. Beaucoup d'oreille (Mozart), une sainte horreur de la violence et de sa justification, quelle qu'elle soit. Les sujets abordés, après les manipulations, les mensonges et les hypocrisies d'actualité ? Proust, encore lui, et puis Pascal, Chateaubriand, Rimbaud. Les écrivains sont étranges : avec Ponge, je suis brusquement contemporain de Démocrite, d'Épicure, de Lautréamont, de Mallarmé. Avec Mauriac, de saint Augustin, des *Pensées*, d'*Une saison en enfer*. Y a-t-il un seul écrivain, au fond, souvent inégal ou contradictoire, qui parcourt les siècles sous des noms d'emprunt ? Hypothèse soutenable (elle vient de Proust, mais aussi de Borges). Celui-ci s'avance masqué dans le temps, pour le meilleur et pour le pire, et toute la philosophie peut aussi apparaître comme un département de la littérature et de la poésie. Une devise pourrait en être tirée : de chacun le meilleur. Voilà, de plus en plus, mon sentiment et ma conviction, comme si un dieu faisait signe dans cette région. Pour cela, il est vrai, un certain don des langues est requis, une langue des oiseaux, alchimique sans doute. *De pluribus unum* : exergue pour un livre futur qui pourrait s'appeler *La Guerre du goût*. Éclectisme ? Pas du tout, crible.

Rimbaud (13 mai 1871) : « Cette langue sera de l'âme pour l'âme, résumant tout, parfums, sons, couleurs, *de la pensée accrochant la pensée et tirant.* » (C'est moi qui souligne.)

Baudelaire et Lautréamont, constamment.

L'Expérience intérieure, de Georges Bataille, livre abandonné dans un coin, découvert, par hasard, dans une librairie poussiéreuse de Bordeaux.

Et, bien entendu, Sade, qui circule encore sous le manteau, avant qu'Antoine Gallimard, sur mon conseil, dans un avion entre Paris et New York, fin 1982, décide de le publier enfin en Pléiade. Le Diable sur papier bible, c'est bien le moins.

Et enfin Céline (surtout *D'un château l'autre, Nord, Rigodon, Féerie pour une autre fois*) dont le même Antoine Gallimard me demandera de préfacer les *Lettres à la NRF* (1991).

Toutes ces opérations pourraient s'intituler *Mouvement.* Elles sont, pour l'essentiel, invisibles.

« Sollers »

Quelques-uns de mes textes commencent à circuler, notamment (*via* Ponge) une *Introduction aux lieux d'aisances* que Paulhan aime beaucoup, mais que Marcel Arland juge impubliable dans la *NRF*. C'est Jean Cayrol, qui dirige alors, aux Éditions du Seuil, une collection pour débutants, *Écrire*, qui publie le premier une petite nouvelle de moi, archaïque et sans intérêt, *Le Défi*. Mais, là, Mauriac surgit.

C'est le 12 décembre 1957 qu'il me consacre la totalité de son « Bloc-Notes » de *L'Express*, sous le titre « Une goutte de la vague » (on parlait à l'époque de « Nouvelle Vague »). L'article se termine par ces mots : « J'aurai été le premier à écrire ce nom. Trente-cinq pages pour le porter, c'est peu, c'est assez. Cette écorce de pin dont, enfant, je faisais un frêle bateau, et que je confiais à la Hure qui coulait au bas de notre prairie, je croyais qu'elle atteindrait la mer. Je le crois toujours. »

Je viens d'avoir 21 ans. Tout cela est excitant,

impressionnant, et très dangereux. La mer, ou plutôt l'océan, sont encore loin, si seulement ils existent. Mais enfin, me voici embarqué, sous mon nouveau nom, sur une écorce de pin.

Personne, comme Mauriac dans son « Bloc-Notes », n'aura aussi bien décrit la bêtise et le déshonneur de la classe politique française, de Vichy à la guerre d'Algérie, en passant par « Moscou-la-gâteuse », comme l'a dit un jour un jeune écrivain de très grand talent, devenu par la suite, et pendant trente ans, le serviteur gâteux de ce même gâtisme. Le voici, soudain rajeuni, un an plus tard, dans un tournant historique (Staline est mort, tout glisse). C'est Aragon, et l'éloge, cette fois, concerne mon premier roman, *Une curieuse solitude*. Son article-fleuve paraît en novembre 1958 dans *Les Lettres françaises*, et s'intitule « Un perpétuel printemps ». À partir de là, je vais avoir quelques difficultés à faire comme si je ne vivais pas dans la société et l'Histoire. Ça va mettre un certain temps à se débrouiller.

Voyons Aragon. Il a 61 ans, les choses ne vont pas bien dans sa région, Moscou-la-gâteuse est en train de se révéler au grand jour comme Moscou-la-sanglante. Au grand jour? Non, pas encore. On passe juste de l'opacité dénoncée depuis longtemps dans une surdité presque

générale, à une pénombre qui n'est pas encore
entièrement dissipée. Quoi qu'il en soit, Aragon
veut faire sa grande rentrée littéraire (*La Semaine
sainte*), il s'énerve, constate qu'il s'est engagé
dans une impasse désastreuse, prévient ses amis
communistes que, si ça continue comme ça, ils
risquent de perdre leur empire, leurs privilèges
et même leur emploi. De Gaulle est arrivé au
pouvoir en mai 1958, on va vers le putsch des
généraux d'Alger, et, dix ans après, un autre mai
commencera à déstabiliser ce cercle de l'enfer
français (avec Vichy, autre cercle). Il faut ren-
verser l'échiquier, dire que tout recommence,
et me voilà projeté sur scène sans avoir rien
demandé. De plus, Aragon a très bien compris la
manœuvre de Mauriac, et veut le doubler dans
un concours de rajeunissement général.

Mauriac évoquait, à mon sujet, son enfance à
Bordeaux, Barrès, Stendhal, les Jésuites (« les
Jésuites ont manqué ce bel oiseau »). Aragon,
lui, commence par citer *All for love* de Dryden, les
amours d'Antoine et de Cléopâtre, admoneste
ensuite un romancier communiste qui a une
vision étroitement sociale de la littérature, se
dégage de ceux de ses amis qui croient avoir
sur lui « des droits idéologiques », s'indigne que
je puisse être traité de « jeune bourgeois »,
demande toute licence en « amour » (tout en
trouvant que j'insiste déjà trop sur les détails

physiques, ce qui ne manque pas de sel venant de l'auteur clandestin du *Con d'Irène*) et compare le personnage féminin de mon livre (Eugénie, rebaptisée Concha) à la Graziella de Lamartine (ce qui, pour le coup, est franchement à côté du sujet).

C'est surtout sa jeunesse qu'Aragon veut bien entendu rappeler, son passé surréaliste (qu'il a deviné que j'admire), son amitié trouble avec Drieu (qu'on retrouve dans *Aurélien*). L'autre nom, qu'il cite, pour la première fois depuis trente ans, et avec ferveur, est celui d'André Breton, passion de ses 20 ans, devenu son ennemi irréductible. Bref, je fais effervescence dans les mémoires. Il était temps.

Breton a-t-il lu ce long morceau lyrique ? C'est évident, puisqu'il m'écrit un peu plus tard qu'il a beaucoup aimé mon livre, qu'il l'a même apporté à Benjamin Péret, alors à l'hôpital, et tout cela « malgré le redoutable parrainage de Mauriac et d'Aragon ». Traduisons : le Saint-Siège et le Kremlin, seules forces qui semblent rester debout après la tourmente. Sur le long terme, après avoir tourné autour de ces Églises (sans pour autant aller vers Trotski), j'irai voir en Chine si on ne pourrait pas changer d'air, avant de me retrouver, de plus en plus chinois intérieur, à Rome. Mais n'anticipons pas.

Il faut dire qu'Aragon n'y va pas de main morte, et a des formules vibrantes. Il me compare à un violoniste à la mesure de David Oïstrakh : je m'avance, je rejette mes cheveux en arrière (j'ai les cheveux courts), mon attaque à l'archet révèle un futur grand musicien, je parle des femmes comme personne. « Ce livre est celui de la *grâce*, voilà ce qui en fait le prix. » Et encore : « Le destin d'écrire est devant lui comme une admirable prairie. »

Mauriac, défié, remet ça très vite : « J'ai promis la gloire à ce Philippe, et je ne m'en dédis pas. » Et aussi : « Je me remémore, pour les lui dédier, ces mots que Barrès m'écrivit un jour de 1910, le jour de Pâques, et dont j'avais été comme enivré : "Soyez paisible. Soyez sûr que votre avenir est tout aisé, ouvert, assuré, glorieux. Soyez un heureux enfant." »

Tout cela me paraît épatant, mais très exagéré. Mon avenir (comme on dit) ne me paraît pas du tout aisé, ouvert, assuré, au contraire. Je ne suis pas Mauriac enfant, et pas non plus le jeune Aragon, et pas davantage le jeune Breton, le jeune Drieu, ou le jeune-qui-vous-voulez. Je ne me sens pas « jeune », mais plutôt vieux, j'ai sans doute une apparence physique agréable, une expérience sexuelle déjà considérable comparée à celle des garçons de mon âge (très puceaux), mais j'ai bien conscience de jouer une musique encore maladroite, avec des lueurs, soyons juste. Aquarelles, dessins, fusains, on verra bien. Pour l'instant, la première griserie narcissique passée, l'instinct me pousse à prendre le maquis, la tangente, à m'intégrer le moins possible, à fuir le bal des vampires sociaux, à renforcer, comme aux échecs, les points forts, c'est-à-dire la vie privée. La constante de ma vie, si j'y prête attention, est dans ce réflexe de dégagement qui ouvre sur des rencontres imprévues et non programmables. Elles surgissent, on ne les attend pas, c'est magique, elles montrent la voie : ce sont des femmes, et voilà.

Aragon, au café La Régence, place du Palais-Royal, me dit : « Tu comprends, petit, l'important est de savoir si on plaît aux femmes. » Je n'aime pas ce tutoiement forcé, et encore moins le mot « petit ». Quant aux femmes, je suis au courant, merci, j'ai, comme dit Casanova, « le suffrage à vue », et ça marche. L'autre formule, moins conventionnelle, et plutôt amusante, consiste, de sa part, à dire que le comble du snobisme est de se déclarer communiste. Bon, pourquoi pas. Après quoi, quelques rencontres, où, immanquablement, il se met à me lire ses poèmes qui, d'ailleurs, n'en finissent pas. Voix déclamatoire, très dix-neuvième siècle, la diction plaintive et forcée que vous entendez déjà dans

l'enregistrement d'Apollinaire, « Ouvrez-moi
cette porte où je frappe en pleurant », etc. Aragon est encore très beau, il est debout, il se
regarde à travers vous, le miroir envahit la pièce,
il vous glace. Il me fait le coup quatre ou cinq
fois, rue de la Sourdière, d'abord (petit appartement encombré et obscur, plus modeste que
celui, tout aussi encombré, de Breton rue Fontaine), rue de Varenne ensuite (luxe et chauffeur, le Parti s'occupe de tout). Je m'ennuie,
je suis fragile des tympans, l'admiration toni-
truante du poète, dans la pose du grand poète,
pour un vers de Henry Bataille, « J'ai marché sur
la treille immense de ta robe », me laisse froid.
Je note que le spectateur, épinglé dans son fauteuil, pourrait se lever, sortir, aller prendre un
verre ou deux au café du coin, revenir une heure
après, sans que l'auteur-acteur ait remarqué son
absence. Bon, ça ira comme ça. La goutte d'eau
qui fera déborder le vase sera le « pèlerinage au
Moulin », là où il se fera enterrer avec Elsa,
œuvres et cadavres croisés. Atmosphère de dévotion hyperbourgeoise et cléricale des invités,
aucun snobisme, la servilité partout.

La comédie Mauriac : raffinée. La comédie
Aragon : vulgaire. Elsa, quelle histoire. Je n'ai jeté
qu'un coup d'œil sur cette affaire, puisque,
lorsque Aragon me lisait interminablement ses
poèmes, cette petite femme revêche entrait de

temps en temps dans son grand bureau, sous un prétexte ou un autre (surveillance). Elle aimait, paraît-il, s'entourer de jeunes poètes plus ou moins communisants (misère de la poésie de cette époque). Elle a fini par m'offrir un de ses livres, avec la dédicace suivante : « À Ph. S., maternellement. » Là, non, c'est trop, on ferme.

La question des *voix* : il nous manque des enregistrements de Proust et de Beckett, mais il y a la voix chuintante de Gide ; celle, rauque et ironique, de Mauriac ; celle, mélo-démago, d'Aragon ; celle, en surplomb un peu précieuse, de Breton ; celle, surjouée et passionnelle, d'Artaud ; celle, emphatique et bousillée, de Malraux ; celle, très douce et comme effacée, de Bataille ; celle, directe et enfin moderne, de Céline ; celle, éblouissante, du musicien Joyce ; celle, sèche et décapante, de Sartre ; celle, pointue et désagréable, de Beauvoir ; celle, hystérique, de Duras ; celle, posée et juste, de Barthes ; celle, détimbrée, de Foucault ; celle, suave et sinueuse, de Deleuze ; celle, soucieuse, de Derrida ; celle, enfin, retorse, aux aguets, caustique, de Lacan, ce grand professionnel comique (ce qu'on ne dit pas assez). Ajoutez le maniérisme chinois de Paulhan, la véhémence de Genet, la péroraison de Cocteau et, à contre-courant, la très étrange et inquiétante voix intériorisée de

Heidegger, et vous avez, en somme, le grand
répertoire du vingtième siècle.

Je les entends.

Mauriac et Aragon, donc, à la recherche du
Temps perdu. Mauriac est un inconditionnel
admirateur de Proust, alors qu'Aragon (comme
Sartre) le traite avec une désinvolture indé-
cente (« Tu comprends, petit, Albertine, c'était
Albert »).

Deux manœuvriers de premier ordre.

Dédicace du premier pour *Mémoires intérieurs* :
« À Philippe Sollers

Une vie d'écriture et de lectures : mes livres,
ceux des autres... Ai-je vécu ? Ai-je rêvé ma vie ?
Notre vie est un songe. Nous nous réveillerons le
jour de notre mort...

De tous les songes, l'amitié aura été le plus
doux, le plus vain, celui que j'aurai le plus aimé,

À vous, cher Philippe, le dernier venu et non
le moins cher.

François Mauriac
Paris, 25 avril 1959. »

Du second, pour un hors-commerce des
années 1920, *Une vague de rêves*, grand texte
d'Aragon de son époque libertaire :

« À Philippe Sollers, ce petit livre d'un de ses
cadets, affectueusement,

Aragon. »

La dernière phrase de ce chef-d'œuvre est celle-ci :

« Qui est là ? Ah très bien : faites entrer l'infini. »

Mais la dédicace qui, aujourd'hui encore, me touche le plus est celle d'André Breton, de sa fine écriture bleue, pour un envoi de la réédition des *Manifestes du Surréalisme*, en 1962 :

« À Philippe Sollers, aimé des fées,

André Breton. »

J'ai été très surpris, plus tard, pendant l'été 1966, alors que j'étais à Venise avec un grand amour clandestin, de recevoir, depuis Bordeaux, un télégramme de ma mère m'annonçant, de façon peinée, la mort de Breton, dont je n'avais jamais parlé avec elle. Histoire de fées ? Mais oui.

Mauriac meurt en 1970, quelque temps après mon père. Je vais le voir à l'hôpital : il est à l'agonie, étrangement détendu et calme. Je veille son corps chez lui, pendant une heure, avec, de l'autre côté du lit, son fils Jean. Il a l'air de flotter, Mauriac ; il s'est visiblement éteint dans sa foi profonde.

Aragon meurt plus tard, en 1982, et je ne l'ai pas revu, sauf dans la rue, une ou deux fois, marionnette provocante et pathétique, accompagné et porté par des jeunes gens ravis de l'exhiber de façon très folle.

C'est la vie.

Aurais-je souhaité rencontrer Gide autrefois? Si on m'a lu jusqu'ici, on comprend que non, et pourquoi.

Sartre? Il semble devenu indifférent à la littérature, qu'il assimilera bientôt à une névrose (*Les Mots*). Il remarque pourtant positivement un de mes premiers livres, *Drame*. Vu seulement en 1972, dans les désordres du temps, deux heures dans son studio. Il me parle à toute allure de son *Flaubert*, allume des Boyard maïs l'une après l'autre, « avant que le Castor n'arrive », me raccompagne sur le palier et me dit : « Bon, alors on se retrouve dans la rue? » Flaubert ou la rue? Les deux, sans doute, mais j'ai aussi autre chose à faire.

Blanchot? Vu deux fois. Spectral. Coup de foudre d'antipathie immédiate et, je suppose, réciproque. Grande estime antérieure soudain effondrée. Bizarre.

Robbe-Grillet? Drôle, décidé, sympathique, caustique, mais de plus en plus cinéma et érotisme tocard. Ça ne s'est pas arrangé, et il se fait tard.

Gracq? Deux ou trois fois, compassé. Et puis une remarque : « Je n'aime pas Mozart. » Bonsoir.

Michaux? Une seule fois. Coton dans les

oreilles. Tristesse des lieux, très en dessous de la mescaline.

Duras ? Conversations marrantes au café. Et puis, elle s'emballe pour Mitterrand, bonsoir.

Claude Simon ? Très chaleureux, guerre d'Espagne, anarchisme buté. Me plaît.

Paulhan ? Le plus intrigant. Chez lui, rue des Arènes. Le seul qui semble penser avant de parler, allusions métaphysiques fréquentes, ironie matoise, signaux zen. Il travaille en écoutant des chansons à la radio. Me prête des livres chinois et *Orthodoxie* de Chesterton. Tout de biais, mais parfois éclairant. Aime *Le Parc*, où il voit une mise en scène de la Trinité : bien joué. Très intelligent, œuvre faible. Belle écriture bleue ronde, billets allusifs. Se veut énigmatique, style société secrète, goût du pouvoir.

Cioran ? Finit par m'envoyer un de ses livres, en me traitant gentiment de « vivant, trop vivant ». Deux ou trois déjeuners, rires incessants, désespoir excessif.

Sarraute ? Amitié incompréhensible, douceur, mélancolie, mélodie. J'essaie de lui cacher que je n'aime pas beaucoup ses livres. Elle le devine, mais, étrangement, ne semble pas m'en vouloir.

Genet ? Vivacité inspirée fulgurante. J'ai écrit ce que je pensais de lui (*Physique de Genet*), dans *La Guerre du goût*. Perdu de vue quand il devient politiquement ennuyeux, mais nombreux rires ensemble.

Leiris? Le scrupule même, l'honnêteté. Fermeté fermée, pas très drôle. Grand appartement sur les quais. Présence, dans l'ombre, de Raymond Roussel.

Klossowski? Incroyable voix précise et précieuse. Conférence sur Sade, organisée par *Tel Quel* à Saint-Germain-des-Prés. Foule. Lacan, cigare au bec, vient se planter devant lui, goguenard.

Céline? Une seule fois, au téléphone, peu avant sa mort. « Venez me voir ! » J'aurais dû sauter dans un taxi.

Bataille? Venant de temps en temps, l'après-midi, dans le petit bureau de *Tel Quel*. S'assoit, parle à peine. Très étrange rencontre avec Breton, au café du coin. Pour moi, grand signe. De tous les personnages rencontrés, c'est lui, et de loin, que j'admire le plus.

Je parlerai plus tard de ceux que j'ai mieux connus, écrivains, intellectuels, philosophes, artistes.

Philosophes, surtout, puisque je tiens à savoir ce que je fais là. Grandes clartés de lecture du côté de Leibniz, Spinoza, Husserl, Hegel. Passion continue pour Nietzsche, et approfondissement de Heidegger. Freud, sans cesse (intérêt redoublé par Lacan). Et puis Bible, à fond (cf. *Paradis*), saint Augustin, Pascal. Grande révélation de Dante. Et puis Inde et Chine. Et, de nouveau, les Grecs. Marx? Oui, oui, attentivement, pour voir.

Ésotérisme : Guénon.

Beaucoup de musique, beaucoup de peinture.

Je viens d'arriver, les éloges pleuvent, les critiques aussi. Voici ce que je comprends très vite en entrant sur cette scène empoisonnée : les insultes, l'incompréhension, la jalousie ou l'indifférence vous poussent en avant, les éloges, eux, vous retardent.

Baudelaire : « J'ai un de ces heureux caractères qui tirent une jouissance de la haine et qui se glorifient dans le mépris. Mon goût diaboliquement passionné de la bêtise me fait trouver des plaisirs particuliers dans les travestissements de la calomnie. »

J'aurai beaucoup d'occasions, par la suite, de vérifier mon heureux caractère.

Dans ces années-là, l'idée de « carrière littéraire » ne m'effleure même pas, je poursuis ma vie parallèle, j'accumule du temps, j'ai de plus en plus un amour passionné du temps. L'orage est à l'horizon, le malheur frappe : faillite de ma famille (donc comment trouver de l'argent?), menace du service militaire (comment y échapper en pleine guerre d'Algérie?), mort de mon meilleur ami tué dans les Aurès (j'écris un petit texte froid là-dessus, *Requiem*, et son ombre sera très présente dans le livre que je commence,

Le Parc), et, enfin, hépatite violente, avec coma prolongé, yeux injectés de sang pendant des semaines, noirceur générale, seule ressource dans la poésie, convalescence épuisée à Bordeaux, dans des maisons vidées de leurs meubles, sur une chaise longue presque tout le jour. Souffle, oreilles, foie : mon corps se traverse, il a ses raisons, je lui fais confiance, j'attends. Je peux dire la musique que j'ai écoutée sans arrêt pendant ces mois d'ombre : les sonates pour violoncelle de Bach, jouées par Pablo Casals. C'était ma prière. Je crois au dieu de Bach à travers le temps et l'espace, Bach, cinquième évangéliste, vainqueur de la mort, encore et toujours.

Fin du paradis d'enfance, fin des maisons, du jardin, des arbres, du merveilleux magnolia. Je respire à fond, une dernière fois, ce lieu des plaisirs qui va être rasé par des bulldozers, et remplacé par un grand supermarché sinistre. Avons-nous mérité cette punition ? Bien sûr. Sommes-nous maudits ? Cela va de soi. Inutile de dire que je ressens cet effondrement comme un grand triomphe.

Survivances à Paris, dans mon studio : le secrétaire Empire, « retour d'Égypte », sur lequel j'écris ces lignes, un miroir et deux tables de la même époque, la bibliothèque acajou. Les meubles ont leur mémoire.

Providence

Comme la Providence agit, c'est donc la rencontre, au moment de la publication d'*Une curieuse solitude.*

Déjeuner à la campagne, chez mon éditeur. Il veut un prix littéraire : il a donc invité un juré Goncourt et un juré Femina pour leur présenter son jeune auteur. Pour moi, tout ça, c'est la barbe. Mais le juré Femina, stupeur. C'est une femme de 45 ans, merveilleusement belle, et qui rit presque tout le temps, Dominique Rolin. Je l'ai aperçue une fois à la télévision, regardée chez Roger-la-frite, petit boui-boui populaire et pas cher de Montparnasse, lors de mes virées nocturnes. Impossible d'oublier cette première image : personne ne peut porter des pendants d'oreilles comme D. À l'espagnole, justement, bien qu'elle soit belge, ou plutôt hollandaise, ou plutôt juive polonaise, ou plutôt, tout simplement, une des plus belles femmes qui ait jamais existé.

Elle est assise à côté de moi, sur ma gauche. Je ne fais attention à rien d'autre. Corps de rêve, seins magnifiques, voix-mélodie, rire de gorge, humour. Elle paraît dix ans de moins (elle *a* dix ans de moins), elle sort d'un deuil très dur qu'elle décrit dans un de ses meilleurs livres, *Le Lit*, c'est donc une veuve sombre et joyeuse. Coup de foudre pour moi, légère commotion pour elle (elle manque de tomber dans un escalier). Mon destin est là, aucun doute. Même conviction, fondée, qu'avec Eugénie, sept ans plus tôt. Le surnom d'Eugénie dans ma mythologie personnelle : *L'Ange*. Celui de Dominique, immédiatement : *La Fée*. Tout y est : lumière intérieure, effet d'irradiation, sensualité, peau, bijoux, extraordinaire impression de confort et de repos que donne la beauté indifférente à elle-même (elle ne se trouve pas belle, évidemment). Il ne manque que la baguette magique, mais elle est là, invisible, l'étoile est là. Les citrouilles, autour de la table, ont disparu dans une gélatine de paroles vides. Elle va partir en riant dans un carrosse, mais je la retrouverai.

Et je la retrouve. Il faut insister un peu : moi 22 ans, elle 45, est-ce bien raisonnable ? Pas du tout, c'est la raison même. En route pour la féerie qui dure, à l'écart. L'amour ne peut être que clandestin, c'est sa définition. Elle est d'accord, sauvage et discrète sous ses airs trompeurs de grande gentillesse, faite pour décourager les

intrusions, la glu des confidences et des indis-
crétions. Toute personne qui avoue un amour,
ment. Banco ? Banco.

Je prends une voiture, je l'emmène tout de
suite en Espagne, je sais où, l'hôtel Oriente à
Barcelone, sur la Rambla de las Flores. Barcelone, la ville qui, à l'époque, ne dort jamais, ou
sans cesse, ce qui revient au même. On se baigne
dans les environs, on assiste à des corridas à la
Monumental, dont l'une, inouïe de virtuosité
et de grandeur, de Luis-Miguel Dominguin (les
oreilles et la queue), on dîne au Caracoles, près
de la Plaza Real (ses palmiers, ses arcades, son
marchand de cigares). Mais attention : tous les
matins, on monte à Montjuich, sur la colline surplombant la ville, et là, dans un petit café, à l'extérieur, presque seuls, on s'assied chacun à une
table isolée, et on écrit. Végétation explosive, vue
sur le port, grand silence partagé dans la séparation pure. On rentre, on mange des concombres
frais, on boit de la sangria, on fait l'amour, on
dort, on refait l'amour, on redort.

Cette femme est stupéfiante, amusante, très
déterminée. La nuit chaude, sur les Ramblas, est
d'une gaieté folle, foule intarissable dont le flot
faiblit à peine vers 5 heures du matin. Des fleurs
partout, des femmes-fleurs partout, des prostituées fabuleuses au Cosmos, café vers le port.
Dominique sait que je vais déraper de temps en

temps vers là-bas, elle ferme les yeux, ne se plaint pas, ça fait partie de l'accord. Barcelone est mon université accélérée vitale. C'est là que Picasso a fait ses classes. Le quartier chaud s'appelle, comme par hasard, le « Barrio Chino », le quartier chinois.

Barcelone, Barcelone, pendant trois ans, chaque été. Grand hôtel pas trop cher, murs épais blanchis à la chaux, fraîcheur, sommeil, veille, sommeil éveillé, rêve éveillé. Et puis un jour, en partant, accident, pneu éclaté, voiture bousillée, pas une égratignure. On sort par le toit ouvrant dans un fossé, on s'embrasse. Il y a un village pas loin, et un café où je bois le meilleur cognac de mon existence. On s'aime ? On s'aime.

Dominique, à l'époque, habite une grande maison avec parc à Villiers-sur-Morin. C'est là que j'apporte mon sac, en recevant l'hommage renversant et fiévreux de son gros boxer, Caramel. Seule divergence : elle aime les chiens, moi pas. La propriété est vaste, étouffante, loin. Elle va la vendre, et trouver bientôt un appartement rue de Verneuil, dans le VIIe arrondissement de Paris, tout près de chez Gallimard (future providence). Son surnom pour nous : *Le Veineux*. On reste bien entendu entre nous (jamais assez), on écoute beaucoup de musique, on écrit, on ne voit personne. S'il y a une cohérence dans ma vie plutôt agitée, elle est là.

Génération

Au cours du « lancement » éditorial de mon
roman, cocktail au bar du Pont-Royal, de jeunes
types de mon âge m'abordent. Ils sont insolents,
me bousculent un peu, on sympathise dans le
sarcasme, on fait la nuit, ce sont les fondateurs,
avec moi, de la revue littéraire *Tel Quel* qui fera
beaucoup parler d'elle. Que faire à cet âge-là, et
à cette époque-là, sinon fonder une revue?

Il y a donc là, au départ, parmi d'autres,
Hallier, Huguenin, Matignon. C'est un clan,
avec ses histoires de fascinations réciproques,
son homosexualité rentrée (à peine), ses jalousies, ses ambitions plus ou moins folles. Le
plus fou est Hallier, dont l'énergie incessante et
destructrice (autodestructrice) donne vite son
ampleur sociale à la publication de la revue. Le
contrat est simple : je viens d'avoir du succès, ils
en rêvent, ils s'accrochent à moi, l'éditeur veut
attirer de jeunes écrivains, voilà.

On parle, on boit, on palabre, on n'est pas d'accord sur grand-chose, mais aucune importance, il faut reprendre l'Histoire en main et prendre le pouvoir, c'est tout. Ces garçons énervés vont m'occasionner beaucoup d'ennuis par la suite. Comme on pouvait s'y attendre, la fausse amitié tactique des débuts se transforme assez vite en haine (surtout avec Hallier et Matignon, Huguenin, le plus romantique, étant mort, presque en même temps que Nimier, dans un accident de voiture). Mon clan à moi est marginal, mais j'ai un allié de poids : Ponge, à qui je lis l'éditorial du premier numéro de la revue au jardin du Luxembourg. Il tient à être présent dès le début, acte en forme de manifeste et défi à Paulhan comme à la *NRF*, mais aussi à Sartre et aux *Temps modernes*.

Je les trouve adolescents attardés et désordonnés, ces garçons, avec un certain talent, bon, mais sans ossature. Ils collaborent à un magazine, *Arts*, qui mène sa bataille contre les vedettes du jour, Sartre, Camus, Mauriac, bref « la gauche ». Sont-ils pour autant de « droite » ? Bien sûr, mais là, tout de suite la seule chose qui compte est de ne pas avoir froid aux yeux. La littérature conventionnelle de Huguenin est fade. Matignon publie un très bon *Flaubert*, mais en reste là, pour devenir, plus tard, critique vengeur et ressentimental au *Figaro*. Hallier est plus complexe, variable, mythomane, curieusement passionné par Blanchot, accapareur, marrant, épuisant, gluant, pathétique. Comme il est borgne (ce qui explique, en partie, sa folie), il est propulsé secrétaire de la rédaction, les autres membres du comité, au fonctionnement démocratique, étant sous le coup d'un appel militaire. Ils sont, comme la plupart des écrivains français, parfois intéressants mais philosophiquement nuls. Beaucoup de psychologie, donc, c'est-à-dire de temps perdu dans des rivalités dérisoires.

Hallier est le plus installé socialement, il habite chez ses parents, avenue Victor-Hugo. Il y a là de l'argent, et un Géricault au mur. Son père, ex-ambassadeur de Vichy pendant la guerre, est un général à la retraite, avec des dossiers dans ses tiroirs. La famille possède un château médiéval en Bretagne, le général a ses secrets, et le fils, d'ailleurs généreux à travers ses délires successifs, invite chez lui des réfractaires notoires : Robbe-Grillet (que j'ai connu là), Claude Simon (qui vient se renseigner, auprès du général, sur la cavalerie française en 1940), bref tout un pan des Éditions de Minuit. C'est le moment des « 121 » contre la guerre d'Algérie. En somme, tout ce monde est antigaulliste de base, ce qui n'est finalement pas ma pente, et qui explique pourquoi, par la suite, Mitterrand, d'abord enthousiaste de Hallier (*via* le général), aura des problèmes de vaudeville avec lui. De mon côté, le parfum Vichy m'indispose, mon nez est décidément anglais. Tant qu'à faire, s'il le faut, pour faire bouger les caves et déranger les placards, on s'appuiera sur le gâtisme d'extrême gauche avant de le jeter, lui aussi, par la fenêtre. Ce sera tout un art, et il y faudra du temps. Voilà pour la surface. En réalité, c'est l'expérience intérieure du langage qui me tient, m'entraîne, m'approfondit. On ne choisit pas cette passion, elle s'impose, et Sartre a tort : la littérature n'est pas une névrose, mais un chemin de connaissance de plus en plus magique et précis.

Tel Quel, c'est bien, c'est amusant, ça prend beaucoup de temps, avec des « comités » homériques, des affrontements plus ou moins joués, des brouilles sévères, et des « exclusions » virulentes. La base éditoriale est mon succès de librairie, premier malentendu, puisque je vais, à l'encontre, m'enfoncer dans la marge. *Le Parc*, qui déçoit les illusions à mon sujet (il y en aura d'autres), reçoit difficilement le prix Médicis, en 1961, grâce, d'ailleurs, à une intervention du vieux et fidèle Mauriac, lequel me voit « rageusement traité par la critique » :

« *Le Parc* témoigne de petits partis pris si apparents qu'ils ont pu agacer ou irriter, et surtout donner beau jeu aux petits camarades. Il reste ce goût que je discerne entre mille, ce "bouquet" qui est un don des dieux, enfin ce qu'autrefois nous appelions le style. »

La critique n'est pas contente ? Tant pis, ou tant mieux. Il ne me reste plus qu'à aggraver mon cas.

En réalité, ce qui a été mal jugé, dans *Le Parc*, c'est une trame soutenue de rêverie et d'expérience intérieure. Exemple :

« Je bute encore sur le même obstacle, immobile, soudain, en pleine rue, n'importe où. Je ne sais plus où je suis, en avant, derrière, où je me suis laissé, où l'on m'attend. Je repars avec précaution d'abord, puis de plus en plus vite à mesure que je me sens moins lié à ce qui m'entoure et qui me retient, simple forme habillée, aménagée, protégée, tranchée absolument du reste, et se mettant à courir, cherchant sans doute à détacher de soi, inconsciemment, cette part inférieure qui réclame son indépendance, sans cesse, sans fin... Et je cours à travers la nuit tiède colorée de lumières, j'atteins le parc désert à cette heure, je cours dans les allées obscures, je saute sur les bancs, les chaises de fer, les renversant, je cours, plus léger, libre, parmi les arbres, le visage rejeté en arrière, perdu, me perdant, et souffrant malgré tout de ne pas pouvoir rester avec ce que je perds, avec rien. »

Quoi ? Vous vous croyez chinois ? Vous voulez qu'on s'intéresse à ce *rien* ?

Donc, je tombe malade, mon sursis est supprimé, je suis obligé de partir. D'abord à l'hôpital Villemin (à côté de la gare de l'Est, quartier maudit), pour des examens médicaux. Je pense pouvoir m'en tirer avec mon dossier : asthme plus otites à répétition, plus mastoïdite (10 % d'audition en moins), plus violente hépatite mal guérie, mais peine perdue, l'armée ratisse le plus large possible. On m'expédie à Montbéliard, sous la neige, dans un bataillon disciplinaire. Là, ça va devenir coton.

À Villemin, les rencontres furtives avec Dominique, moi en pyjama bleu marine en laine grossière, elle en manteau d'astrakan, ont lieu dans le seul endroit que j'ai repéré comme désert : la chapelle.

J'ai l'air d'inventer un film, mais c'est comme ça. Il y a aussi un banc isolé où je peux me réfugier, les pieds dans la boue, pour regarder la lune. Sinon, c'est la promiscuité des dortoirs, l'arrivée de plus en plus massive des blessés et des traumatisés d'Algérie, le type à côté de moi, le visage couvert de croûtes, qui vient régulièrement se pencher sur moi pour me regarder dormir. Il a sauté là-bas sur une mine avec sa Jeep. Il est fou.

En principe, le général Hallier doit s'occuper d'obtenir ma réforme. J'ai confiance. J'ai tort.

J'apprendrai par la suite que mon dossier militaire est finalement arrivé à la frontière électrifiée avec la Tunisie, région à haut risque où on se faisait tuer comme des mouches. Cette gracieuseté fera exploser mon amitié méfiante (mais pas assez) avec son fils. Étrange famille. Disparition du petit Sollers ? Cadeau de revue pour le jeune mythomane à prétentions littéraires de l'avenue Victor-Hugo ? On peine à le croire, et d'ailleurs je n'ai jamais été cru sur cette question, pourtant essentielle, de ma biographie. Mes amis ou mes proches pensent que j'ai eu assez de chance et de privilèges comme ça (bourgeois). De quoi me plaindrais-je ? Je ne me plains pas, je raconte, mais personne n'écoute. Voilà des rapports sociaux à l'état brut. Je ne vais me sortir de cette misère que de justesse.

Arrivée à Montbéliard, donc. Mon dossier médical ne suffit pas, et j'ai été repéré comme ayant signé une pétition contre la torture. Imprudence : j'ai un livre avec moi, qui n'inspire aucune confiance aux surveillants locaux, le *Tractacus* de Wittgenstein. J'aime la littérature et la poésie, mais aussi (et c'est plus grave) la philosophie. Les *Recherches logiques*, de Husserl, m'enchantent. L'ego transcendantal, la réduction phénoménologique sont pour moi des sensations nettes. Ce goût ne me quittera plus, avec des embardées du côté des mystiques (Ibn

Arabî) et de l'ésotérisme (Guénon). Amateur, sans doute, mais l'expérience intérieure m'est familière, elle me permet de tenir le coup dans ce chaos.

Le camp est situé sur un plateau neigeux en plein vent. Il fait −10 °C, je tombe sur la *chambrée*, c'est tout dire. J'ai déjà remarqué, à Paris, que les « appelés » ayant de très bons dossiers de réforme ne veulent pas les utiliser, la « réforme » leur paraissant une honte, l'un par rapport à ses parents, l'autre aux yeux de sa fiancée. La servitude volontaire saute ici aux yeux, pas besoin d'avoir lu La Boétie, masochisme effarant, logique, implacable. Je n'ai connu aucun réfractaire, aucun déserteur : c'est pourtant ma décision immédiate.

On n'entre à l'infirmerie du camp qu'à partir de 39,5 °C de fièvre. Comme attacher mes guêtres me gonfle, et que j'en ai plus qu'assez d'entendre, chaque soir, les désolantes obscénités de mes camarades, je vais donc me lever de ma couchette en douce, et me promener pieds nus et torse nu dans la neige, en espérant que la fièvre finira bien par venir.

Elle vient. À l'infirmerie, un gradé, sentant la supercherie, vient me dire que l'armée a droit à 2 % de décès par malade, ce qui n'est pas grave.

Je jette évidemment les médicaments et la nourriture, je décline assez vite avec satisfaction (la liberté ou la mort), et mes parents, sans nouvelles, finissent par s'inquiéter, surtout ma mère qui, une fois en mouvement, est très décidée et coriace. On me transporte en ambulance à l'hôpital militaire de Belfort, elle suit dans un taxi. Montbéliard ? Belfort ? Voilà au moins deux villes où je ne mettrai plus jamais les pieds.

Maintenant, c'est la guerre d'usure. J'ai deux objets fétiches : une écorce d'orange, que je vais respirer en ouvrant la lucarne des chiottes, et des lames de rasoir que j'ai dissimulées dans un ourlet de mon pyjama. J'ai bien l'intention de m'en servir si ça dure. En même temps, je cesse de parler et garde le regard obstinément fixé sur le sol (très bonne connaissance des sols). Ce comportement finit par intriguer, donc psychiatre.

Avant de poursuivre, un tuyau à qui voudra s'en servir, un de ces trucs qu'on se refile à mi-voix dans les couloirs : pour perturber un électro-encéphalogramme, serrer et faire grincer légèrement les dents. Il paraît que ça marche. Un type me dit ça dans la banlieue de Paris, pendant que je subis des expériences-tests, dans une cave, au sujet de mon asthme. Tenez, respirez ça : odeur d'amandes amères, violente crise immédiate, étouffement, convulsions, et retour titubant à l'air libre pour contempler Paris de haut, grotesque Rastignac transporté, *via* le Val-de-Grâce, en camionnette grillagée comique (le texte qui raconte ça, pas mauvais du tout, se trouve dans le recueil *L'Intermédiaire,* et a pour titre *Background*).

Psychiatre, maintenant. C'est un capitaine, plutôt brave con. Il m'interroge, et je me tais, trois fois, quatre fois, cinq fois. Il me demande alors de dessiner un homme et une femme nus. Oh, le gros malin, c'est trop beau. Adam et Ève? Comme dans Cranach? Sans feuilles de vigne? Je m'y mets avec application, je dessine très mal, mais j'y parviens. Un homme et une femme parfaitement reconnaissables, puisque je m'attarde longuement sur les sexes et les poils, bien différenciés, bien visibles, seulement voilà, ils n'ont pas de bras. Le type me regarde, incrédule, mais ses yeux brillent, il tient son cas. « Il ne leur manque rien? » Je secoue négativement la tête. « Regarde bien, tu n'as rien oublié? » Ce tutoiement risque de me faire réagir, mais du calme. Cette absence de bras est grosse comme un immeuble, mais plus c'est gros, plus ça marche.

Je continue ma grève de la faim et mon mutisme buté. Entre-temps, mes parents ont alerté Ponge qui, lui-même, a prévenu Malraux. Je passe donc devant un nouveau tribunal qui me signifie ma Réforme (quel beau mot, *réforme*, pas en religion mais en armée), « sans pension, pour terrain schizoïde aigu ».

Le schizoïde aigu vous salue.

J'enverrai un mot de remerciement à Malraux, qui me répondra sur une carte de deuil par ces mots incroyables : « C'est moi qui vous remercie, Monsieur, d'avoir eu l'occasion, une fois au moins, de rendre l'univers moins bête. »

Je sors de cette ridicule petite saison en enfer, j'ai maigri de vingt kilos, je tiens à peine debout, toutes mes affaires ont disparu, et mon père est obligé d'aller m'acheter en ville des vêtements et des chaussures. Ma mère a apporté (grand symbole !) la canne à pommeau d'argent de son père, Louis. Je rentre dans un Paris étrange où explosent, chaque nuit, des bombes OAS. Ce sont les « nuits bleues ». J'emménage dans l'appartement-studio où j'écris ces lignes, boulevard de Port-Royal, en face de l'ancien couvent, transformé après la Révolution en maternité. La chapelle est désaffectée, où a eu lieu, le 24 mars 1656, le miracle de la Sainte Épine. Je suis un somnambule qui relit Pascal. Le beau cloître, alors sans grille, est très agréable dans les nuits d'été.

Inutile de dire que mes amis sont consternés de me revoir. Je me tais, je me remplume doucement, Dominique est là, il ne peut plus rien m'arriver pour l'instant, je commence à écrire mon premier vrai bon livre, *Drame*. Pour ce qui est de l'entourage, ça va chauffer.

Huguenin a déjà démissionné de *Tel Quel*, et obtient un succès avec un roman romantique, *La Côte sauvage*. Il a encore de jeunes admirateurs, tant mieux. Matignon démissionnera plus tard, mais ne paraît plus au bureau de la revue. Le problème, c'est Hallier, qui a bien l'intention de se cramponner à son poste de secrétaire général. Eh non, ce n'est plus possible. Du sinistre, on va passer au bouffon.

L'éditeur, en effet, aime Hallier, et tremble devant son général de père. Exclure un fils de cette importance lui paraît socialement pénible. Comme le comité de la revue fonctionne, par contrat, de façon démocratique, et que le vote a donné une majorité pour l'exclusion, il décide un certain nombre de votants à faire un voyage en Suisse pour annoncer cette décision en douceur au fils réfugié chez son père, et, pourquoi pas, tenter une réconciliation. Je refuse de faire partie de cette délégation grotesque, mais, sans prévenir personne, me pointe dans le wagon des voyageurs. Malaise. Malaise d'autant plus grand qu'une fois arrivés en pleine montagne le général me prend à part pour m'intimider et sous-entendre un chantage possible sur ma réforme, bref me fait un numéro confus de vieille baderne à pleurer. Je me lève, sors, le général me court après dans la neige (décidément), j'appelle un taxi en entraînant mes camarades déboussolés (et très hésitants, au fond), on reprend le train, et basta.

Basta ? Pas encore. Ultime effort de médiation-réconciliation par Robbe-Grillet et Jérôme Lindon, amusés, peut-être, mais aux ordres. Nos rapports vont par conséquent s'envenimer, jusqu'au jour où (tout s'explique) j'entendrai Robbe-Grillet dire à la télévision devant moi, « le maréchal », en parlant de la photo de Pétain trônant dans la cuisine de ses parents, en Bretagne, pendant l'Occupation. Il s'amène donc, avec Lindon, aux Éditions du Seuil, venant des Éditions de Minuit, pour parlementer. D'habitude, je suis plutôt modéré, voire laxiste, et même jésuite. Mais si on me cherche on me trouve, et je peux être aussi terroriste, cassant, désagréable, têtu, insolent, odieux. Ça n'a pas changé, et il y a peu de chances que ça change. Robbe-Grillet, de l'Académie française, j'ai mis un certain temps à comprendre. Mais Lindon, l'ami et l'admirateur de Beckett ? Passons.

Un général ? Un maréchal ? Des généraux ? Des maréchaux ? Des capitaines-psychiatres ? Des infirmières maniaques ? Des amis faux culs ? La guerre d'Algérie ? Des hôpitaux militaires ? Des jalousies littéraires ? Eh, merde.

Pour cette période de jeunesse, on peut se reporter au recueil *L'Intermédiaire* (*La Mort au printemps, Bras de Seine près de Giverny, Images pour une maison, La Lecture de Poussin, Requiem, Background,* etc.). L'exergue de Coleridge, placé en tête du texte qui donne son titre au volume, exprime exactement mon état d'esprit de l'époque : « Je me suis à peu près fait à l'idée que j'étais une simple apparition. »

Transition

Cette apparition, jusque-là légère et rêveuse,
va devenir enragée au contact du poison social.
Pour l'instant, dans *L'Intermédiaire* (1963), le narrateur semble faire un certain nombre d'expériences heureuses au bord de la disparition : une
traversée de Paris en ambulance, une entrée
fluide et lumineuse dans un tableau de Monet,
un récit d'hallucinations enfantines, l'ordre
secret des grands tableaux de Poussin (révélation de l'exposition de 1961 à Paris), l'enterrement froid et mécanique, absurde, d'un jeune
soldat tué pendant la guerre d'Algérie, une
extase en pleine misère d'hôpital, un portrait
d'explorateur mental et métaphysique. L'insistance porte sur la *présence*, l'énigme de l'être-là.
Dans *La Lecture de Poussin*, on remarque ainsi
plusieurs références à Heidegger, notamment
celle-ci : « L'obscur est le séjour secret du clair.
L'obscur garde le clair en lui. Ils s'appartiennent
l'un l'autre. » Et aussi : « La pensée mortelle doit
se laisser descendre dans l'obscurité de la pro-

fondeur des fontaines pour voir une étoile en plein jour. Il est plus difficile de préserver la limpidité de l'obscur que d'obtenir une clarté qui ne veut luire que comme telle. Ce qui ne veut que luire n'éclaire pas. »

Augmentation des Lumières, donc.

L'exergue de ce mince volume (qui n'a eu, on s'en doute, aucun succès) est tiré des *Illuminations* de Rimbaud : « Les calculs de côté, l'inévitable descente du ciel et la visite des souvenirs et la séance des rythmes occupent la demeure, la tête et le monde de l'esprit. »

Je souligne ces trois mots : demeure, tête, monde.

Voilà ce qui m'occupait et m'occupe encore. Il est amusant de constater que la même citation est publiée tous les trois mois, sans nom d'auteur, en quatrième de couverture de la revue *L'Infini,* sous une reproduction d'un corsaire tardif de Picasso, et que *personne* n'a jamais demandé de qui étaient ces phrases.

L'esclave de notre temps sait tout et ne demande jamais une explication. CQFD.

Je m'isole le plus possible, je m'enfonce. Avec *Le Parc,* quelque chose a commencé à bouger à la surface des phrases en train de s'écrire (« le stylo à l'encre bleu-noir »). C'est le sujet de la vraie présence, ici, maintenant, à la fois claire et obscure. Un nouveau corps se dégage, en même temps que les mots viennent à eux-mêmes comme pour la première fois. L'exergue de *Drame* (qui paraîtra en 1965) se situe à l'aube de la pensée grecque : « Le sang qui baigne le cœur est pensée » (Empédocle). Quant à la fin (je me revois l'écrire, un jour de pluie et de grande joie à Venise), elle évoque la pensée indienne, « la pensée qui n'a pas de dernière pensée, plus nombreuse que l'herbe, l'agile, la rapide entre toutes, qui prend appui sur le cœur ». Le mot *cœur* est ici central, puisque le projet est réellement d'amener la pensée à la pensée en tant que pensée, et l'écriture à l'écriture en tant qu'écriture. On est aux antipodes du réalisme et du naturalisme obligatoires (tout pour déplaire, donc). Un roman très libre ultérieur s'appellera d'ailleurs *Le Cœur absolu*.

Drame (dédié à D., c'est-à-dire à Dominique), débute comme ça :

« D'abord (premier état, lignes, gravure — le jeu commence), c'est peut-être l'élément le plus stable qui se concentre derrière les yeux et le front. Rapidement, il mène l'enquête. Une chaîne de souvenirs maritimes passe dans son bras droit : il la surprend dans son demi-sommeil, écume soulevée de vent. La jambe gauche, au contraire, semble travaillée par des groupe-

ments minéraux. Une grande partie du dos
garde, superposées, des images de pièces au crépuscule. Arrêté, il n'insiste pas, il attend. Ce premier contact lui paraît beaucoup trop riche, obscur. Tout contaminé, significatif. Aucun début
n'offre les garanties nécessaires de neutralité.
Son corps est visiblement occupé par des appels
inutiles. Surprise : toujours, il a pensé qu'au
moment voulu la véritable histoire se laisserait
dire. Loin, sous une apparence abandonnée, il la
sentait pas à pas, immuable. Même maintenant,
il se persuade de pouvoir la définir simplement :
position assise, soleil sur sa gauche au-dessus des
toits (conscience du mouvement, étoiles), terre
et fleurs à ses pieds, eau, là-bas, à perte de vue...
Manqué. »

Deux coups manqués avant la constitution d'un échiquier (64 cases), où le narrateur
(alternativement « il » et « je ») va jouer contre
lui-même. Une de mes meilleures parties, je
crois.

Aucun succès, mais ce commentaire de
Barthes :

« *Drame* est la remontée vers un âge d'or, celui
de la conscience, celui de la parole. Ce temps est
celui du corps qui s'éveille, encore neuf, neutre,
intouché par la remémoration, la signification.

Ici apparaît le rêve adamique du corps total, marqué à l'aube de notre modernité par le cri de Kierkegaard : *mais donnez-moi un corps*!... Le corps total est impersonnel, l'identité est comme un oiseau de proie qui plane très haut au-dessus d'un sommeil où nous vaquons en paix à notre vraie vie, à notre histoire véritable ; quand nous nous éveillons, l'oiseau fond sur nous, et c'est en somme pendant sa descente, avant qu'il ne nous ait touchés, qu'il faut le prendre de vitesse et parler. Cet éveil est un temps complexe, à la fois très long et très court : c'est un *éveil naissant*, un éveil dont la naissance dure. »

Barthes aurait dû plutôt écrire qu'en dessous de l'éveil nous titubons constamment dans le souci ou la rage de notre fausse vie et de notre fausse histoire. À la fin de sa vie, déçu et ennuyé par son très médiocre entourage, il se rapprochait de plus en plus du bouddhisme. En pensant à lui, aujourd'hui, je trouve Dōgen, un moine zen du milieu du treizième siècle au Japon : « Ce qu'on appelle "sans naissance" désigne l'éveil suprême. » Ou bien : « Entendre ce que personne n'a encore entendu, veut dire entendre ce que je vous dis en ce moment même. » Ou encore : « Dès que nous sommes entrés dans le domaine authentique, chaque signe et chaque phénomène se découvre comme unique. Or le phénomène peut être saisi, il peut aussi nous échapper ; le signe peut être saisi, il peut aussi nous échapper. C'est uniquement en ce moment même, dans l'immédiat, que chaque temps d'une présence, et tous sans exception, se confondent dans le temps intégral. Les signes présents et les phénomènes présents constituent le temps. Tout ce qui est présent dans le monde entier constitue le temps qui se succède d'instant en instant et, de proche en proche, aboutit ici et maintenant. »

Par exemple.

De cette même époque datent deux interventions pour moi importantes. *Logique de la fiction*, conférence prononcée à Cerisy en présence de Michel Foucault, alors totalement inconnu, mais dont j'avais lu avec grand intérêt *Naissance de la clinique* et *Histoire de la folie* (sans parler de son très subtil *Raymond Roussel*). L'intervention de Foucault, pendant ce colloque, a été publiée dans *Tel Quel*. L'autre action concerne *Méditerranée*, un film de Jean-Daniel Pollet, texte de moi et participation étroite au montage. Le *montage*, tout est là. De ce point de vue, ce film, avec ses décalages et ses répétitions calculées (l'orange suspendue à l'arbre, comme fruit paradisiaque interdit), est considéré désormais comme un classique. La vision en couleurs profondes de Pollet fait ici merveille : un taureau dans l'arène, saisi dans le sang de son mouvement mortel, les piliers effondrés de Palmyre, un haut-fourneau en action, une jeune femme sur une table d'opération, une jeune paysanne grecque, délectable, se peignant devant un petit miroir au bord de l'eau, ajustant son *épingle*, puis boutonnant lentement son tablier légèrement agité de vent, la barque d'un vieux pêcheur (peut-être Charon lui-même), des bunkers à demi détruits et des fils de fer barbelés rappelant qu'il s'est passé quelque chose de dévastateur se poursuivant en coulisse, tout cela surprenant et très beau, dans la droite ligne d'*Un chien andalou* ou de *L'Âge d'or*, mais en affirmation volup-tueuse. Ça vient, ça revient, ça doit donner la sensation d'un cube, d'une sphère transformée en cube, à l'opposé de la surface plane d'un écran. Intellectuellement et sensuellement, c'est nouveau, frais, inquiétant, surgissant, impec-cable.

Le film *Méditerranée*, au début des années 1960, a été projeté dans un festival d'avant-garde en Belgique, à Knokke-le-Zoute, où il a été accueilli par des huées déchaînées (il est beau, et vrai, de voir la beauté huée). Il faut dire que rien n'était plus éloigné de l'agitation homodroguée des films américains présentés alors. Que faire d'un sublime temple gris-bleu d'Apollon appa-raissant lentement en pleine montagne, à côté de travestis bandant mou sortant de cercueils ?

Héraclite sur fond d'éternel retour, ou William Burroughs? Héraclite traverse mieux le temps, il me semble.

Anecdote amusante : après ma conférence de Cerisy, la journaliste présente du *Monde*, qui a dû m'écouter distraitement, me demande quels sont mes diplômes. Je ris, je lui demande si elle aurait posé la même question à André Breton, je prends une voiture pour aller coucher à l'hôtel, à Saint-Lô, où m'attend une jolie jeune femme. Ma mauvaise réputation est faite. Inutile de dire que Michel Foucault et son ami ont droit, eux, en tout bien tout honneur, à une chambre commune au château. La poésie a ses mystères, l'Université aussi.

Je reviendrai dix ans plus tard à Cerisy : mais, là, ce sera le bordel.

Avant-garde décomposée, Université en crise, édition conformiste, journalisme académique, littérature en panne, philosophie à revoir, institutions délabrées, voilà le paysage de la traversée.

Je lève ce matin les yeux vers ma bibliothèque : rien à dire, elle est très solide.

Grands événements du temps :

Lancement des Spoutnik, crise des fusées russes à Cuba.

Mort de Jean XXIII, assassinat de Kennedy, premier président catholique des États-Unis (sur ce sujet, écran bétonné de mensonges).

Rupture Chine-Russie.

Suicide d'Hemingway, mort de Céline.

« *Tel Quel* »

Tel Quel est une revue littéraire trimestrielle
conçue et publiée par de jeunes écrivains d'une
vingtaine d'années, sans aucune publicité, avec
un sous-titre qui évoluera jusqu'à se stabiliser
dans une hiérarchie voulue : *Littérature/Philo-
sophie/Art/Science/Politique.*

Le comité de rédaction est indépendant des
Éditions, le titre est une propriété partagée par
contrat avec elles. Un petit bureau, un seul téléphone. Le comité fonctionne de façon démocratique, élit son secrétaire de rédaction, vote sur les
sommaires, les exclusions de membres ou leur
intégration. Toutes les décisions sont subordon-
nées à l'appréciation des textes, puisqu'on juge
d'abord des écrits et non des images sociales. Ce
dernier point, parfaitement révolutionnaire, est
essentiel, et il sera toujours déterminant.

À partir de l'exclusion de Hallier (quel soula-
gement de ne plus avoir affaire à ses délires, à sa

mythomanie, à sa façon de me dire chaque jour, col de veston relevé et souffrance intense : « Je vais vous tuer »), les Éditions se montreront plus soupçonneuses, et les crises avec elles de plus en plus fréquentes et violentes, jusqu'à la rupture, en 1982. *Tel Quel* renaîtra sous ma direction chez Gallimard avec le titre *L'Infini*, et les mêmes sous-titres. En tout, près de 200 numéros : pari impossible, donc réaliste, le plus amusant étant que personne ne semble s'être aperçu de ce tour de force. Pour cela, il faut sans doute mourir, mais à quoi bon ?

Je feuillette ces numéros de revue et de collection, et je vois défiler des noms : Artaud, Bataille, Ponge, Heidegger, Hölderlin, Dante, Pound, Borges, Barthes, Klossowski, Rilke, Michaux, Sarraute, Saussure, Foucault, Derrida, Jakobson, Joyce, Sade, Genet, Needham, Philip Roth, Pleynet, Denis Roche, Risset, Kristeva, Guyotat, Henric, Muray, etc. C'est très bon à 70 %, et parfois bizarre ou cocasse. On a beaucoup travaillé sans avoir l'impression de travailler, on s'est beaucoup amusé.

Bien entendu, l'Édition (y compris l'Éditeur de *Tel Quel*) a réagi assez vite en créant de toutes pièces des revues concurrentes. Mais tout le monde s'accorde aujourd'hui (surtout ceux qui ont eu à s'en plaindre) sur la supériorité de l'original, souvent imité, jamais égalé.

Le programme est simple : déplacer le terrain, donner la priorité à des expériences centrales marginalisées, mettre en lumière la vacuité de la marchandise académique. On est très loin, à ce moment-là, des œuvres complètes d'Artaud, de Bataille, de Ponge, il faut arracher chaque texte à la censure ou à l'oubli institué. Sade en Pléiade ? Impensable. On est aussi très loin des entrées de Barthes et de Foucault au Collège de France, ou encore des brillantes carrières internationales de Derrida et de Kristeva. Lacan est à peine connu, Breton occulté, Céline maudit. Le pouvoir, c'est Sartre, Camus, Malraux, Aron, Aragon, Mauriac, et ils ont autre chose à faire que de s'occuper vraiment de littérature ou de pensée fondamentale. Lévi-Strauss, très bien, mais Heidegger attend d'être vraiment lu. L'heure est à l'engagement, à la guerre froide, aux luttes politiques et à la morale. Il faudra bien passer par là, un jour ou l'autre, en essayant d'y faire de l'air, c'est-à-dire, là où ça coince, le maximum de dégâts.

Puisque la société est venue me chercher pour m'emprisonner, il est normal de lui rendre sa visite négative. Le maillon faible (mai 1968 le prouvera), c'est l'Université, et le verrou principal à faire sauter, le Parti communiste français. On va s'occuper de ça.

L'objectif est donc, *à partir de la littérature*,
bibliothèque rouverte et pratique constante,
d'interroger la philosophie, l'art, la science, la
politique. Nul n'entre à *Tel Quel* s'il n'a un rapport singulier au langage, la psychanalyse est
bienvenue, les formalistes russes aussi (contre
le réalisme totalitaire). Bibliothèque rouverte ?
Dante et la traversée de l'écriture (1965), dans le
même mouvement que *Drame*, et nouvelle traduction, plus tard, par Jacqueline Risset, de *La
Divine Comédie*. Interpellations diverses : critique
du surréalisme, soutien tactique au « nouveau roman » (le marché littéraire en tremble
encore), insistance sur Joyce, accentuation de
Lautréamont (le livre de Marcelin Pleynet, ici,
fait date). Bref, on vit comme on lit et comme on
écrit, l'enjeu est là (et l'air du temps va appeler
ça, un moment, « structuralisme »). Comment ça
parle ? Comment fonctionnent les mythes ?
Qu'est-ce que le sujet dit qu'il ne sait pas ? Où est
vraiment son désir ? Qu'en est-il des différents
systèmes symboliques à travers les langues ?
Pourquoi cette effarante ignorance de l'hébreu,
de l'Inde, du chinois ?

Relativisme ? Mais non, enquête et approfondissement : Racine lu autrement (scandale à
la Sorbonne), Sade sortant de la clandestinité
(on peut le lire aujourd'hui sur papier bible),

un pas de plus, et La Fontaine vous paraîtra un jour aussi révolutionnaire qu'Antonin Artaud, Homère que Proust ou Céline, Eschyle que Georges Bataille, Villon que Genet. Sans parler de la peinture et de la musique, énorme archive ressuscitée, renaissance, audace : Picasso montre la voie. L'oubli menace sans cesse, le sommeil de la raison engendre les monstres, il faut une nouvelle raison, un nouvel amour (Rimbaud). On se donne les moyens du bord : le contrôle d'une publication périodique, modeste moyen, grands effets. La légende s'installe : *Tel Quel* est un centre nerveux, un foyer terroriste. En effet, et tout prouve aujourd'hui, dans la régression générale, que ce terrorisme avait raison face à la destruction mercantile de la capacité de lecture. Qu'à cela ne tienne, on rouvrira Voltaire, puisqu'on peut prouver désormais que presque plus personne ne lit. Vérifiez autour de vous où en sont l'Histoire, la Mémoire, la Forme, le Fond, le Profond. Le plus comique consiste, de la part des salariés de la dévastation, à accuser *Tel Quel* d'avoir stérilisé la création littéraire, c'est-à-dire, comme disait Lacan, la « poubellication ». La marchandise évacuable nous fait encore les gros yeux. Chacun doit savoir que la pensée empêche les sentiments, et que l'intelligence n'est pas favorable à l'authenticité. On en est là, on en était là, on en sera toujours là, mais enfin, on aura quand même dérangé un temps l'hypnose d'ensemble.

Les règles de fonctionnement à *Tel Quel* ? Le vouvoiement est de rigueur, la vie privée jamais interrogée, montrez ce que vous avez écrit, c'est tout. Vous voyez bien : des terroristes.

Cela dit, la vie parallèle, la vie vivante, la vie vraiment libre, l'amour libre, ont leur dieu singulier. *Sequere deum*, dit la devise de Casanova, « suivre le dieu ». Ce dernier peut d'ailleurs être une déesse, figure ailée du destin, chouette ou hirondelle, comme Athéna protégeant Ulysse. Un des plus étranges romans de Dominique s'appelle *Artémis*, déesse qui, c'est le moins que l'on puisse dire, n'est pas particulièrement tranquille. Comme sa parente, Hécate, elle aurait pu être sorcière. Mais, pour moi, c'est une fée.

Avant Barcelone, il y a eu des voyages mémorables. À Bordeaux, d'abord, où je lui montre la Garonne, les maisons, les jardins, et où on va longuement s'embrasser dans les voitures des garages. Ensuite, Ré, l'été, dans les maisons reconstruites après la guerre. Puis Lascaux, un des plus grands chocs de ma vie, lieu d'où la famille de Louis, mon grand-père maternel, est originaire. Puis Amsterdam, où elle est vraiment chez elle, et où on a, un moment, le projet de s'installer. Et puis, en 1963, l'Italie, Florence, Venise.

Là, coup de foudre au carré, au cube. Florence, d'abord, à cause de Dante sur qui je me mets à beaucoup rêver. L'Espagne, les corridas, Lascaux, Dante : on retrouve cette inspiration sous-jacente dans tous mes livres, et aussi dans le film que j'ai réalisé avec Jean-Daniel Pollet, *Méditerranée* (pas seulement le texte, mais des nuits entières de montage côte à côte), et, beaucoup plus tard, dans un autre film à partir de *La Porte de l'Enfer* de Rodin. Florence, le cloître de Santa Croce, Giotto dans l'église à côté, la chapelle des Pazzi où, submergé de beauté, j'ai dormi, un matin, seul, d'un sommeil plein d'avenir. Le Baptistère, enfin, perle blanche, après le tombeau de Ravenne, où l'auteur du *Paradis* fait semblant d'être enterré.

Et puis l'arrivée un soir à Venise, coup vivant de grâce. Comme d'habitude, alors que j'ai tendance à tituber dans les arrangements matériels, Artémis trouve vite l'endroit qu'il faut, la Giudecca, la chambre aux trois fenêtres (soleil le matin à gauche, et le soir à droite), passage incessant des bateaux. Le Paradis existe, c'est là, aucun doute. Je revois tout, emploi du temps minutieux, sept heures d'écriture par jour (trois pour Dominique qui, le reste du temps, se promène). Venise-Ré : même bénédiction marine. C'est à Venise que je m'enfonce dans mon premier vrai livre (celui de cette époque que je peux relire) : *Drame*. Il est dédié à Dominique sous la forme de la lettre D. AD : Anno Domini, pour les amateurs de cryptage.

Donc, c'est dit : ici, régulièrement, incognito, printemps et automnes, pendant quarante ans. On ne voit personne, on est dans le Temps. Rien à ajouter, sauf, et j'en suis désolé, qu'il faut lire mes livres.

(Je me souviens de la moue d'une essayiste brouillonne à qui, puisqu'elle voulait écrire un livre sur moi, je suggérais de commencer par me lire. Cela signifiait : « Ah bon ? *En plus ?*)

Stratégie poursuivie : pleine lumière d'un côté, ombre de l'autre. La vraie lumière est dans l'ombre, mais si vous le démontrez, cela ne vous sera pas pardonné. Vous aurez prouvé votre liberté.

Dès les premiers jours à Venise, je remarque tôt, le matin, un Allemand moustachu d'une quarantaine d'années, pas du tout l'air d'un écrivain, très sérieux, très concentré, qui écrit sans cesse à une table intérieure du Florian. Je le désigne à Dominique et on le surnomme immédiatement Nietzsche. Il disparaît peu après.

Côté société, à Paris, les choses s'emballent. Barthes écrit sa longue critique de *Drame*, qu'il compare à *La Vita Nuova* de Dante. Lacan demande à me rencontrer, s'imagine que je suis un jeune universitaire philosophe, me demande quel est le sujet de ma thèse, et me propose illico de venir parler à son séminaire de l'École normale (ce qu'évidemment je ne fais pas). Barthes et Lacan, qui ont le même éditeur que *Tel Quel*, seront, jusqu'à leur mort, des amis et des protecteurs efficaces. Dédicace de Lacan pour ses *Écrits* : « À Ph. S., on n'est pas si seuls, somme toute. » Si, bien sûr, on est seuls, et c'est bien ça qui est excitant. D'où la phrase de Nietzsche placée en exergue du *Dictionnaire amoureux de Venise* (phrase envoyée à Jaspers, en 1949, par Heidegger) : « Cent solitudes profondes conçoivent ensemble l'image de la ville de Venise — c'est son charme. Une image pour les hommes de l'avenir. »

Un jeune philosophe m'étonne, dans sa préface à *L'Origine de la géométrie*, en comparant Husserl à Joyce : c'est Jacques Derrida, et on va être assez longtemps très amis. Barthes, Foucault, Lacan, Derrida, Deleuze : une nouvelle aurore. Le vieux monde, paraît-il, en frémit encore.

Le Parc avait déçu la critique littéraire qui y voyait, à tort, un ralliement au « nouveau roman ». Avec *Drame*, c'est pire : je suis un déserteur, mon talent est mort, je suis mort, et il est clair que je n'en fais qu'à ma tête. Très bien : cette déclaration de guerre va me permettre d'aller plus loin, et ce sera *Nombres*, publié en avril 1968.

Ces années d'avant l'explosion de mai sont étonnantes. Je mène toujours une vie très désordonnée, mais une autre rencontre féminine a lieu, rencontre de fond et coup de foudre. C'est Julia (Kristeva), arrivée de Bulgarie en 1966, avec une bourse d'étudiante en lettres. Elle a 25 ans, elle est remarquablement jolie, elle vient m'interroger, on ne se quitte plus depuis. Elle n'a pas de passeport français, elle est très suspecte, on se marie en août 1967. Elle est toujours là, qui dit mieux ? Attention : il y a Julia Joyaux et Julia Kristeva, Philippe Joyaux et Philippe Sollers. Pas deux, quatre. Et puis cinq, avec David Joyaux, en 1975.

Lacan, dont l'oreille n'est pas toujours fine, envoie un mot à « Julia Sollers ». Je suis obligé de lui faire courtoisement remarquer qu'il n'y a pas de « Julia Sollers ». Cela dit, n'importe quelle étudiante américaine s'imagine aujourd'hui que je m'appelle Monsieur Kristeva. Quiproquos classiques d'époque, puisqu'il est difficile de faire admettre que elle c'est elle, moi c'est moi, nous c'est nous. Deux noms, c'est bien, trois c'est mieux.

Comme la vie peut être surréaliste, on se marie discrètement à la mairie du Vᵉ arrondissement, devant un maire ahuri qu'on ne veuille pas porter d'alliances et qu'on soit sans cesse au bord du fou rire. On va ensuite déjeuner, avec la

sœur violoniste de Julia et nos deux témoins, à
La Bûcherie, sur les quais, en face de Notre-
Dame, à côté de Shakespeare and C°. Mais quel
est donc ce vieux couple morose, deux tables
plus loin ? Non, c'est trop drôle : Aragon et Elsa
Triolet. Intersigne, mauvais œil, exorcisme ? Les
communistes, comme les bourgeois (c'est
pareil), fantasmeront beaucoup sur ce thème
(une femme venue de l'Est, un jeune écrivain
français, etc.). Mais excusez-moi : *rien à voir.*

Destin, destin, *sequere deum...* Mariage à l'écart,
pas de mainmise sociale, pas de famille sur le
dos, pas de photos, pas de fusion idéale, pas
d'argent, mais une solidarité intellectuelle sans
faille, et beaucoup de travail, de contradictions,
de jeu, de rires, d'amour. J'ajoute une touche
inédite à l'histoire des hommes et des femmes
(ce chaos) : le libertin impénitent qui aime sa
femme. Je fais remarquer, en passant, que je me
suis marié avec cette femme-là, pas une autre, et,
du coup, une fois pour toutes. Sous toutes les
apparences le vieux fond anarchiste est là. Des
difficultés ? Sans nombre. Des crises ? Ce qu'il
faut pour connaître à fond les impasses de l'éternelle guerre des sexes. De l'harmonie ? Mais oui.
Des oppositions de goût ? Parfois. De l'humour ?
À revendre. Du tragique ? Plein. Du comique ?
Fréquent. Du sérieux ? Constant.

Je nous revois, marchant côte à côte, un soir, sur le boulevard Montparnasse, pour rejoindre Le Rosebud, rue Delambre, qui a été, longtemps, notre quartier général. Je lui dis simplement : « Et si on levait la vieille malédiction ? » Voilà une excellente question, qui n'a pas besoin de réponse.

De la petite étudiante géniale, mais barrée partout au départ (sauf par Lévi-Strauss et Barthes), à l'universitaire célèbre dans le monde entier, dont le surnom, chez nous, est devenu « Honoris Causa », à la psychanalyste stricte, à l'essayiste du « génie féminin », la voie est vertigineuse, courageuse, mélodieuse, gracieuse. C'est la femme la plus intelligente que j'ai rencontrée.

Dominique, Julia : l'art de vivre. Humainement, comme on dit, elles sont beaucoup mieux que moi. Je dois avoir quand même quelques qualités puisqu'elles semblent, sans se connaître ni évoluer dans les mêmes milieux, admettre mon existence.

Je ne donne évidemment pas, dans ces Mémoires, les noms des autres femmes qui ont traversé ma vie de façon plus ou moins durable et intime. Je n'ai aucune raison de troubler leurs souvenirs ou leurs arrangements sociaux. Je note seulement, pour participer à la connaissance scientifique, qu'aucun ennui ne m'est jamais venu de celles avec qui j'avais vraiment fait l'amour, alors que j'en ai eu beaucoup à cause de mes abstentions ou de mes dérobades. Le cas est original, je trouve. J'ai rassemblé beaucoup de complicités féminines dans mes aventures. Celles-ci sont racontées dans mes romans, de façon plus ou moins transposée. Il serait éclairant d'en faire le catalogue, et je m'étonne à peine qu'aucun critique ni aucun universitaire n'y ait pensé. Je reçois pas mal d'articles et de thèses sur mes livres : la question est en général soigneusement évitée.

Hommes et femmes, même réflexe : pas de femmes ou le moins possible, tabou universel, comme s'il s'agissait d'un autre monde ou d'un continent inconnu (je parle des rencontres heureuses). La subversion est pourtant là, quoi qu'on dise. Pari : on me lira, on me relira.

Navigation

J'ai pu vivre très longtemps sans grands moyens, en m'appuyant sur l'arrière-pays, débris d'héritages, et surtout l'île de Ré, propriété maternelle ancienne ayant échappé au désastre. C'est dans le village d'Ars que je serai enterré, près du carré des aviateurs anglais, australiens et néo-zélandais, tombés ici pendant la Seconde Guerre mondiale. Ils ont 22, 23 ans, ils sont pilotes ou mitrailleurs. Personne n'a réclamé leurs corps. Ce voisinage me plaît.

Avec Venise, printemps et automnes, cela fait à peu près quatre mois par an de travail intensif près de l'eau, sept heures par jour, fondées en sommeil et en nage. Travail ? Non, ce mot ne convient pas pour la vie musicale et marine. Là encore, on pourra consulter mes livres, dont j'aimerais qu'on pense qu'ils se sont écrits tout seuls.

On trouve, dans *Nombres* (dédié en alphabet cyrillique à Julia), des caractères chinois à la fin de chaque paragraphe. Ils ont été tracés, à l'époque, par François Cheng, premier Chinois d'origine à être entré par la suite à l'Académie française. Le livre peut paraître compliqué, obscur, mais ce signal chinois me paraît encore une incongruité majeure dans la littérature occidentale (à l'exception d'Ezra Pound, mais dans une tout autre intention). En 1969, *Nombres* a suscité deux longs commentaires : *L'Engendrement de la formule*, de Julia Kristeva, et *La Dissémination*, de Derrida. Le dernier titre est d'ailleurs aussi celui d'un livre de Derrida étudié dans toutes les grandes universités de la planète, alors que *Nombres*, dont il est abondamment question, n'est pas traduit en anglais, autant dire qu'il n'existe pas. Comme l'Université me fait en général mourir après 1968 à cause de mes mauvaises actions, et que la gauche a ratifié la sentence pour le plus grand plaisir de la droite, je suis donc voué au spectral de la non-pensance, et c'est très bien comme ça.

Ah, 68 ! On pourrait y repasser des heures, mais clarifions rapidement les choses. Dans un premier temps, stratégie de *Tel Quel*, on s'approche du parti communiste alors très puissant (22 % du petit pâtissier Duclos à l'élection présidentielle), avec la ferme intention de l'utiliser comme relais vers des masses en devenir (rien à espérer de l'académisme). Malentendu voulu et

très réussi, qui explose ensuite dans la péripétie
« maoïste ». Ah, Mao ! Là encore, soyons clair :
c'était le seul moyen efficace de faire sauter la
vieillerie russe, de traiter le mal par le mal, de le
pousser à bout pour qu'il se retourne, de casser
le dessous-de-table stalino-fasciste du temps français. La Chine, entrée dans son chaos criminel,
avait l'avantage, *ici*, de mettre en fureur tous
les acteurs de la phase historique antérieure en
laissant prévoir un intérêt jamais vu pour son
écriture, sa culture, sa pensée. On peut le vérifier aisément en feuilletant les anciens numéros de *Tel Quel* (20 % de langue de bois ou de
caoutchouc, 80 % d'études sur la pensée chinoise). On ne s'est donc pas privés du masque
« maoïste », avant de s'en débarrasser le moment
venu. Cynisme ? Opportunisme ? Amoralisme ?
Certainement, mais nous étions (j'étais) dans ce
que Sun Zi, dans son *Art de la guerre*, appelle « un
lieu de mort », et il fallait en sortir. Trois ans
d'agitation, et ensuite roue libre.

Comme la suite l'a amplement prouvé, ce
n'est pas le « communisme » qui m'animait en
profondeur, mais la connaissance approfondie
du continent chinois, et cela contrairement aux
proclamations « révolutionnaires ». Le continent en question, à ce moment-là, ne semblait
pas intéresser qui que ce soit en France, d'où des
ruptures sèches : avec Althusser, bien sûr, mais

aussi avec Derrida (réfugié en douce près du parti communiste). En tout cas, pas la moindre complaisance envers l'art ou la littérature mis au pas, c'est-à-dire l'imposture du « réalisme socialiste ». La question était de voir plus loin (je me mets à écrire *Paradis*). Manœuvre : on est en Chine en 1974, *et on en revient*. Ce voyage a fait couler beaucoup d'encre, mais je n'emploie pas la même encre.

Mai 68, je l'ai sans cesse écrit dans mes romans et ailleurs, a été une libération incroyable. Temps ouvert, espace ouvert, nuits éclatantes, bouleversements à tous les niveaux, rencontres flambantes, grandes marches sans fatigue dans Paris paralysé, déploiement physique. Il était amusant, et salubre, d'employer parfois la langue de bois pour la faire brûler (j'ai ainsi écrit, sur des coins de table, des tas de tracts anonymes). J'ai fait deux ans de chinois (trop tard, et pas suffisant, il faut commencer à 8 ou 9 ans), j'ai traduit des poèmes de l'incroyable tortue Mao et commenté son étonnant *Sur la contradiction*, tout en ayant en tête une traduction nouvelle du Laozi et du Zhuangzi, bref une ivresse claire qui me tient encore. J'ai ensuite choqué beaucoup d'Américains en disant publiquement que mon souci principal était d'être ainsi décrit par un dictionnaire chinois, pas avant, mettons, 2077 : « Écrivain européen d'origine française qui, très tôt, s'est intéressé à la Chine. » Je ne me plains donc pas de ma quasi-inexistence sur le marché anglo-saxon ? Non. Pouvez-vous m'expliquer ça ? Je n'arrête pas.

Chacun sa guerre : le seul combattant libre de ce temps-là que j'aurai admiré est Debord. Son suicide, en 1994, m'a profondément peiné. Qu'importe qu'il se soit trompé sur mon compte, allant jusqu'à me comparer à Cocteau en 1976 (on rêve), et en parlant plus tard de mon « insignifiance ». Voilà une erreur sensuelle que Breton a, d'emblée, évitée. Mais bon, il ne m'a pas lu, il s'est laissé abuser par mes miroitements protecteurs, comme quoi on peut être l'inventeur de la critique du Spectacle, et ne pas discerner ce qui avance en lui comme son adversaire au long cours. Reste l'essentiel, hors polémique sur son nihilisme : le hautain, merveilleux et très cultivé auteur des *Commentaires* et de *Panégyrique*, aristocrate égaré dans la plèbe et mettant un point d'honneur à ne pas s'en désolidariser.

Je sais : le moment présent est à la restauration venimeuse, à la sécurisation renforcée, au triste roman familial réhabilité, aux accusations intéressées et maniaques. Les « soixante-huitards » sont tous mis dans le même sac, la charrette des condamnés est pleine. Des adversaires déclarés sont surpris de se retrouver dans le même convoi, le Tribunal moral siège sans cesse de façon expéditive, les incriminations sont toujours les mêmes : vous avez détruit la nation, l'école, l'Université, la famille, les mœurs, le langage, c'est vous, et non pas nous (bien-pensants de tous bords, de droite et de gauche), qui êtes responsables de la régression et du marasme actuels. On vous a vu, vous, agiter le Petit Livre rouge au bar du Pont-Royal. Sans blague ? On vous a vu ensuite devenir « de droite » et même « papiste ». Pas possible ? Les fiches des Renseignements généraux sont toujours aussi piteuses, mais elles sont utiles aux nouveaux rentiers salariés. Ils ne lisent rien, c'est commode, et comme ils manquent totalement d'humour, c'est sinistre à souhait.

On m'a beaucoup demandé, chèque en main, de faire mon « autocritique ». Eh non, que voulez-vous, cette discipline communautaire n'est pas mon fort.

Cette action de jeunesse était la jeunesse même. Son principe était simple : tout ce que l'adversaire défend, on l'attaque ; tout ce qu'il attaque, on le défend. Cette règle n'a pas changé, et son nom est littérature. Les philosophes et les intellectuels sont marrants : il suffit de les mettre à la question littéraire (et surtout poétique) pour observer leur affolement immédiat. Ils en rêvent, ils savent que c'est là que ça se passe dans le temps, ils tournent autour, ils en rajoutent, ils turbinent. Sartre, bien sûr, avec Baudelaire, Mallarmé, Genet ; Foucault avec Blanchot ou Raymond Roussel ; Lacan avec Joyce. Barthes finit du côté de Proust et de Stendhal et laisse croire qu'il va écrire un roman ; Althusser passe à l'autobiographie après avoir assassiné sa femme ; Derrida met les bouchées doubles avec Artaud ; Deleuze multiplie les incursions ; Badiou se veut écrivain (hélas) — bref, ça brûle. Aujourd'hui, morne plaine, mais il est vrai que les philosophes et les intellectuels se sont désormais rangés dans le sermon politique et moral.

Je fais évidemment exception pour le plus grand penseur du vingtième siècle, Heidegger, qui, au moins, a mis à leur juste place (la plus grande) Nietzsche et Hölderlin. Par rapport à lui, tout a l'air confus, bâclé et bavard. Raison pour laquelle il est en général maudit pour supposé « nazisme ». J'ai vu hier un journaliste cubain : je dis « Nietzsche », et il me répond que chez lui, à La Havane, Nietzsche est considéré comme un auteur « fasciste ». Moralité : c'est maintenant presque partout Cuba.

Nombres est déjà écrit sous haschich, et plus encore les livres suivants, *Lois* et *H* (le dernier titre, au moins, est déclaratif). Le bon vieux hasch afghan, noir, odorant, chtonien, truffe des enfers et des paradis pas du tout artificiels, selon les dons du preneur. Je me revois gratter, avec un canif, ces petits cubes dont la fille qui se trouve là (la plus aimée, Diane, la Grecque de *Femmes*) fait des joints à fumer ensemble. H, donc, un peu de coke de temps en temps, et puis du speed, corydrane dans l'Antiquité (qui a coûté ses yeux à Sartre), captagon ensuite, réchauffement immédiat, décollage garanti dans les phrases (tout cela se lit dans *Paradis*). Une herbe colombienne a fait des merveilles : chevauchée d'un autre corps par un autre esprit, je suis un cheval sauvage mais j'arrive à tenir les brides. Énormes fous rires, bien sûr, et discernement érotique. Cette partenaire n'en était pas vraiment une, cette inconnue, au contraire, à l'air si réservé, est une source de volupté ténébreuse. La musique, les nombres, l'espace transformé en temps, le temps en espace. La société dehors ? Le travail ? La politique ? Vous voulez rire. Je note, je garde les yeux ouverts dans le rythme, et, en même temps, c'est toute la bibliothèque qui se met à parler pour moi.

Lois (1972) est le plus fou de mes livres, et j'entends à travers lui des journées d'euphorie. Jeux de mots, calembours idiots ou illuminants, visions mythologiques rapides, pénétration sexuelle des religions, cris de l'émeute, slogans améliorés, détournements divers, bruit et fureur tournant à la cocasserie généralisée, nouvelle légende des siècles. Ça continue de plus belle ensuite, avec la Bible revisitée à fond, les Grecs, l'Inde, la Chine. Intensité de la vie personnelle, ouverture de l'Histoire. Comme il était étroit et contraignant, le vieil Hexagone ! Comme il explose bien ! Comme les nuits sont longues et claires !

Barthes, dans son cours au Collège de France du 6 mai 1978, dit ceci :

« L'intelligentsia oppose une résistance très forte à l'Oscillation, alors qu'elle admet très bien l'Hésitation. L'Hésitation gidienne, par exemple, a été très bien tolérée, parce que l'image reste stable ; Gide produisait, si l'on peut dire, l'image stable du mouvant. Sollers au contraire veut empêcher l'image de prendre. En somme, tout se joue, non au niveau des contenus, des opinions, mais au niveau des images : c'est l'image que la communauté veut toujours sauver (quelle qu'elle soit), car c'est l'image qui est sa nourriture vitale, et cela de plus en plus : sur-développée, la société moderne ne se nourrit plus de croyances (comme autrefois), mais d'images. Le scandale de Sollers vient de ce qu'il s'attaque à l'Image, semble vouloir empêcher à l'avance la formation et la stabilisation de toute Image ; il rejette la dernière image possible : celle de : "celui-qui-essaye-des-directions-différentes-avant-de-trouver-sa-voie-définitive" (mythe noble du cheminement, de l'initiation : "Après bien des errements, mes yeux se sont ouverts") : il devient, comme on le dit, "indéfendable". »

Barthes est resté un très grand ami jusqu'à sa mort accidentelle, qui a été un des grands chagrins de ma vie. On se voyait une ou deux fois par mois, rendez-vous à La Coupole, dîner au Falstaff, conversation libre, projets communs (par exemple, refaire l'*Encyclopédie*, rêve que je crois avoir réalisé en grande partie plus tard avec *La Guerre du goût* et *Éloge de l'infini*). On croisait souvent par là Samuel Beckett, impeccablement ivre. Mais, vers la fin, Barthes était de plus en plus triste, renfermé, presque mutique. Depuis la mort de sa mère, et sa nouvelle notoriété, il n'allait pas bien.

Les autres dîners, fréquents, avaient lieu avec Lacan, personnage le plus impressionnant de cette période. Il m'aimait bien, je crois. J'allais le chercher après ses consultations, rue de Lille, et on allait boire du champagne rosé à La Calèche, presque en face de chez lui. Là, chaque mot comptait, et pouvait rebondir comme aux échecs. Très bon joueur, très imprévisible.

Qui d'autre ? Foucault, sans doute, mais trop énervé, jaloux, véhément. Deleuze ? Trop grin-çant. Althusser ? Trop malade. Derrida ? Trop dissimulé dans ses enveloppements successifs. Quand même, ce Paris, en ce temps-là, quelle ville étonnante ! Un grand théâtre d'efferves-cence verbale, un merveilleux carnaval sérieux de pensée.

Le meilleur théâtre, le mardi de 12 h 30 à 14 heures, était, de loin, le séminaire de Lacan, d'abord à l'École normale supérieure, ensuite à la fac de droit au Panthéon. Là, grandes séances d'improvisation. On peut vérifier ma présence assidue ici et là, surtout dans *Encore*, où Lacan essaie de se débrouiller avec Joyce, et où il pré-cise que je suis « illisible » comme lui. Char-mante attention, mais fausse. Avec le temps, c'est plutôt ma clarté qui me frappe, ce qui veut dire aussi qu'on peut être obscur à force d'être clair, par exemple sur *la chose-même*. Pour plus de pré-cisions, voir *Femmes* et *Sade contre l'Être suprême, précédé de Sade dans le temps*. De même que Freud a manqué Dostoïevski, Lacan est resté très court sur Sade et sur Joyce. Qu'importe, le champagne rosé était bon.

Netteté calme de Barthes, génialité rageuse de Lacan. Et, dans l'ombre, puissance énigmatique et douce, très loin, de Georges Bataille, le seul à m'avoir donné l'impression directe du génie. Des regrets? Oui, ne pas avoir rencontré Duchamp et Picasso, comme ça, pour voir les anciens héros de la grande vraie guerre.

Je réentends Lacan soupirer à fond (je n'ai jamais entendu quelqu'un soupirer à ce point) : « Quelle plaie, la vie. » Mais non, mais non. Et puis grogner : « Quand on m'importe, on m'importune. » À bon entendeur, salut.

Dans les années 1970, la normalisation bat son plein, elle ne deviendra définitive que dans les années 1980, avec l'arrivée de Mitterrand au pouvoir. On admet Foucault et Barthes au Collège de France, mais Lacan, lui, est chassé de l'École normale par des CRS, l'arme au pied. J'occupe, avec quelques amis, le bureau du directeur, il faut vite dégager la place. J'accompagne Lacan dans sa grande solitude d'alors (personne ne veut prendre sa défense, il est atterré par une lettre de Lévi-Strauss qui lui dit « voilà, cher ami, ce qui arrive quand on manque aux usages »). Je le revois téléphoner partout, impossible d'obtenir un article. Ah, vous vouliez danser sur l'inconscient sexuel? Comploteur! Fauteur de troubles! Socrate fâcheux! Avouez que votre public venait de n'importe où, pas de vrais étudiants, des têtes d'orgies, trop de femmes... Quant à vos disciples, on les connaît, ils sont « maoïstes », ils risqueraient d'empêcher la remise en ordre de l'Université où le parti communiste, à ce moment-là, occupe une position centrale. Tenez, il y a un endroit pour surveiller les plus enragés : Vincennes. Les alliés de cette technique de reprise de pouvoir ? Althusser et Derrida, trop contents de récupérer leurs locaux et leur influence. Althusser est déjà très fou, j'essaie en vain de lui dire que les électrochocs n'amélioreront pas son état, on connaît la suite. Derrida, lui, se faufile, déteste Lacan, et ne voit pas d'inconvénient à ce que les communistes assurent la sécurité générale. Et voilà comment on se retrouve, Lacan et moi, invités par Françoise Giroud dans une salle à manger de *L'Express*. Elle est charmante avec lui (bon souvenir de divan), il aura son article de magazine.

La folie Mao m'occupe pendant trois ans, le temps de défrayer la chronique : sabotage du parti français dont, bien entendu, je n'ai jamais été membre. On va jusqu'à Pékin en 1974, sans Lacan, qui, pourtant, avait donné son accord (mais avec Barthes qui s'ennuie beaucoup pendant le voyage). Retour vite transfusé en critique, et départ pour New York.

En somme : première vague Mao. Deuxième vague, Soljenitsyne et les dissidents russes enfin écoutés. Troisième vague, l'élection-surprise de Jean-Paul II, et l'insurrection polonaise. Quatrième vague, chute du mur de Berlin. Pendant tout ce temps, j'écris *Paradis* qui, on me l'accordera, a peu de chose à voir avec *Paludes*.

La droite n'est pas contente, la gauche non plus, l'Université encore moins. Comme si on pouvait se passer des professeurs ! Penser sans eux ! Mais imagine-t-on Montaigne, Pascal, Voltaire, Chateaubriand, Stendhal, Balzac, Hugo, Flaubert, Baudelaire, Lautréamont, Rimbaud, Mallarmé, Claudel, Proust, Breton, Artaud en train de passer une *thèse* ? Il y en a bien une de Céline, mais c'est une thèse de médecine, d'ailleurs littérairement superbe. Il faudrait donc, un jour, en France, demander la permission d'écrire, de penser ? Futur à craindre. Écoutez, les écrivains ne sont pas là pour penser, mais pour raconter des histoires. Qu'ils fassent du réalisme social, et dans le bon sens, s'il vous plaît. Si par ailleurs, ils peuvent être mélancoliques, souffrants, déprimés, désespérés, noirs et sexuellement embarrassés, mieux encore. Quant aux philosophes, ils doivent être démocrates et servir la Cité, et, par conséquent, donner des cours de morale. Ordre, morosité, vaine agitation, vanité.

Politoscope

— Vous êtes indulgent pour l'Ancien Régime?

— Expression désormais dénuée de sens. Il faut revoir toute l'Histoire dans les coins.

— La Révolution?

— Girondine.

— La Terreur?

— Pas du tout.

— Marx?

— Beaucoup.

— Freud?

— Encore plus.

— Nietzsche?

— Passionnément.

— Heidegger?

— Bien sûr.

— Lénine?

— Intéressant.

— Staline?

— Nausée.

— Hitler?

— Horreur.

— Mussolini, Franco, Pétain ?

— Dégoût.

— La reine d'Angleterre ?

— Plutôt.

— De Gaulle ?

— Pas mal.

— Mitterrand ?

— Défiance.

— Kennedy ?

— Grande Amérique disparue.

— Mao ?

— J'avoue. Monstrueux, mais bon poète-calli-graphe, et excellent stratège.

— Bible ?

— À la loupe.

— Grecs ?

— Sans fin.

— Inde ?

— Spontanément.

— Chine ?

— Sans cesse.

— Jean-Paul II ?

— Pape grandiose, mais, par pitié, évitons les questions sexuelles.

— Islam ?

— Mystique, sinon non.

— Aujourd'hui ?

— Écart.

Actions

Ceux qui ont participé au colloque Artaud-Bataille de 1972, à Cerisy, se souviennent sûrement, s'ils sont encore vivants et pas complètement abrutis, de l'insolente gaieté de ces journées et de ces nuits folles, intitulées de façon provocante « Vers une révolution culturelle ». Beaucoup d'énergie, de talent, de déchaînement. Les actes ont été publiés, mais l'essentiel est ailleurs : alcools, came, filles transformées en bacchantes, réprobation des murs et des ombres de Gide ou de Heidegger. Impensable avant, impensable après (la répression commençait). Insurrection mémorable : les participants ont dépensé là, en une semaine, des forces et une invention comptables en années. Il faut rire de sa jeunesse, mais il est abject de la mépriser. Qui n'a pas vécu à fond dans le négatif n'a pas droit à la moindre affirmation ultérieure. Comme la France est un pays d'émeutes vite ramenées aux institutions, je continue à préférer la fronde aux sermons.

Je viens d'écrire le mot « sermon », et je dois faire aussitôt une exception pour ceux de Maître Eckhart, qui ne sont jamais loin de moi depuis longtemps. Quand mon père est mort, en 1970, devant la lourde misère expéditive de l'enterrement catholique, j'ai pris l'initiative, au cimetière, de monter sur le tas de terre, au bord de la fosse, et de lire un passage d'Eckhart, devant une famille pétrifiée de stupéfaction, et qui, par la suite, ne fera aucun commentaire. Je lui devais bien ça, à ce père discret, généreux, musical, pudique. C'est certainement l'acte le plus étrange que j'aie jamais accompli.

Ce sermon s'appelle : *Il est dans l'âme un château fort où même le regard du Dieu en Trois Personnes ne peut pénétrer.*

Et voici le passage (je laisse imaginer la scène) :

« Je l'ai déjà dit : il est dans l'âme une puissance qui n'est liée ni au temps, ni à la chair, qui émane de l'esprit, reste dans l'esprit et est absolument spirituelle. Dans cette puissance, Dieu se trouve totalement : il y fleurit et verdoie dans toute la joie et tout l'honneur qu'Il porte en lui-même. Cette joie est si profonde, d'une grandeur si inconcevable, que nul ne saurait l'exprimer pleinement avec des mots. Car le Père éternel engendre sans cesse dans cette puissance son Fils éternel, en sorte que cette puissance collabore à l'engendrement du Fils et s'engendre elle-même en tant qu'il engendre ce Fils, dans la puissance unique du Père. Et si un homme possédait tout un Royaume et tous les biens de ce monde et qu'il les abandonne par pur amour de Dieu pour devenir l'homme le plus pauvre qui ait jamais vécu sur terre ; que Dieu lui envoie ensuite autant à souffrir qu'aucun homme ait jamais souffert ; que cet homme endure tout cela jusqu'à sa mort, et que Dieu lui accorde alors, ne serait-ce qu'un instant, de contempler d'un seul coup comment il est lui-même dans cette puissance spirituelle, cet homme éprouverait une joie telle que toutes les souffrances et toutes les privations lui paraî- traient encore trop peu de chose. Bien plus, si Dieu ne lui accordait jamais dans la suite le royaume du ciel, il aurait néanmoins été trop lar- gement récompensé de tout ce qu'il aurait jamais souffert ; car Dieu est dans cette puissance comme dans l'éternel instant présent. »

On voit bien ce que le sulfureux Eckhart veut dire : Dieu fleurit « sans pourquoi », comme néant créateur et illuminateur. Sans le savoir ni oser l'imaginer, pauvre mort, tu auras toujours été libre et sans pourquoi. Et maintenant, cime- tière, énorme silence sans glas.

Je revois le tas de terre, l'assemblée, le cer- cueil, la fosse. Puissance de l'éternel instant pré- sent : c'est la formule.

Père et fils : question ouverte. Mon père, agnostique, m'a transmis un doute radical sur les activités humaines (violence, guerre, travail, affaires, procréation). Ma mère, plus avisée, a fait semblant, avec humour et de façon très anti-cléricale, d'avoir de la religion (catholique). Au moment de la naissance de mon fils, j'ai choisi son prénom, David, en pensant aux psaumes bibliques (j'ai entendu pas mal de conneries malveillantes à ce sujet), et la question s'est posée : transmettre ou pas ? Et transmettre *quoi* ? Doit-on interrompre une mémoire ? De quel droit ? Julia, avec de très bonnes raisons psycha-nalytiques, se déclare volontiers athée. Pas moi. Croyant, alors ? Non, à l'écoute.

J'ai donc décidé de faire baptiser mon fils, et de lui faire visiter ensuite la plupart des églises de Paris, en lui expliquant les prières et les rites. Les lieux les plus parlants auront été Notre-Dame et sa forêt de cierges, la très étrange église de Saint-Germain-l'Auxerrois, le cloître secret de Port-Royal, la perle du Val-de-Grâce. Tout enfant, il chuchotait « Au nom du Père, du Fils, et du sain d'esprit ». Souvent, le soir, nous avons récité rapidement ensemble, à voix basse, un Notre-Père. Comme tout le monde (ou plutôt comme moi), il a fait sa « première communion » et sa « communion solennelle ». Un dieu clandestin et discret nous protège, du haut du ciel, de façon respirable et palpable. Pas de communauté : une voie.

En somme, vous avez toujours plus ou moins mêlé le transcendantal, la mystique, la poésie, la pensée, l'amour, l'érotisme, l'ironie, la Révolution ? Mais oui, et c'est justement ça, la Révolution.

Intermédias

La scène a lieu de nos jours.

Un type de la radio, pressé, veut que je lui montre ma bibliothèque. « Oh, me dit-il, je n'ai jamais vu autant de livres chez un écrivain ! » « Combien de temps avons-nous ? » « Huit minutes. »

Allons-y. Les classiques, donc : Homère, Eschyle, Sophocle, Euripide, Platon, Aristote. Et puis là, en bas, Pindare, Thucydide, Virgile, la Bible, bien sûr... « Je vois Sade et Bataille côte à côte », me dit le type, allumé. Oui, mais il y a aussi Saint-Simon, Bossuet, Pascal, Baudelaire, Lautréamont, Rimbaud, Artaud, Nietzsche... Le temps presse : « Et les contemporains ? » « Ils s'évacuent assez vite. » Il y a aussi Balzac, Stendhal, Proust, Joyce, Kafka, Céline... « Oui, bon, et les livres d'art ? » « Il nous reste combien de temps ? » « Trois minutes. » Écoutez, la peinture chinoise, l'italienne, Manet, Cézanne, Picasso... « Et pourquoi La Fontaine, là ? » « Perfection rythmique », dis-je. J'ai à peine le temps de lui

réciter deux vers de La Fontaine. Il arrête, il s'en-
fuit, « merci beaucoup ».

Un autre : « Et votre discothèque ? » « Nous
avons combien de temps ? » « Dix minutes. »
Purcell, Monteverdi, Bach, Haendel, Haydn,
Mozart, en dix minutes ? Comment donc. « Rien
de rock ? » Eh non. Mais presque tout sur Arm-
strong, Billie Holiday, Ella Fitzgerald, Duke
Ellington, Count Basie, Charlie Parker, Thelonious Monk... En deux minutes ? Un simple
accord ? Coucou ! « À bientôt ! Merci beaucoup ! »

Télévision : on commence à parler, le type
regarde l'horloge. Il interrompt vite, il a peur de
ne plus être assez à l'antenne et de donner l'impression qu'il ne dirige plus l'émission. Si c'est
enregistré, vous serez coupé. Si c'est en direct,
vous serez rogné. Aucune plainte à formuler :
c'est le jeu, ça m'amuse.

Dieu sait si on en fait un plat, des médias.
Y aller, ne pas y aller, les détester, en rêver,
feindre de les mépriser, les regarder et les écouter sans arrêt, devenir image, se prendre pour
son image, journalisme ou pas, photos ou pas,
etc. Les deux choses les plus drôles que l'on m'a
dites à ce propos : une hôtesse de l'air, en avion :

« Pouvez-vous me dire votre nom, pour que j'aie l'air cultivé avec mes copines ? » Mais surtout (et je jure que c'est vrai), un type, une fois : « Est-ce bien moi qui vous ai vu à la télévision, hier ? »

Relance

On a parfois besoin d'encouragements. Ils viennent à l'improviste. Ainsi, ce matin, en rangeant des livres, je tombe sur une dédicace ancienne de Ponge, au moment de la publication de son *Grand Recueil,* pour le volume intitulé *Lyres.* Elle est écrite et signée à Paris, le 7 janvier 1962. Elle parle de son livre :

« À Philippe Sollers, pour qu'il le fasse sauter dans sa main, et peut-être, dans quelques dizaines d'années, y retrouve quelque chose du "vieil arrangeur de syllabes", son fidèle admirateur et ami dès le début — Francis Ponge. »

Bon, je suis ému, passons.

Les années 1970 ont été, pour la plupart de mes amis, et pour moi aussi (dans un autre sens), des années de plomb, une sorte de saison en enfer. Transformer le plomb en or est quand même un sérieux travail. C'est celui de *Paradis* qui, de 1974 à 1981, paraît tous les trois mois

dans *Tel Quel*. Pas de ponctuation, tout à l'oreille
et au souffle, chaque matin, chaque soir, en dormant, en me réveillant, en marchant, en me tai-
sant, en nageant.

En réalité, je ne fais que ça, même si j'ai l'air
de faire autre chose. La revue, les réunions, les
controverses idéologiques ou politiques, les
complicités, les inimitiés, l'hostilité massive de la
presse littéraire, les brouilles, les insultes, les
exclusions, tout cela est un décor tournant. Je
revois mes tables de travail, ou plutôt de jeu : à
Venise, surtout, parce que j'ai la sensation forte
que l'air, l'eau, la ville, les bateaux, m'encoura-
gent ; à Ré, dans une solitude bleue de sel, de
marées ; à New York, dans un appartement du
seizième étage près de l'Hudson, tranché de
soleil sec, en écoutant en boucle Bach et Scarlatti, Glenn Gould et Scott Ross ; à Paris, enfin,
temps volé au temps volé par la comédie sociale.

La lettre volée devient volante, les oiseaux sont
des partenaires, les arbres, les fleurs, les quais,
les sillages ouvrent les phrases et aident mon
bras, mon poignet, mes doigts. Je suis pour ce qui
me permet d'avancer, et contre ce qui m'en
empêche. Décisions quotidiennes, positions, fré-
quentations, dérapages divers, et retour sur la
page. Retour ? Non, c'est elle, en permanence,
qui dirige ma vie, c'est la phrase suivante qui me
guide. Par moments, je ne m'entends plus, et

puis ça s'harmonise, je poursuis. Le clavier tempéré me sauve. Le vieux Bach, nouvel évangéliste majeur, rend tout net, précis, profond, violent, virevoltant, glissant, propre. Le blanc est plus blanc, les murs ont des oreilles, les cailloux entendent, les morts sont vivants. Je suis abrité en Chine, invisible à Manhattan, saunier à Ré, marin à Venise, déserteur actif à Paris, caché en plein jour dans une provocation permanente. Ouvert, disert, rieur, oublieur — et parfaitement ailleurs.

Autrement dit : je suis présent *en apparence*. Le bon usage de Paris, c'est d'y revenir pour agir, en vivant depuis un lointain choisi. Mon ami Pleynet ne me démentira pas si je dis que *Tel Quel* et *L'Infini* ont surtout été pensés à Venise. Ses propres carnets en témoignent, et on pourra consulter les miens, comme l'ensemble de mes cahiers, année par année. Quelques notes, et c'est toute une page. Quelques croquis, et c'est un petit roman dans le roman du roman en cours.

La bibliothèque veut parler comme jamais ? Je l'écoute : la Bible, les Grecs, Dante, beaucoup d'Histoire (et surtout son envers), beaucoup de sanscrit, beaucoup de chinois. Une folie ? Sans doute, mais très raisonnable. *Ça veut* une nouvelle raison : philosophes, poètes, mystiques, toute la métaphysique au scanner (sans oublier la clinique du sérieux docteur Freud). Il y a décidément un dieu pour éclairer cette affaire. Dans les meilleurs moments, je suis son secrétaire particulier.

Le vrai temps est là, incessant et sacré, l'autre est celui de la guerre, puisque j'ai décidé de remettre de l'ordre dans l'avenir du passé, mais aussi d'embrasser un moment la folie Mao, pas du tout pour approuver les ravages de la « révolution culturelle », mais pour porter les coups les plus efficaces au totem vichyste comme à l'influence du parti communiste. Bon, un peu de propagande et de langue de bambou, mais, au fond, un intérêt constant pour la Chine, sa pensée, son écriture, son art, ses corps. Impossible, dites-vous, les deux options sont incompatibles, et vous avez bien mérité les critiques de Simon Leys. Sans doute, mais la question, pour moi, était surtout de devenir le plus « chinois » possible, et je pense y être parvenu pour une grande part. Il faut me croire si je dis qu'à Pékin, à Shanghai, à Nankin, au printemps 1974, toutes mes perceptions ont été tournées vers l'architecture, les corps et les paysages, et non pas vers le catéchisme local. Attitude de touriste et d'esthète, indifférent à la dictature ambiante ? Franchement, je ne pense pas ; l'émotion était très profonde, et elle est d'ailleurs toujours là.

J'ai beaucoup marché, seul, dans Shanghai, au petit matin, le long des quais, près de centaines

et de centaines de Chinois et de Chinoises évo-
luant lentement, comme en rêve, dans leur gymnastique circulatoire : silence total. J'ai fait pas
mal de vélo dans Pékin, c'était encore le temps
où un « long nez » suscitait une curiosité intense
et discrète, espèce de martien arrêté au feu
rouge, et pour qui le passage au vert est une
sorte de bénédiction. Je n'oublie pas le choc des
grottes de Longmen, ce petit temple taoïste en
ruine près de Nankin, ni la mince et noire rivière
Luo d'où est montée la tortue révélant l'écriture
idéographique. L'écriture au plus près des trans-
formations et des mutations, c'est mon sujet,
je n'en ai pas d'autre.

Plus de trente ans après, je vois qu'on continue à me faire un mauvais procès comme ayant
été « maoïste ». Je laisse courir, je me suis expliqué cent fois sur ce sujet, mais visiblement en
vain. Le sage Marcel Duchamp a raison : il faut
laisser pisser le mérinos.

Jean Lévi m'envoie sa traduction de Zhuangzi,
qui, dit-il, « pourrait, il l'espère, me servir
d'arme dans ma guerre du goût ». Il signe « avec
estime et amitié ». Grand merci. Même tonalité
dans beaucoup d'envois de Simon Leys depuis
Canberra. Et encore même tonalité dans les
envois du merveilleux Marcel Detienne, en exil
aux États-Unis, parce qu'il fait trop bouger les
dieux grecs. Ces signaux me suffisent, et me

consolent, s'il en était besoin, de beaucoup d'injures françaises (ça se calme, puis ça revient).

J'ouvre au hasard la traduction de Lévi :

« Ne te fais pas le propriétaire des dénomina-
tions, ne sois pas un magasin à calculs ; ne te
comporte pas comme un préposé aux affaires ou
un maître de sagesse. Sache aller jusqu'au terme
de l'illimité et vagabonder dans l'invisible. Tire
parti de ce que tu as reçu du Ciel sans en chercher avantage. Contente-toi d'être vide. L'esprit
de l'homme parfait est un miroir. Un miroir ne
reconduit ni n'accueille personne ; il renvoie
une image sans la garder. C'est ainsi qu'il
domine les êtres sans les blesser. »

Reprenons les dates du temps « extérieur » :
Chine en 1974, naissance de mon fils David en
1975 (grande joie, une des plus grandes de
ma vie), arrivée à New York en 1976, et coup de
foudre pour la ville, sa mobilité, son évolution
constante, ses ponts, ses ascenseurs, son port,
son climat. Je reviendrai souvent, notamment
pour rencontrer le peintre De Kooning. Pas mal
de week-ends à Long Island, des heures de
marche, soirées au Sweet Basil, où on peut dîner
en écoutant des musiciens de jazz épatants, aristocratie noire évidente. Je suis censé faire de la
figuration à New York University, où je commence à comprendre le désastre en cours, « nouveau roman », « french theory », etc. Exemple :

des étudiants et des étudiantes, au demeurant sympathiques, me parlent de la « déconstruction » ou de la « différance » (oui, avec un *a*) de Derrida, quand ce n'est pas, dans le plus grand désordre, de « l'objet petit a » de Lacan, alors qu'il est clair que le nom de Molière leur est parfaitement inconnu. C'est le début de la grande période « gay and lesbian studies », et le royaume gay de mon quartier de Greenwich sera bientôt dévasté par l'épidémie de sida. Et le féminisme, ah, le féminisme ! Dix ans plus tard, lors d'une conférence à Columbia, avec projections de reproductions de Fragonard, je provoquerai des vociférations indignées, comme si j'avais montré des images pornographiques. Qu'est-ce qui gênait réellement ? Des nus de baigneuses ? Non, *la beauté*.

L'univers américain est admirable dans les grandes dimensions de l'espace (les Twin's), et le plus souvent pénible dans les petites (habitants). Largeur, ampleur, technique maîtrisée, et en même temps refoulement, pruderie, violence, névrose. Le puritanisme américain (exhibition sexuelle comprise) est un phénomène religieux effarant. L'exhibition est une inhibition, le déchaînement catholique baroque est le Diable. On va prêter, aujourd'hui, des tableaux du Louvre à Abou Dhabi pour des centaines de millions d'euros, mais interdiction d'envoyer

des toiles religieuses (crucifixions ou résurrec-
tions, sans parler d'ascensions ou d'assomp-
tions), et prohibition renforcée des nus féminins. Sourdement, l'islam radical rejoint la folie
protestante. Le peintre le plus subversif de la planète, par les temps qui courent ? Titien, l'abominable jouisseur de Venise, Vierges et Vénus sans
fin confondues.

Les Américaines ? Infréquentables pour la plupart : argent, plaintes, roman familial, infection
pseudo-psy. Heureusement, à New York, il y a les
Latinos et les Chinoises, et quand même pas mal
d'Européennes. Je n'ai jamais autant parlé espagnol qu'à cette époque. Pour plus de détails, voir
Femmes, que je commence à écrire, parallèle-
ment à *Paradis*.

Les Chinois vont vers le gigantisme occidental ? Sans doute, mais ils ont une science des
petites dimensions dans le moindre détail, un
savoir-vivre millénaire qui résiste à tout. La com-
plainte de la femme blanche a fait son temps,
primera la froideur délicate de la Chinoise. Des
danseuses Tang, du huitième siècle, hantent les
restaurants et les bars. Cent mille enfants, garçons et filles, s'épanouissent comme des fleurs.
Une certaine brutalité raffinée l'emporte. Ça
nous changera du vieux populisme plouc de nos
régions effondrées.

Je revois les beaux vases chinois de mon

enfance à Bordeaux. J'entrais en eux sans problème. C'était le Ciel. Ça l'est toujours. Le stylo
que j'emploie en ce moment (un petit Parker
léger), rempli d'encre bleue achetée par superstition à Venise, est pour moi un pinceau.
Pauvres bien-pensants et ignorants de tous
bords, pauvres humains et humaines rivés à vos
mères, je vous réponds avec le grand Shitao, des
calligraphies à n'en plus finir, vide animé, un
coup yin, un coup yang, rouleaux, oiseaux, bambous, pivoines, lotus, rochers, fleuves, mon-
tagnes. J'ai 8 ans, il pleut, on m'appelle, on ne
me trouve pas, je reste caché dans le bois.

À l'automne 1978, je suis dans le bureau du
directeur du « French and Italian studies », à
New York University. Avoir regroupé les Français
et les Italiens dans le même département d'enseignement et de surveillance m'a toujours paru
comique, et, au fond, très juste. Mais pourquoi
pas aussi l'espagnol ? Mon directeur momentané
est très francophile, entendez par là qu'il est
imbattable sur toutes les publications des Éditions de Minuit, et qu'il se fout éperdument du
reste. Normal.

Je téléphone devant lui à Julia, à Paris, qui
m'apprend, événement qui lui paraît très
curieux, qu'un Polonais vient d'être élu pape. Je
vois immédiatement la suite logique et métapoli-
tique. Je me tourne vers mon Américain et je lui

répercute la nouvelle. Je n'oublierai jamais sa réaction : « So what? » Mais oui, c'est bien ça, *so what* ? Je crois savoir qu'il n'a pas changé d'avis par la suite. *So what ? So what ?* Comme quoi mon directeur, probablement honorable correspondant de la CIA, c'est-à-dire de l'ensemble des Services, est bien léger dans sa vision du monde. Il n'est pas le seul.

Le soir, sur CBS, je vois le nouvel élu, Wojtyla : il a l'air sportif, il parle très bien anglais, c'est le premier pape non italien depuis quatre cent cinquante-cinq ans, pas difficile de prévoir que ça va chauffer, depuis la Russie, en Pologne. Je vais suivre de près cette histoire. Malgré toutes les dénégations, je pense qu'avec la scission sino-russe il s'agit de l'événement capital de la seconde moitié du vingtième siècle. En mai 1981, attentat contre Jean-Paul II place Saint-Pierre, à Rome. Tueur turc, KGB *via* les Bulgares, opacité de cette tentative d'assassinat inouïe, signe des temps majeur. Ici, voir mon roman *Le Secret*, publié en 1993, livre aimablement archivé au Vatican, et pour cause.

So what ?

Alors, après avoir été « maoïste », vous êtes devenu « papiste » ? En effet, et résolument. Si vous permettez, stratégie élémentaire : tout ce que l'adversaire attaque (Mao, le pape), on le défend; et tout ce qu'il défend (l'ex-URSS et ses métastases), on l'attaque. La Chine n'est plus une colonie de la Russie, et, *donc*, plus des États-Unis? Il semble. Le pape est mort? Vive le pape.

Inutile de préciser que je suis, depuis fort longtemps, un défenseur radical des droits de l'homme en Chine, et que je n'ai rien contre l'avortement, le préservatif, l'homosexualité, et autres obsessions du temps. En revanche, le célibat des prêtres me paraît une excellente mesure. Dit autrement : oui au péché, non à la monogamie pieuse.

Il faut enregistrer ici le choc qu'a été, pour ma génération et la suivante, la figure de Soljenitsyne, avec son *Archipel du goulag*. Témoignage décisif (avec Chalamov), qui, à quelques exceptions fanatiques près, a tiré l'échelle de l'énorme mensonge communiste. L'effet, en France, a produit ce qu'on a appelé « les nouveaux philosophes ». J'ai aussitôt pris leur parti. Il s'en est suivi un affrontement violent et confus, d'où a émergé la personnalité de Bernard-Henri Lévy, excellent stratège, haï comme il faut. Aucun désaccord politique fondamental, depuis, avec lui, même si je crois qu'il espère encore trop de l'Amérique. *L'Idéologie française* est un livre clé qui a fait tomber bien des tabous, et qui reste pleinement d'actualité. Il n'y a pas eu foule pour le défendre, et, à part moi, je ne vois personne, dans ce pays, qui ait été autant insulté. De quoi être inquiet, car je tiens absolument à conserver la première place dans ce domaine. Ça pourrait se calmer, mais j'ai un très bon dossier.

Je suis à Venise, quand, trois jours avant l'attentat contre le pape, l'habile Mitterrand arrive au pouvoir en France. Ce n'est pas mon candidat, car je n'en ai pas. Procès Papon, d'accord, mais Bousquet me gêne tout autant, sinon plus. Ce dernier est opportunément assassiné, et le premier, jugé et condamné, a fini par mourir en se réclamant de sa Légion d'honneur, Vichy, encore Vichy, toujours Vichy, y compris sous de Gaulle, et Moscou, encore Moscou, et toujours Moscou, en blanc ou noir, dans les têtes intoxiquées.

Là, je pars pour Israël, j'y reviens, je vérifie ma Bible, j'ai pour partenaire mon ami Jean-Paul Fargier, qui a déjà réalisé une vidéo de *Paradis*. On fait de la contre-télévision ensemble, et ce seront des enregistrements plus qu'étranges à Qumran, Jérusalem, Jéricho. Devant le mur des Lamentations, je lis à haute voix des passages de *Finnegans Wake*, de Joyce ; sur le mont des Oliviers, des fragments d'Ézéchiel ; et sur l'autel consacré d'une petite chapelle catholique à l'écart, *Paradis*. Le lieu, la formule. Vite fait, bien fait. Appels secrets, dans le désert, à une Résurrection invisible pour une nouvelle ère.

Extension

Étrangement, le début des années 1980 est peuplé de morts célèbres : Barthes, Sartre, Lacan, Beauvoir, Foucault, et plus tard Deleuze... On dirait qu'un ange néfaste fauche l'intelligentsia du temps. La disparition de Barthes et de Lacan sonne le glas de *Tel Quel* chez son éditeur. Celui-ci voyait déjà d'un très mauvais œil la présence de ce petit État dans l'État, et, de plus, est horrifié par le manuscrit de *Femmes*. Il va donc falloir déménager : camionnette, archives, bibliothèque. Le chemin est court et au bout de la rue : Gallimard.

Je connais Antoine Gallimard depuis les années 1968, on a fait quelques nuits ensemble. Son père, Claude, est naturellement soupçonneux, d'où un stage, pendant un temps, dans une des filiales du groupe. La nouvelle revue s'appelle *L'Infini*, la nouvelle collection aussi. Mon roman *Femmes* paraît début 1983 dans la Collection blanche. Pari gagné : succès.

Je me revois, à la fin de l'année 1982, roulant vers Paris, mon manuscrit à côté de moi dans la voiture. C'est l'incertitude complète sur le plan social, et la grande certitude au sujet du texte. Moralité : compte sur tes pages écrites, la réalité s'y pliera. Les choses vont très vite grâce à Antoine (ce que personne ne peut savoir). Le « milieu littéraire » imagine, à l'époque, que j'arrive dans les bagages de la grosse, éthylique et absurde Françoise Verny. Erreur.

Heureusement, l'ancien éditeur ne veut pas lâcher le titre *Tel Quel*. *L'Infini*, c'est beaucoup mieux, merci Providence. Mon ami Pleynet débarque donc avec moi à la NRF, on en est, ces jours-ci, au centième numéro et quelques succès en volumes. Mais le « milieu », non consulté, boude, et, merveille habituelle, *c'est comme si on n'avait rien fait.*

D'accord, d'accord, il faut mourir, mais pourquoi se presser ?

En même temps que j'écris ces lignes, je tombe sur cette pensée de Pascal :

« Je me sens une malignité qui m'empêche de convenir avec ce que dit Montaigne, que la vivacité et la fermeté s'affaiblissent avec l'âge. Je ne voudrais pas que cela fût. Je me porte envie a moi-même. Ce moi de vingt ans n'est plus moi. »

Je corrige : ce moi de vingt ans n'est plus moi (photos), mais c'est plus que jamais moi (pensée). Ce qu'il y a de plus difficile : *naître vraiment*, durer, disparaître, *revenir*. On écrit pour revenir, le pari est de revenir.

Femmes est un roman plein de portraits et de personnages, mais c'est aussi un rassemblement de mémoire, avec des centaines et des centaines de notes prises sur le terrain pendant plus de dix ans. À propos de la guerre des sexes, de ses impasses, de ses crises, mais en même temps de ses échappées et de ses clairières, je ne vois pas de livre plus informé, multiple, corrosif et léger. Le tournant hautement symptomatique de la seconde moitié du vingtième siècle est ici décrit dans ses ramifications secrètes et concrètes. On peut en tirer un tableau chimique : les corps féminins négatifs (et pourquoi), les corps positifs (et comment).

Bizarrement, à la parution du livre, la plupart des critiques se sont fixées sur les personnages masculins et leurs « clés », en effet reconnaissables, Barthes, Althusser, Lacan, etc. Pas un mot, ou presque, sur les personnages féminins, et censure absolue sur les portraits positifs les concernant. Autrement dit : l'amour « réussi » entre hommes et femmes n'existe pas, n'a pas pu exister, n'existera jamais, et, s'il a eu lieu, il est interdit de le raconter, surtout s'il est éclairé par la lumière noire des obstacles rencontrés sur la route. La haine entre les sexes fait rage ? Mais oui, et c'est justement la raison qui rend les « coups heureux » si précieux. Ils sont rares ? Raison de plus, et tant mieux. Ils ne sont d'ailleurs pas si rares.

Je réentends ce notable académique, au moment de la publication, plus tard, de mon livre sur Casanova : « Écoutez, Casanova a tout inventé. Lorsqu'on accomplit ce genre de choses, on n'en parle pas. » C'était le bourgeois d'Ingres, dans toute sa splendeur assise. À ma réponse consistant à dire que Casanova a toujours été très précis et exact, mon notable a balayé l'espace. Il savait de quoi il parlait, son expérience dans « ce genre de choses » était irréfutable, et Casanova s'était beaucoup vanté, voilà tout. J'ai quand même proposé à mon notable de publier un jour ses Mémoires, et il a paru flatté.

D'autres ne se sont pas privés de parler de « parties de jambes en l'air » (curieuse expression) ou d'« histoires de cul » (comble de gêne). La question n'est donc pas « la chose », mais son dire. On s'en doutait.

La « sexualité » est un domaine délirant, où la lumière, merci Freud, ne pénètre qu'à peine. La misère, constamment déniée, y est consternante, soit par niaiserie ignorante, soit par vulgarité et inflation pornographique en clichés. *Femmes* est une enquête sérieuse, dont je ne vois pas en quoi elle a été dépassée. Il y a eu un moment historique exceptionnellement ouvert pour l'écrire. De ce côté-là, les portes se referment vite, et c'est ce qui s'est passé.

Sur le moment, des producteurs et des metteurs en scène ont cru voir là une bonne affaire de cinéma. J'ai eu là quelques rencontres édifiantes. Il fallait transformer le livre en souvenirs d'un mort. Impossible de représenter un « héros positif » traversant le continent féminin, lequel doit rester, comme on sait, éternellement mystérieux et noir. Quelle drôle d'idée romantico-infantile ! J'ai vite coupé court à ces bavardages de marchandise avariée.

Après quoi, un éditeur, carnet de chèques sur la table d'un restaurant : « Et maintenant vous m'écrivez *Hommes*. » J'ai demandé un autre café.

Si on l'écoute de la bonne oreille, *Femmes*, comme, ensuite, *Portrait du joueur* et *Le Cœur absolu*, est un roman philosophique (tradition française), et même métaphysique, d'un réalisme froid et lyrique. Les philosophes y sont montrés dans leurs limites privées, les femmes dans leur hystérie et leurs calculs, mais aussi dans leur gratuité libre. La gratuité est-elle de ce monde ? Réponse, justement, de Casanova : « Si le plaisir existe, et si on ne peut en jouir qu'en vie, la vie est donc un bonheur. »

Ici, les dévots et les dévotes font grise mine, les sociomanes et les sociopathes crient à la superficialité, l'industrie spectaculaire se coince ou veut absolument déformer le constat, le Diable est mécontent, puisque le plaisir doit être destructeur, et la vie un malheur.

J'ai terminé *Femmes* à Venise, à l'automne 1982. J'écrivais sans effort, les nuits étaient veloutées. En face de ma chambre, assez loin, mais très visible, une jeune femme brune, très jolie, lisait tard, le soir, allongée sur un canapé. Je me disais qu'elle était en train de lire ce que j'écrivais. Et, au fond, c'était vrai.

Pour la couverture de l'édition de poche, plus tard, j'ai demandé une reproduction des *Demoiselles d'Avignon*, de Picasso, puisqu'il en est pas mal question dans le livre. Réaction de la responsable de l'époque : « Qui a choisi cette horreur ? » Cette anecdote en vaut mille.

Ah bon, il y a une Chinoise dans *Femmes* ? Et une claveciniste ? Le narrateur est marié et aime sa femme ? Il a pourtant des liaisons multiples ? Il voyage beaucoup ? Il rencontre énormément de folles et de fous ? Il a même, à Rome, une entrevue secrète avec Jean-Paul II ? Tout ça, tout ça, et bien d'autres choses encore.

Je viens de comprendre un point clé, je vais insister. J'écris donc *Portrait du joueur*, avec deux intentions : mener une lutte de classe *à l'envers* (apologie de mon enfance bourgeoise à Bordeaux), et publier les lettres érotiques de la jeune femme qui, dans le roman, s'appelle Sophie. Ces lettres sont authentiques, ce que personne n'a voulu croire (surtout pas les experts autoproclamés en érotologie). Eh oui, elles sont *réelles*, et les jeux qu'elles décrivent ont bel et bien eu lieu dans une discrétion absolue.

Du bon usage de la clandestinité : tous mes livres ne parlent que de ça. L'enfance, par définition, est clandestine, il suffit de s'apercevoir assez tôt que la surveillance et le dressage n'en finiront pas. Il y a une contre-vie enfantine qu'il s'agit de protéger, d'amplifier, de prolonger et de ranimer. « Vert paradis » est son nom, et toutes les saisons en enfer ne peuvent pas l'effacer, l'user, le détruire. Lautréamont a raison : je ne connais pas d'autre grâce que celle d'être né, un esprit impartial la trouve complète, l'erreur est la légende douloureuse, l'homme ne doit pas créer le malheur dans ses livres, les gémissements poétiques des dix-neuvième et vingtième siècles ne sont que des sophismes, je ne tends qu'à connaître la contradiction de mon esprit avec le néant, le génie garantit les facultés du

cœur, les grandes pensées viennent de la raison,
etc., etc. Ne dites pas à mes proches que je passe
mon temps à écrire, ils me croient éditeur, journaliste, intellectuel de seconde zone, ou animateur de télévision. Il faut savoir manier très tôt ce
que j'ai appelé des IRM, Identités Rapprochées
Multiples, pour conserver la seule qui vaille et
qui ne peut pas être définie par un mot.

Technique d'enfance, donc : on répond à
côté, on les endort, on guette leurs départs, on
s'empare des maisons, du jardin, du merveilleux
silence. La maladie est une alliée constante, on
s'en sert pour sécher l'école et rester à l'écart.
La société veut vous envoyer ici ou là, vous faire
travailler, vous rendre rentable pour elle?
Débrouillez-vous, et ne travaillez jamais que
pour vous. Vous voilà averti de la puissance du
langage? Ne l'abandonnez jamais, votre histoire
et votre destin sont sur la page, la réalité suivra,
c'est un fait. On vous critique, on vous éreinte?
Augmentez la dose. Je ne vais pas, ici, rassembler
les articles agressifs, méprisants ou vengeurs
dont j'ai été l'objet. Avec le temps, l'effet est
gluant, mais cocasse. De quoi n'ai-je pas été
traité? Un ordinateur le dira, en citant les noms,
les supports, les intérêts en jeu et les dates. Pas
moi.

Dans presque tous mes romans, le sujet est le même : un narrateur vit une double ou une triple vie, sa vie est un roman, il se retrouve agent secret pour son propre compte, il sait des choses qu'il ne devrait pas savoir, il semble aimanter des rencontres improbables, on le voit fonder ou animer des contre-sociétés de plaisir, de pensée et de gratuité, vite dépassées ou dissoutes (*Le Cœur absolu*). Les descriptions de la société de son temps sont très critiques, mais toujours ironiques, jamais apocalyptiques (ou alors, c'est que l'apocalypse est une énorme bouffonnerie). Le Diable est idiot, obsédé, puritain, dévot, son intelligence et sa nocivité sont un milliard de fois surestimées, ses crimes et ses massacres, pourtant horribles, se dissipent comme de la fumée. Son ignorance est colossale, son mauvais goût terrifiant d'innocence, mais, finalement, sans aucun effet.

« La pensée n'est pas moins claire que le cristal. Une religion, dont les mensonges s'appuient sur elle, peut la troubler quelques minutes, pour parler de ces effets qui durent longtemps. Pour parler de ces effets qui durent peu de temps, un assassinat de huit personnes aux portes d'une capitale la troublera — c'est certain — jusqu'à la destruction du mal. La pensée ne tarde pas à reprendre sa limpidité. » (Lautréamont, *Poésies.*)

Ou bien : « Le mal, arrivé à un certain point, s'égorge lui-même. » (Joseph de Maistre.)

On peut dire la même chose de façon dramatique, à la saint Paul : là où l'ignorance, la
laideur, le mensonge et l'horreur abondent, la
connaissance, la beauté, la vérité et la sérénité
surabondent.

Ou encore, de façon plaisante, pour signifier
que l'intraitable guerre des sexes peut être sur-
montée dans des intervalles éclairés, ces vers de
mirliton dont je suis très fier :

> Nous naviguions sur l'Ontario,
> Elle me détestait, moi aussi,
> Nous jouîmes ensemble dans un cri,
> On ne baise bien qu'a contrario.

Ou encore :

> Dans la gorge d'Éros,
> Moelleuse, mais rosse,
> Hélas pointe un os,
> Thanatos.

Ce dernier quatrain, d'ailleurs, en hommage
insolite à Marcel Duchamp, pourrait être signé,
un soir de mélancolie ou de plaisanterie douteuse : Bernanos.

Proust dit qu'Albertine, source de tous les
désirs jaloux du narrateur de la *Recherche*

(au point qu'on a l'impression que sa vésicule biliaire devient son véritable organe sexuel), est pour lui comme une « grande déesse du Temps ». L'expérience, en effet, porte sur le Temps. Sophie, dans *Portrait du joueur*, invente un temps érotique nouveau. Le « carnet rouge », dans *Le Cœur absolu*, indique une façon de calculer ce qu'est un grand jour, un petit jour, une grande ou une petite semaine, un grand ou un petit mois, une grande ou une petite année. Le Temps vit pour lui-même, choisit ses partenaires, les favorise ou les récuse, se ferme ou s'ouvre, se contracte dans la jalousie, la souffrance et la mort, s'amplifie à n'en plus finir dans les moments de grâce et d'accord.

Mon vieux compatriote Montaigne, dont je découvrais, ahuri, à 12 ans, les sentences peintes sur les poutres ou les solives de la bibliothèque de sa tour, a noté en grec la formule suivante : « Jamais je ne dirai qu'en mariage il y a plus de rires que de larmes. » Eh bien, au début du vingt et unième siècle, je dis exactement le contraire, pour le mariage comme pour les liaisons positives : les rires dominent de loin, les pleurnicheries sont rares. Vous êtes avec des femmes ? Il faut les faire rire, et c'est tout. « Les Muses ne rient bien que branlées », a dit le désinvolte docteur Céline, un des rares écrivains à être précis sur ce point. Picasso et « la femme qui pleure » (Dora Maar) ? Eh oui, bien vu, bien vécu de près, avec, sur d'autres scènes, plein de basculements voluptueux au soleil. Il faut connaître l'impasse, le refus, le rejet, la haine, pour apprécier et décrire comme il faut l'acceptation, le oui, la gaieté, les couleurs. Le contraire existe, mais aussi le contraire du contraire.

Voilà ma vie, mes romans, ma vie comme mes romans, mes romans comme ma vie, dans les années 1980 : *Femmes, Portrait du joueur, Le Cœur absolu, Les Folies françaises, Le Lys d'or, La Fête à Venise.* On remarquera en passant que *Les Folies françaises* (1988) est dédié à Antoine Gallimard, à un moment où il n'était pas du tout évident que son destin serait victorieux dans sa propre maison d'édition, la NRF. Dieu sait si on lui a fait des ennuis, privés et publics. Ça rapproche. Les ennuis que l'on fait à mes amis sont mes ennuis.

Les livres dont je viens de citer les titres ont été, sauf exception, très mal reçus par la critique littéraire, et je me demande encore comment cela ne m'a pas découragé un seul instant. Il fallait passer outre, que cela plaise ou non, le déplaisir causé étant aussi un plaisir. À contre-courant ? Et comment ! On me dira aujourd'hui : « Et les ventes ? » Pas mauvaises, pas si mauvaises, plutôt bonnes, même, et, de plus, régulières. Comme quoi il y a encore des oreilles un peu partout.

Et les traductions ? Là, il faut l'avouer, ça coince un peu, sauf au Japon, vive le Japon !

« Vous n'êtes pas connu à l'étranger (c'est-à-dire en anglais). » Eh, diable, que m'importe ? Je connais la musique : il faudrait voyager, faire des conférences, parler l'anglo-américain du colonisé, participer à des colloques barbants, « être ensemble », délayer le propos, avoir l'air humain. J'ai eu un seul partisan, mais résolu, à New York, pour *Femmes* : Philip Roth. Ça me suffit amplement.

Même topo en France, d'ailleurs, mais l'arrière-pays tient le coup, malgré les appels au sérieux, à la vérité du terroir, aux relents de province. Des amateurs, en somme, par-ci par-là, avec mémoire et bibliothèque. Comme toujours, dans les temps très troublés, la bibliothèque est l'avenir. Les nouveaux lecteurs ont maintenant entre 25 et 35 ans. Ils sont nés en même temps que *Paradis* et *Femmes*. Ils ne voient pas d'objection à l'existence de quelqu'un qui ne les empêche pas d'exister. Ça se gâte vite avec les 45, 50, 60 ans, pour qui, visiblement, je suis une référence gênante. Longue vie, donc aux 25 ans tentés par l'aventure ! Attention à l'ignorance poétique et métaphysique, à l'alcool, à la came, au sexe, à l'argent ! Méditez les difficultés, souvent autodestructrices et suicidaires, de vos aînés ! Bonne chance à travers le nivellement féroce ! N'oubliez pas : phrases d'abord, communication ensuite.

Formule globale : l'absence de fin doit justifier les moyens.

Sur le plan pratique, les jeunes générations doivent savoir qu'en un temps, pas si lointain, on pouvait fumer partout, y compris en avion ; que la baise ne comportait pas de préservatifs ; que la pilule contraceptive déployait sa force ; que le mot *sida* était inconnu ; que les contrôles, dans les aéroports ou ailleurs, étaient presque inexistants ; qu'on pouvait vivre, et plutôt bien, avec peu d'argent ; qu'on pouvait ignorer presque complètement les journaux, les radios, les télévisions, de même que le bourrage de crâne publicitaire et politique ; que la critique littéraire des ratés de la littérature n'avait aucune importance ; que l'amitié existait ; que l'amour était possible ; que la dérive inventait ses situations ; que les frontières étaient poreuses et les caméras de surveillance absentes ; que la police était très mal faite ; que la bourgeoisie décomposée se cachait ; que les philosophes et les penseurs étaient fous de façon plaisante ; que les femmes avaient envie d'être sexuellement désirées ; que le terrorisme était encore dans les limbes ; qu'il n'était nullement question de l'Islam, intégriste ou pas ; que l'agonie du communisme était une fête ; que le moindre souci à propos d'une extrême droite ressortie de son tombeau aurait paru ridicule ; que la marchandisation du livre, pourtant en cours, était tenue pour une franche vulgarité sans effet.

De quoi se plaindre? De rien. Autre Temps, autre guerre.

Ce jeune Américain, envoyé par un collectionneur de New York, s'intéresse, paraît-il, à mes livres qu'il n'a pas lus puisqu'il ne parle pas français. Il veut voir mes manuscrits, s'étonne de leur nombre et de leur fluidité, est stupéfait de constater chez moi l'absence d'ordinateur. Il me demande si j'ai des livres dédicacés. Je lui en montre huit ou dix, il néglige ceux de Breton, Aragon, Michaux ou Leiris, flashe un peu sur Lacan et Derrida, mais sa question vive porte sur Michel Foucault. Ai-je connu Foucault? Mais oui, bien sûr. Ai-je des lettres de lui? Sûrement, quelque part. Foucault, Foucault, je sens qu'il n'a que cela en tête. Foucault, pour l'Église intellectuelle et sexuelle américaine, est au top.

Mon Dieu, que faire? J'aperçois un livre de Foucault sur une étagère, *Les Mots et les Choses*, qui doit dater de 1966 (je vais alors sur mes 30 ans). Pourvu qu'il soit dédicacé! Je l'ouvre, ouf :

« Pour Ph. S., qui a su libérer ses mots du poids des choses, et les rendre à leur être, M. F. »

Mon Américain, ancien universitaire avant de prendre un boulot de repérage bibliophilique marchand, est ébranlé. Il me *considère*. Il me demande si, de Foucault, je n'ai rien de plus *personnel*. Hélas, non, et tout cela remonte pour moi au déluge. N'empêche : je devine que j'ai un petit visa pour New York, grâce à cette dédicace, d'ailleurs très heideggérienne, de Foucault.

Lequel Foucault passe devant mes yeux d'autrefois, assis à côté de moi, au premier rang du séminaire de Lacan qui tente de lui donner une leçon d'interprétation des *Ménines* de Vélasquez. Leçon embarrassée, comme toute approche psychanalytique de la littérature et de l'art, mais amusante. Ah, Lacan, unique objet de souci, de jalousie et de ressentiment pour les penseurs de ce temps-là, aussi bien pour Foucault que pour Barthes, Derrida, Althusser, Deleuze... Que pense Lacan ? Que dit Lacan ? Qui peut déstabiliser ou surplomber Lacan ? On se souvient du mot cruel de Heidegger à la réception des *Écrits* du célèbre analyste : « Le psychiatre a besoin d'un psychiatre. » Mais Heidegger n'a pas l'air d'être à la mode aux États-Unis.

Reste une star, très connue dans le monde anglo-saxon et que mon Américain admire, sans oser me demander si j'ai des lettres ou des livres dédicacés d'elle : Julia Kristeva. Il est vrai que c'est ma femme, bien que les notices en anglais qui lui sont consacrées se croient obligées d'inventer entre nous un divorce imaginaire. Décidément, ma réputation, même sous censure, est douteuse. Une jeune étudiante américaine, un jour, se trompe d'adresse et sonne à mon studio :

« Vous êtes monsieur Kristeva ? » Et moi : « Of course. »

Je me répète, mais je tiens à insister sur l'erreur drôle et symptomatique de Lacan, subversif mais très bourgeois d'avant guerre, dans les premiers temps de mes relations amicales avec lui : il envoie, à mon adresse de travail, un mot adressé à « Julia Sollers ». Je lui fais remarquer qu'il se trompe. Il y a Philippe Joyaux et Philippe Sollers, Julia Kristeva et Julia Joyaux, mais pas de Julia Sollers. Mécontent, il bougonne. Autre négligence de surdité : lorsque à la fin de sa vie il se met à cogiter frénétiquement sur Joyce, il n'a pas l'air d'entendre que son propre prénom, Jacques, est le même en français que celui, en anglais, de l'auteur d'*Ulysse* : James. Pour pousser un peu plus loin la plaisanterie de son transfert à mon sujet, je lui montre les trois premières lettres de mon nom d'état civil : JOY. Il se tait, et m'invite, un peu plus tard, à partir avec lui pour Venise, voyage qui, bien entendu, ne se fera pas.

Image

J'ai eu, jusqu'à 50 ans, ce que Casanova appelle « le suffrage à vue ». Vous avez un corps plutôt plaisant, les autres y sont sensibles, après tout on vit aussi dans une société animale à effets d'images. Il s'ensuit des facilités, des occasions. Faudrait-il s'en excuser, comme de ses origines sociales favorisées (« vous, vous êtes né avec une cuillère d'argent dans la bouche ») ? Allons donc, ce vieux truc faux chrétien socialiste ne marche plus. L'ennui, de nos jours où toute classe dominante et un peu cultivée a disparu (et tant mieux, trop de préjugés, trop de bêtise), c'est la promiscuité automatique des sociétés techniques financières (ce que Nietzsche a prophétisé par la formule « plèbe en haut, plèbe en bas »).

Promiscuité : « Situation d'une personne placée dans un voisinage désagréable ou choquant. »

Imaginez, par exemple, un musicien obligé de vivre parmi des gens qui détestent la musique et n'arrêtent pas de faire du bruit, y compris en parlant. C'est là qu'il faut obtenir de soi un système nerveux spécial redoublé, puisque après tout on a l'habitude du bruitage, du parasitage et de la grossièreté. Il faut quand même se concentrer et renforcer sa schizophrénie expérimentale.

Il y a la solution du retrait, très bien vue, et même recommandée : avec un peu de savoir-faire, la sacralisation vient vite, hommage du vice à la vertu, pèlerinages réguliers chez le grand absent surplombant. Cette posture (car c'en est une) suppose, en général, un corps peu agréable ou coincé, qui a toutes les raisons du monde, depuis longtemps, de s'éclipser pour mieux régner. Les faux dieux se cachent, dit-on, ce qui ne veut pas dire que les vrais se montrent à tous les coins de rue. Si vous voulez être respecté dans votre pays, vous avez intérêt à vous montrer le moins possible. Si ce n'est pas dans votre nature, tant pis.

Cela dit, on parle de vous, les photos sont là, certains de vos livres sont entrés dans « la liste des meilleures ventes », on vous a vu à la télévision, on vous a entendu à la radio, vous êtes même intervenu dans les journaux et les magazines. Que faire ? S'en aller ? Continuer ? Se faire

user et utiliser ? S'imposer sans se déformer ?
Réponse tous les matins, très tôt, la plume à la
main, sur la page.

Le Système est implacable : soit vous devenez,
sur le modèle religieux, un « grand silencieux »
avec félicitations préposthumes (Blanchot,
Beckett, Gracq, Cioran, Michaux, etc.), soit vous
prenez le risque de vous exposer, en payant le
prix de n'avoir rien écrit puisque vous apparaissez à l'image. Pour le Spectacle, n'est-ce pas,
l'image, toujours l'image, jamais l'écrit.

Drôle de séparation : ou bien l'écrit est sacra-
lisé (variante biblique) à condition qu'il n'y ait
pas d'incarnation à l'image, ou bien l'écrit disparaît puisque votre apparition ne peut être
que le signe d'une inauthenticité, d'une corruption, d'une prostitution, voire d'une simonie.
Là-dessus, tout le monde est d'accord, chacun
à sa place, la circulation morale en a décidé
ainsi.

À vous de voir, mais, d'instinct, vous refusez
d'être marginalisé en pseudo-gourou inaccessible ou « d'avant-garde ». Ce n'est pas dans
votre nature, vous savez parler et vous servir de
votre apparence dans toutes les situations, vous
vous prêtez volontiers à l'expérience, vous y
allez, vous vous retirez, vous revenez, vous fonc-
tionnez par intermittence, vous disparaissez,
vous y retournez. Le Système vous repère, il vous

invente une identité d'emprunt (« cultivé »,
« libertin », « provocateur »), il vous fabrique
selon ses critères en sentant que quelque chose
lui résiste quoi qu'il arrive, il vous *arrange*
comme ça l'arrange, puisqu'il ne peut pas être
sérieusement dérangé, il est tout prêt à imaginer
que vous cédez, que vous vous résignez, que vous
êtes absorbé et noyé, alors que vous êtes immu-
nisé par une solitude extatique. Ne le détrompez
pas, surtout, inquiétez-le simplement par certaines absences. Et jetez-lui de temps en temps
votre image à ronger.

Vous voilà « animateur culturel », ou presque,
« supplément d'âme », philosophe improvisé,
politologue disert, bref « Sollers ». Vous acceptez
toutes les photos (Dieu reconnaîtra les bonnes),
contrairement à ceux qui valorisent intensément *la* photo, au point de les refuser toutes
(Debord). Vous êtes d'un catholicisme baroque
à n'en plus finir, une honte pour le protestantisme et sa pudibonderie maniaque. Vous sup-
portez d'être cliché au maximum, l'eau glisse sur
vous comme sur le canard de la certitude. Sous
l'image, les mots, sous le voile de votre visage,
une doctrine étrange. Le Système enregistre
bien que vous lui cachez quelque chose, mais
quoi ? Un détail le frappe : vous parlez aux appareils, jamais (ou à peine) à ceux qui les dirigent,
comme si vous vous exprimiez toujours pour

quelqu'un de solitaire, présent ailleurs, plus tard. Vous venez de très tôt, vous visez le plus tard. Paradoxalement, vous êtes en complicité immédiate avec les techniciens et les techniciennes, cameramen, camerawomen, preneurs de son, maquilleuses, monteurs et monteuses. L'animateur ne comprend pas grand-chose à ce que vous dites, eux non plus, ne parlons pas du public endormi des plateaux sommé d'applaudir par secousses, mais les micros, eux, sont très réveillés, ce sont vos alliés. Rien de plus humain qu'un micro, à l'heure de la surdité et de l'absurdité générales. Bref, ayez confiance : *la technique vous veut du bien.*

Vous avez peu de temps, entre trois et douze minutes, pour vous adresser, à travers des millions de spectateurs plus ou moins distraits, à quelques milliers d'amateurs, peut-être seulement une centaine, voire trois ou quatre. Vous êtes éloquent, vous auriez pu improviser, en d'autres temps, des sermons, des oraisons funèbres, des panégyriques à la Bossuet tonnant du haut de sa chaire. Voyez-le, comme il le dit lui-même, en train d'ouvrir un cercueil devant la Cour. Au-dessous de lui, le roi, ses maîtresses, la reine, les incrédules, les pécheurs, les débauchés, les tueurs, forcés de subir sa parole. Un régal.

Allez, un peu de Bossuet, en hommage à la langue française :

« Il y a primitivement une intelligence, une science certaine, une vérité, une fermeté, une inflexibilité dans le bien, une règle, un ordre avant qu'il y ait une déchéance de toutes ces choses : en un mot, il y a une perfection avant qu'il y ait un défaut. Avant tout dérèglement, il faut qu'il y ait une chose qui est elle-même sa règle et qui, ne pouvant se quitter soi-même, ne peut non plus ni faillir ni défaillir. Voilà donc un être parfait : voilà Dieu ; nature parfaite et heureuse. Le reste est incompréhensible et nous ne pouvons même pas comprendre jusqu'où il est parfait et heureux, pas même jusqu'à quel point il est incompréhensible. » (*Élévations sur les Mystères.*)

Vos livres ont disparu, mais vous êtes là. Soyez-en sûr : le Système insistera et vous réinvitera pour ne pas savoir. Encore faut-il que vous continuiez tranquillement à tenir le coup sur la page, comme si le Spectacle, dans son ensemble, n'était qu'une énorme blague (et il n'est rien d'autre). Vous avez une facilité d'élocution, elle est flagrante, agaçante (on vous préférerait bégayant, mais tant pis). Cinq ou six idées à la fois, pourquoi pas. Vous vous lancez dans une digression incongrue, vous trouvez un mot d'esprit, vous abondez en citations de toutes sortes, en prenant soin, par une soudaine fausse note, de n'être jamais perçu comme l'alibi prévu. La droite ne se reconnaît pas en vous, la gauche non plus, tout fonctionne.

Là encore, combien de procès artificiels : vous avez trahi la modernité et le mouvement révolutionnaire, vous feriez mieux d'entrer à l'Académie (pourquoi refusez-vous, c'est un comble). Vous êtes en pleine régression, vos livres, qu'il n'y a même pas besoin d'ouvrir, le prouvent. Vous écrivez n'importe quoi, vous bâclez, vous êtes un polygraphe mondain, vous courez à la ruine. Vous vérifiez que vos critiques n'ont rien lu, preuve facile, comme d'habitude. Ils sont vraiment passionnés, c'est très bien. Là-dessus, vous écrivez, vous publiez, vous multipliez les entretiens, les interviews, les articles, les photos, en ayant soin de prendre le Piège à son propre piège. C'est ainsi qu'on vous voit aussi performant sur les aspects les plus pointus de *La Divine Comédie* de Dante que sur la Bible, Homère, Montaigne, Shakespeare, Pascal, Sade, Rimbaud, Hölderlin, Nietzsche, Heidegger — mais aussi sur l'art de vivre à Venise, les vins de Bordeaux, Cézanne, Picasso, Monteverdi ou Mozart. Plein d'images et de sons, donc, dans toutes les situations possibles. Vous opérez par excès, c'est ce qu'on croit être votre défaut.

Mon Dieu, semblez-vous dire, comme ils et elles se pressent d'apparaître en sentant qu'ils vont disparaître (chanson, cinéma), alors que je serai toujours là (pile de livres). Vous êtes tellement sûr de vos *Œuvres complètes* qu'il vaut mieux feindre de ne pas vous en soucier (mais le Système le sait). Vous suggérez, de temps en temps, avec désinvolture, qu'elles seront là en 2047, et que vous serez lu attentivement par des Chinois en 3007, puisque tout compte fait, la mort n'est pas votre affaire.

C'est ainsi qu'on vous a vu assez souvent chez toutes les grandes vedettes télévisuelles de votre époque. Vous n'êtes jamais invité seul, bien entendu, vous apparaissez en général en fin d'émission, vous souriez, vous attendez votre tour, vous écoutez des laïus interminables, vous ne protestez jamais, vous laissez jouir le piteux sadisme spectaculaire, vous patientez, vous glissez. L'animateur n'a rien lu, sauf les derniers articles parus à votre sujet, les journalistes, c'est connu, se contentent le plus souvent de réciter les autres journalistes. Vous connaissez les slogans, vous y répondez par d'autres slogans. Vous passez comme ça des heures en taxi d'un studio à l'autre, ce qui vous permet de connaître à fond les quais de la Seine, le jour, la nuit. Vous rentrez, vous dormez, et le lendemain, au réveil, vous notez vos rêves, il est 6 heures du matin, petit déjeuner rapide, jus d'orange, yaourt, œufs à la coque (cinq minutes), café, bain. Après quoi, vous reprenez votre stylo, votre écoute réelle, le papier, l'encre, et tout redevient merveilleusement joyeux, vrai, vivant. Le premier platane ou marronnier venu vous approuve. Pour plus de détails, voir *Carnet de nuit, L'Année du tigre, Studio.*

L'apocalypse a peut-être eu lieu et continue de plus belle, mais pas pour vous. Qui a dit que la Providence n'existait pas ? J'en ai mille preuves, au contraire. Alors, qui refuse de l'envisager ? La lourdeur. Appelé par une prière fervente, *le secours vient quand il faut.*

Dans le déluge incessant des images, vous organisez votre contre-archive : des enregistrements avec des complices éprouvés (Jean-Paul Fargier, Laurène L'Allinec, Georgui Galabov et Sophie Zhang, Jean-Hugues Larché), des compacts, des DVD ; des entretiens poussés devenant des livres (Frans De Haes, Benoît Chantre, Vincent Roy, François Meyronnis, Yannick Haenel). Ça s'entasse, c'est votre journal, en plus des cahiers, des carnets. On vous retrouve un peu partout, à l'étranger, à Paris, en province, quelle surprise, voici un matin d'été. Dans ces films, ces disques, vous êtes très différent de vos apparitions dans le Système. Normal, puisqu'on vous laisse enfin respirer et parler.

Le film que se raconte le milieu littéraire français, depuis plus de trente ans, peut d'ailleurs
être décrit comme un western classique, sans
cesse rejoué, avec, de temps en temps, adjonc-
tion de nouveaux acteurs. Il y a un Beau, un Bon,
un Vertueux exotique, Le Clézio, et un Méchant,
moi. Je m'agite en vain, Le Clézio est souverain
et tranquille, il s'éloigne toujours, à la fin, droit
sur son cheval, vers le soleil, tandis que je meurs
dans un cimetière, la main crispée sur une poi-
gnée de dollars que je ne posséderai jamais.
Modiano, lui, a un rôle plus trouble : il est à
la banque, il avale ses mots, il a eu de grands
malheurs dans son enfance, il est très aimé des
habitants de cette petite ville culpabilisée de
l'Ouest, aimé, mais pas adoré, comme Le Clézio,
dont la photo, en posters, occupe les chambres
de ces dames. Le Diable, ne l'oubliez pas, c'est
moi. Je suis un voleur, un imposteur, un terroriste, un tueur à la gâchette facile, un débauché, un casseur, j'ai des protections haut pla-
cées, des hommes et des femmes de main, je
sème la peur, je ne crois à rien, j'expierai mes
fautes.

Qui d'autre ? Le Révérend et érudit Quignard
qui, depuis quelques années, expédie les services
religieux funèbres en latin compressé rapide, et

les enterrements à la chaîne au cimetière. Dans le film, mes conversations avec le Révérend dans son Temple prouvent à l'évidence que je suis loin d'être la brute épaisse que croit l'opinion, mais justement, c'est là que mon cas s'aggrave. Nous nous parlons, le Révérend et moi, en grec, en latin, en hébreu, en style médiéval, et parfois même en français. Je pourrais être absous si je me repentais, mais rien à faire, la débauche me ressaisit, je file au Saloon. Là, sous le portrait tutélaire de l'ancienne propriétaire, Marguerite Duras, parmi quelques filles recherchées pour leur esprit (Catherine Millet, Christine Angot, Virginie Despentes), je retrouve les mauvais garçons du lieu, Michel Houellebecq, par exemple, clope au bec et excellent au poker, ou Jonathan Littell, un nouveau venu redoutable qui a fait trembler Chicago.

Les plus anciens se souviennent du mince rabbin Jérôme Lindon, toujours accompagné du strict pasteur Beckett, ère de grande rigueur et de mélancolie profonde, à peine égayée par le numéro des magiciens porno-soft ambulants, Catherine et Alain Robbe-Grillet. On a vu naître ensuite des auteurs talentueux mais plus frivoles, comme Frédéric Beigbeder, dit « Neuf-Neuf », à cause de ses pistolets flambant neufs, ou Patrick Besson, seul communiste authentique et senti-mental de cette époque dominée par les puits de pétrole. D'autres encore, Nabe, Zagdanski, les deux frères ennemis, dont les duels dans la grande rue ont autrefois défrayé la chronique, le premier ayant choisi la malédiction d'une sorte d'islamisme radical, le second ayant préféré les arabesques du Talmud. Je n'oublie pas non plus le brillant shérif Muray, passé de la délinquance au maintien de l'ordre, très bon tireur, mais de plus en plus pessimiste et désespéré, et, pour cette raison, chouchou de bien des dévotes. Il faut encore préciser que beaucoup d'émissions de télé se sont déroulées là, en direct, avec des animateurs prestigieux, Bernard Pivot, Thierry Ardisson, et tant d'autres, venus tout exprès de Paris dans ce trou perdu du Texas.

Je ne m'étends pas sur les figurants, souvent très prometteurs, qui changent plus ou moins à chaque nouvelle version du western, sans être sûrs d'être réengagés la fois suivante, ni sur les prédicateurs successifs qui enflamment chaque saison la ville (les « intellectuels » du scénario). Ces derniers sont très appréciés, ils défendent hautement le Bien contre le Mal, la gazette locale leur consacre des pages bibliques entières, mais le Méchant, c'est toujours moi, « wanted », le châtiment m'attend. Je ne suis même pas « maudit », c'est-à-dire tragique et sauvé dans la légende, puisqu'il est prouvé que je ne me plains pas, donc que je n'ai pas d'âme. Enfin, Dieu me

garde, mon rôle est jugé indispensable par la
Production. Des pétitions ont beau circuler pour
demander mon renvoi, des articles vengeurs, des
libelles virulents, des pamphlets commandés par
les honnêtes gens du comté, rien n'y fait, je reste
le meilleur Méchant disponible, le film sans moi
aurait moins d'éclat.

Honnêtement, dans la grande confusion en
cours, je ne pense pas que, sans mes acrobaties
médiatiques, quelque chose d'essentiel aurait pu
être malgré tout maintenu et transmis.

Je me vante ?

« Ceux qui écrivent en faveur de la gloire
veulent avoir la gloire d'avoir bien écrit. Ceux
qui le lisent veulent avoir la gloire de l'avoir
lu. Moi, qui écris ceci, je me vante d'avoir cette
envie. Ceux qui le liront se vanteront de même. »
(Lautréamont, *Poésies*.)

Mais enfin, survol : on doit indubitablement à
Tel Quel et à *L'Infini* (pour ne pas toujours dire à
moi, ce qui serait, pourtant, plus exact) :

la mise en œuvre des œuvres complètes de
Sade, Artaud, Bataille, Ponge, Céline (il manque
encore, de ce dernier, l'extraordinaire corres-
pondance en Pléiade),

la traduction moderne et précise de Dante
(Risset), une nouvelle mise en perspective de
Joyce, Proust, Claudel, Ezra Pound (Denis
Roche), Lautréamont et Rimbaud (Pleynet),

une percée continue dans la pensée et la culture chinoises,

la défense soutenue de la pensée de Heidegger,

la mise en valeur nouvelle de Watteau, Fragonard, Cézanne, Picasso, Matisse (encore Pleynet), De Kooning, Bacon, Twombly,

une insistance philosophique, littéraire et politique sur le dix-huitième siècle (de Saint-Simon à Voltaire, de Casanova à Mozart),

sans oublier Freud (Kristeva),

la redécouverte ou la découverte d'auteurs très futurs, Guyotat, Schuhl, Berthet, Henric, Forest,

l'étroite collaboration et amitié avec le futur lui-même, *Ligne de risque*, Meyronnis, Haenel.

Vous me dites que, sans des opérations de guérilla incessante, l'édition, les institutions, l'Université et la critique littéraire auraient tout compris et tout fait ?

Mon œil.

Vous ajoutez que mes livres auraient pu paraître sans que je m'occupe personnellement de leur publication ?

Tu parles.

Autant j'ai plaisir à oublier les noms autrefois présents chez mon ancien éditeur, autant j'aurais mauvaise grâce à ne pas citer ceux qui m'ont accompagné ou m'accompagnent encore à la NRF.

Antoine Gallimard, bien sûr, avec qui j'ai eu, et ai toujours, tant de complicités dans le sérieux fondamental et les rires ; Yvon Girard, l'homme de Folio et de L'Imaginaire, mon amical et très cultivé voisin de bureau ; la belle et discrète Pascale Richard, toujours étonnée de l'animosité que je suscite, et qui y répond de façon impassible ; Teresa Cremisi, enfin, qui, d'un revers de main vénitien, a fait oublier la lourde présence barbouillée de Françoise Verny, et qui, pendant quinze ans, a animé la banque centrale de la littérature, de façon tourbillonnante et gaie, années italiennes de charme et de vivacité, très éloignées de la morosité française.

Il faut aussi, mais c'est impossible car incalculable, que je salue ici mon ami Marcelin Pleynet à travers toute cette histoire. Après-midi à la revue (*Tel Quel*, puis *L'Infini*), conversations de fond, établissement des sommaires et des illustrations, digressions sur tous les sujets, lectures communes, encouragements réciproques. Un enregistrement continu de ces rendez-vous quotidiens (une heure sur Rimbaud, une autre sur Hölderlin, une autre encore sur Giorgione, Piero della Francesca, Cézanne ou Picasso) ferait un roman extraordinaire. On en a une idée en lisant, de Pleynet, ses « Situations » qu'il a sous-titrées « Chroniques romanesques », ou encore son *Savoir-vivre*, petit livre éclatant.

Personne, aujourd'hui, *et pour cause* (jalousie intense), n'est plus injustement censuré. Cela se comprend sans peine : Pleynet est fortement a-social, pas du tout communautaire, extrêmement exigeant, au point qu'à le suivre nous n'aurions pas publié le dixième de ce qui a été imprimé. Beaucoup plus sévère que moi, donc, vertu peu courante. Pas de dettes entre nous, je crois, mais une conviction partagée.

L'amitié est un bien.

« Qui considère la vie d'un homme y trouve l'histoire du genre. Rien n'a pu le rendre mauvais. » (Lautréamont.)

Parce que c'était lui, parce que c'était moi, parce que la situation l'exigeait, parce qu'il n'y avait, et qu'il n'y a toujours, rien de mieux à faire.

Je passe sur les différentes désinformations m'attribuant, de temps en temps, un « pouvoir » exorbitant dans la république des lettres (alors que, sur ce dernier point, je suis plutôt d'un monarchisme endiablé). À en croire une multitude d'articles, je serais un manitou maniant tout, un « parrain », un faiseur d'opinion et de prix (moi qui ne vois jamais aucun juré du cirque), en tout cas un agent d'influence considérable. Rumeur risible, et qui ne demande qu'à se transformer en son contraire. On m'aura même accusé de diriger *Le Monde des Livres*, où je publiais, chaque mois, des articles classiques, repris, avec beaucoup d'autres, dans *La Guerre du goût* ou *Éloge de l'infini*. Josyane Savigneau a été, et reste, une grande amie qui aime mes livres, et alors ? Je ne suis jamais intervenu, en quoi que ce soit, dans la rédaction de ce supplément institutionnel, où, d'ailleurs, je n'ai mis les pieds qu'une fois pour un verre rapide. Cela n'a pas empêché une effarante cabale des médiocres contre Savigneau, injures et insanités, jalousie, jalousie, écume. Que mes amis et mes proches ne finissent pas par me détester à cause de toutes les malfaisances et les dommages dont ils sont l'objet à mon sujet est une grâce. Après tout, je dois la mériter.

Je le redis donc calmement : je n'ai rien à cacher, rien à me reprocher, rien dont je doive m'excuser ou rougir, aucun regret, aucun repentir, aucune bassesse. Qu'on me juge, moi et mes écrits, comme on voudra. Actualisez les noms et les fonctions dans ce passage de Voltaire :

« Les hommes sont bien sots, et je crois qu'il vaut mieux bâtir un beau château, comme j'ai fait, y jouer la comédie et y faire bonne chère, que d'être levraudé à Paris, comme Helvétius, par les gens tenant la cour du parlement, et par les gens tenant l'écurie de la Sorbonne. Comme je ne pouvais assurément ni rendre les hommes plus raisonnables, ni le parlement moins pédant,

ni les théologiens moins ridicules, je continuerai
à être heureux loin d'eux. »

J'aime bien le verbe *levrauder* dans ce paragraphe. Je suppose qu'il veut dire « chassé
comme un lièvre ». Il faut tout de même rappeler que *De l'esprit*, d'Helvétius, a été condamné
au feu par le Parlement le 6 février 1759, en
même temps, d'ailleurs, que *La Religion naturelle*
de·Voltaire. Par le même arrêt, la diffusion de
l'*Encyclopédie* était suspendue. Heureux temps
que le nôtre, où l'Esprit n'est pas jeté au feu,
mais noyé dans la marchandise ! Il reste à l'Esprit
à se transformer en poisson dans l'eau, ou plutôt
en poison dans les cataractes. Un *index* d'Esprit,
et tout est transformé. Je l'ai déjà dit : il suffirait,
pour triompher, d'être très nombreux, c'est-à-
dire *douze*.

— En somme, vous êtes très content de vous ?
— Mais pas du tout. Seulement de ce que j'ai
fait et continue à faire.

J'aime que Picasso ait parlé non pas du
« Temps perdu ou retrouvé », mais du « Temps à
découvrir ». Et aussi : « Tout ce que j'ai jamais fait
a été fait pour le présent, et dans l'espoir que
cela reste toujours dans le présent... » Et aussi :
« L'art des Grecs, des Égyptiens, et des grands
peintres qui ont vécu à d'autres époques, n'est

pas un art du passé ; *peut-être est-il plus vivant aujourd'hui qu'il ne l'a jamais été.* » (Je souligne.)

Et aussi : « La jeunesse n'a pas d'âge... Il y a des jeunes aujourd'hui qui font plus vieux que certains artistes morts il y a plusieurs siècles. »

L'Éternel Présent, donc.

Et aussi : « Jean Leymarie dit un jour à Picasso que ses étudiants désiraient savoir quelle différence il y a entre l'art et l'érotisme. » « Mais, répond Picasso très sérieusement, il n'y a pas de différence. »

Et aussi : « L'art n'est jamais chaste, on devrait l'interdire aux ignorants innocents, ne jamais mettre en contact avec lui ceux qui n'y sont pas préparés. Oui, l'art est dangereux. Ou, s'il est chaste, ce n'est pas de l'art. »

(Quoi, vous prétendez que ces pommes de Cézanne ne sont pas *chastes* ?)

Dieu, le Sexe, l'Art ne sont pas susceptibles, quoi qu'on dise, d'une évaluation démocratique ou communautaire. Sinon, fanatisme ou bouillie psychique, ressentiment à tous les étages, délires, sectes, mauvais goût, dépression, violence.

J'ouvre un magazine branché, je parcours les articles féminins de la presse littéraire, consacrés en majorité aux romans américains. Là, on me répète sans cesse que « nos vies sont dévastées », que « le désir est forcément mortifère », que nous sommes en présence de « vies de femmes hantées par les sortilèges de la féminité et la malédiction du rapport à l'autre quand il est sexuel », bref, et ça continuera comme ça dans les semaines, les mois et les années qui viennent, que « le danger psychique est inhérent au sexe » (*sic*).

Mais oui, mais oui, alors, laissez tomber, sans pour autant vous engager dans une communauté intégriste ou pseudo-évangélique, d'où ces propos ont l'air d'être tirés.

L'Art sans Sexe n'est pas de l'Art, mais le Sexe sans Art n'est pas du Sexe.

Et Dieu dans tout ça ?

Il est par là.

Plongées

Je m'aperçois soudain que je n'étais pas à Paris lors d'événements apparemment importants de l'histoire courante. En 1974, je suis à Pékin au moment de l'élection de Giscard, et en 1979 à New York, quand a lieu la prise de l'ambassade américaine à Téhéran par les barbus islamiques (un tout autre film commence). En mai 1981, je suis à Venise quand Mitterrand parvient à la présidence de la République française, apothéose panthéonesque suivie de l'attentat contre Jean-Paul II à Rome. Dois-je m'en excuser? C'est cet assassinat manqué qui me paraît, de loin, le signe principal et profond des temps. Je suis un mauvais citoyen, soit, mais est-ce si grave?

Pour la célébration spectaculaire du bicentenaire de la Révolution, en 1989, je m'énerve un peu : j'écris *Sade contre l'Être suprême*, que je publie anonymement comme une lettre inédite du marquis écrite la veille de son arrestation. Le plus drôle est que ça a marché, même chez les sadologues avertis (ce petit livre reparaît sous mon nom, en 1996, chez Gallimard, précédé d'un essai, *Sade dans le temps*). Je tiens beaucoup à cet épisode ironique, et je dois rappeler que je ne suis pas pour rien dans la publication de Sade en Pléiade, décision prise par Antoine Gallimard lors d'un voyage en commun à New York, fin 1982. Ici encore, un long avenir dira qui a eu raison. Il y a encore des esprits arriérés et fragiles pour dire que Sade est monotone, ennuyeux, graphomane obsédé, etc., mais qu'importe? Il faut et il suffit que ses fabuleux romans soient imprimés et diffusés en ce monde (avec gravures originales, s'il vous plaît). Cette édition sur papier *bible*, en trois volumes, est un titre de gloire pour celui qui l'a enfin décidée. Il ne reste donc plus au système de surveillance qu'à supprimer la capacité de lecture, et on sait que ce programme est en bonne voie. Les livres interdits ou retardés peuvent ainsi paraître au grand jour quand il n'y a presque plus personne pour savoir les lire.

Même observation pour Casanova : il a fallu attendre jusqu'en 1993 pour avoir dans le large public la vraie version originale, *en français*, de l'*Histoire de ma vie*. Une véritable histoire de la littérature devrait d'ailleurs prendre en considération non pas seulement celle de la censure, mais aussi celle des *retards* dans la reconnaissance comme dans l'édition. Qui sait vraiment lire quoi, à quel moment, et comment ? Qui peut se déplacer librement à travers les langues, du présent au passé, du passé au présent ? Avec le temps, aucune question ne me paraît plus urgente.

Fin des années 1980, début des années 1990, et, là, des difficultés, des malheurs, des deuils. Il y a l'échec relatif de mes livres, bien sûr, mais surtout la mort de ma mère en août 1991. J'ai raconté cet événement, et son étrangeté, dans *Le Secret* (1993). Je me souviens de la recommandation de ce jeune médecin à qui j'ai demandé d'abréger ses souffrances : « Ne jamais répondre aux questions qu'on ne vous pose pas. » Grande leçon avec les mourants, et le serrement de main à main, vers la fin, dit tout au-delà de tout. Ce n'est pourtant pas à moi, mais à ma sœur Annie, que ma mère a lâché : « C'est dur de mourir. » Avec moi, silence, grand et profond silence parlant.

On meurt décidément en été, chez nous, d'après ce que me rappelle la stèle du cimetière de Bordeaux. La dernière place de la tombe Joyaux était pour ma petite maman, ou plutôt, maintenant, ma petite fille de gaieté et de peau très douce, et il a fallu forcer un peu pour faire entrer le cercueil. Ma sœur Annie a commencé une prière à voix haute, mais sa voix s'est brisée.

J'ai embrassé une dernière fois ma mère lors de la mise en bière. Sa beauté calme, froide et déterminée, m'a frappé.

Le Secret, où il est beaucoup question des coulisses de l'attentat contre Jean-Paul II le 13 mai 1981 à Rome, est un de mes livres préférés. J'y raconte aussi la vie d'un petit garçon qui, dans le roman, s'appelle Jeff. Je lui chante, le soir, *Le Temps des cerises*, on a ensemble des conversations sous un pommier sauvage, à l'île de Ré, au bord de l'océan. Ce pommier a longtemps résisté à tout : tempêtes, embruns, sel, canicules, et puis il a fini par mourir, comme un merveilleux pin parasol, après le cyclone dévastateur de 1999. Je vois devant moi, à présent, un jeune acacia très ferme (les acacias, arbres saints ici), et un nouveau pin en pleine expansion. L'ombre, ou plutôt le double lumineux de ma mère, est là, elle s'assoit encore une fois sur le banc de bois blanc. Hölderlin a chanté ces choses :

La mer enlève et rend la mémoire,
L'amour, de ses yeux jamais las, fixe et contemple,
Mais les poètes seuls fondent ce qui demeure.

Le Secret, donc, mais aussi le film réalisé avec Laurène L'Allinec à partir de *La Porte de l'Enfer* de Rodin. C'est mon Requiem pour cette douleur (on entend celui de Mozart faisant surgir la sculpture). C'est la première fois, je crois, qu'on *entre* dans ce chef-d'œuvre tourmenté et splendide, couronné par le grand chimpanzé Penseur. Le moment le plus étonnant : cette photo retrouvée dans les archives où on voit Rodin regardant jouer Wanda Landowska sur son clavecin sorti des ténèbres. Scarlatti à Meudon, la joie, l'herbe, la danse, le génie à deux, quelle beauté libre, mon Dieu, aussi bien dans les dessins érotiques que dans la torsion violente ou décomposée des corps, quel extravagant hommage à Dante, passant par les mains, la vision, l'oreille, quelle *rencontre*! On ne savait pas très bien, avant ce dévoilement, à quoi pensait le Penseur. Voilà, c'est fait. La pensée et l'amour, plus forts que la mort.

À 10 ans, au fond du jardin, je suis ébloui par le simple fait d'être là (et pas d'être moi), dans le limité-illimité de l'espace. À 20 ans, grande tentation de suicide ; il est moins deux, mais la rencontre avec Dominique me sauve. À 30 ans, rechute, et vif désir d'en finir, mais la rencontre avec Julia me sauve. À 40 ans, l'abîme : ennuis de santé de mon fils, *Paradis* impossible, New York dramatique, années de plomb en France. À 50 ans, « bats-toi », c'est tout ce que j'ai à me dire. À 60 ans, j'entrevois la synthèse, et à 70, le large, avec un talisman venu de Nietzsche : « La chance, large et lent escalier. »

Je sais de quoi je suis coupable : de ne pas l'être. Plus exactement : d'avoir résisté à toutes les tentatives d'intimidation et de culpabilisation. La bourgeoisie française, à peu près disparue, a, dans sa grande majorité, des placards plus ou moins honteux (Vichy, l'Algérie, etc.), et il est facile de le lui faire sentir. Mais les placards d'en face, si on peut dire, sont énormes (Staline). Un « jeune bourgeois » sans complexes est donc une rareté dans ce vieux pays soumis à une loi spéciale (comme l'a bien vu Marx) : la lutte des classes. On parle beaucoup, et trop, de « sexualité » (que je préfère écrire, à la Queneau, « sessualité »), sans vouloir savoir qu'elle n'est, le plus souvent, qu'un déguisement de la lutte des classes. Déranger ça, dans un sens ou dans l'autre, avec l'accord de vos partenaires, voilà un délit sévèrement jugé. Vous êtes coupable. De quoi ? De *gratuité*.

Moralité : le religieux ne prend pas, le contrat social est rompu, la dette est renvoyée à l'illusion, personne ne doit rien à personne, et c'est là qu'on peut dire, enfin, qu'il y a eu jouissance réciproque. Je le répète, le *rire*, un certain rire, est la signature du gratuit. Hommage et honneur, donc, dans le monde entier, aux petites femmes sensibles, à leurs rires, à leurs caprices, à leurs fantaisies.

Puisque j'en suis à faire un détour par la « sexualité » (véritable obsession de notre époque), je dois dire que je reste étonné quand je vois un écrivain aussi estimable que Pascal Quignard parler du « sexe et l'effroi », ou, mieux, de « la nuit sexuelle ». À l'en croire, « les âmes des hommes », en se remémorant leur « source sexuelle », se retrouvent aux prises avec « trois nuits ». La « nuit utérine », d'abord, puis, une fois nés, « la nuit terrestre », et enfin, après la mort, « la nuit infernale ». Que de nuits ! Que de nous ! Que de matrices ! Que d'enfers !

« Nous procédons de cette poche d'ombre », écrit Quignard. Et puis : « L'humanité transporte cette poche d'ombre avec elle, où elle se reproduisit, où elle rêva, où elle peignit. »

Décidément, je vais relire ces propositions avec une lampe de poche.

On remarque en tout cas, ici, la disparition du son et de la parole, et, bien entendu, de la musique, au profit d'une poche (d'une caverne ?) où *nous, l'humanité*, serions engouffrés nocturnement à jamais. Inutile de dire que cette vision souterraine de grottes ou de catacombes n'est pas la mienne, puisque au fond il s'agit *d'en sortir* (ah, « la nuit utérine » !). S'il le faut, j'en appellerai à la formule gnostique : « Je suis la voix du réveil dans la nuit éternelle. »

Wake! Wake! Word, save us! J'écris le mot
« nous » le moins possible, « l'humanité » m'in-
diffère, le jour réel et paradisiaque me semble
éclatant, tant pis si les forces de l'ombre, ou
même la Reine de la Nuit, protestent et coupent
la lumière. Effroi et nuit *biologiques*, peut-être,
mais « sexuels », non, sauf embarras ou névrose
à ce sujet, cas le plus courant, en effet, mais
qu'importe.

Je rouvre *Les Folies françaises* (1988), et je m'as-
sure que ce récit d'inceste entre père et fille (cas
de Molière, ce qui explique sans doute son
comique décisif) ouvre sur une mémoire singulière, la française, justement, dont *Le Bar aux
Folies-Bergère*, de Manet, est l'emblème féerique
et fou.
Difficile d'imaginer Manet dans une nuit
sexuelle.

La « poche d'ombre », disons-le, est le cinéma
lui-même. Beaucoup trop de cinéma, pas assez
de musique, d'accents, de mots. Le contemporain qui ouvre un roman veut assister à un film,
il ferme vite le livre s'il tombe sur une digression
qui ralentit l'action, en général déprimée ou violente. Or la littérature, la vie, la poésie sont, par
définition, infilmables, de même que la peinture
n'a jamais été, et ne sera jamais, une image. C'est

d'ailleurs pourquoi leur disparition programmée est en cours.

Regardez les écrivains d'aujourd'hui : ils
veulent du cinéma, ils s'y précipitent, ils y
pensent déjà en écrivant, ils veulent faire des
films avec leurs romans, et entrer ainsi dans la
grande roue du Spectacle. Plus de gratuité, dans
cette région, les budgets sont bouclés.

On se souvient de la consternation de Faulkner ou de Fitzgerald à Hollywood, obligés de se
censurer, de se simplifier, de se réécrire. Un écrivain qui se préoccupe de cinéma avoue par là
même son absence de vision verbale, la seule qui
compte et soit juste, puisqu'elle mêle tous les
sens dans son déploiement.

La première fois que j'ai rencontré Michel
Houellebecq, après la publication des *Particules
élémentaires*, livre où il me mettait un moment en
scène de façon plutôt dérisoire (par la suite, il
voulait que je joue mon propre rôle dans l'adaptation cinéma), sa première question a été de me
demander si j'avais une bibliothèque. Eh oui, en
désordre sans doute, ou plutôt dans mon ordre
à travers les siècles ; une bibliothèque, mais oui,
dont le murmure, pour moi, est constant dans
toutes les directions. Le réel et les livres, même
tissu. La science-fiction ? Non. Le rock ? Non.
À ce moment, Houellebecq m'a montré des photos de filles jeunes, qui n'ont provoqué chez

moi aucune émotion particulière. Nous avons dérivé ensuite vers son penseur préféré, Auguste Comte, un délire intéressant, soit, mais retourné rationnellement comme un gant par Lautréamont. Ici, bref accord noyé de vin blanc, ce qui explique sans doute la charmante dédicace de son roman *Plateforme*, « pour Ph. S., pour le sexe, pour les femmes, pour tout, M. H. ». Ce très bon livre a eu un prix littéraire, un peu grâce à moi, à la grande fureur du mécène.

Bon, de là à *La Possibilité d'une île*, excellent roman, mais où le sexe et les femmes deviennent de plus en plus sombres, en tout cas moins convaincants que l'amour d'un chien. Science-fiction, science-fiction, morne plaine, et, de plus, avec une secte grotesque (impeccablement décrite). Bref, après Auguste Comte, Schopenhauer, avec une attaque plutôt vaseuse contre Nietzsche (je réponds à ça, en passant, dans *Une vie divine*). Et puis quoi ? Cinéma, cinéma, leurre et argent du leurre, dans le grand supermarché des contrats.

Dans les péripéties malheureuses et confuses entre cinéma et littérature, l'échec le plus révélateur est quand même celui de Robbe-Grillet. Au début du « nouveau roman », il écrit contre toute image (*La Jalousie*), ascèse ennuyeuse mais intéressante. Ensuite, il veut filmer ses fantasmes érotiques, et c'est le kitsch. Une telle bouffée de laideur méritait bien une élection à l'Académie française.

La littérature, la vie, la poésie ne sont pas un spectacle, même si toutes les forces du monde veulent désormais qu'il en soit ainsi pour vous ensevelir dans la passivité et l'oubli. Tout au contraire, le moment me semble venu de mettre en œuvre une *grande mémoire*.

Celle-ci n'est pas plus moderniste qu'académique : elle ouvre sur ce que Heidegger appelle un espace libre pour le jeu du Temps.

À l'instant, je reçois le projet réalisé d'une édition critique de *Paradis I*, travail extraordinairement minutieux, clair et passionnant, mené, pendant des années, par un jeune homme de l'ombre. L'ensemble comporte 2 515 notes détaillées, dont un très grand nombre de références bibliques. Je n'ose même pas imaginer la tête d'un éditeur d'aujourd'hui devant cet époustouflant manuscrit.

« *Dix-huitième* »

Le dix-huitième siècle n'est pas seulement une époque, mais un lieu de l'esprit où le français respire à pleins poumons. Une cure d'air frais, de fantaisie, de contradictions intégrées, de variétés inépuisables ? Tout ça, et voilà une croisière qui m'a tenté.

Nous sommes en 1994, année où je publie un gros livre-manifeste, *La Guerre du goût*, premier volume, dont le second, *Éloge de l'infini*, paraîtra en 2001, en attendant le troisième, *Discours parfait*, que je suis en train d'orchestrer.

Ma décision de cure intensive est prise, et l'opportunité se présente, grâce à l'amicale complicité, jamais démentie, de Jean-Claude Simoën, aux éditions Plon. C'est d'abord une biographie de Vivant Denon (1747-1825), *Le Cavalier du Louvre*; ensuite un Casanova (*Casanova l'admirable*, 1998) ; et puis un Mozart (*Mystérieux Mozart*, 2001). On peut ranger dans la même série ensoleillée le *Dictionnaire amoureux de Venise*, 2004.

Dix ans au dix-huitième et ses environs ; dix ans peuplés d'ombres plus vivantes que les vivants ; dix ans de bonheur et de connaissance ; dix ans d'enfance, surtout, retrouvée dans sa lumière et sa liberté. Je me suis appris beaucoup de choses pendant ce temps-là : les aventures incroyables de l'auteur de *Point de lendemain* ; ses activités secrètes ; son amour pour sa noble maîtresse vénitienne ; son coup d'œil inspiré, avant tout le monde, sur l'Égypte ; son étrange travail souterrain auprès de Napoléon pour édifier le musée du Louvre ; son courage et son goût qui le font mourir, quai Voltaire, en face du *Gilles* de Watteau, sauvé par lui du trottoir. Et puis Casanova, écrivain *français*, et ses Mille et Une Nuits fabuleuses, avec, en filigrane, sa passion de l'inceste heureux qui n'a pas été assez remarquée (et pour cause). Et puis Mozart, et là il s'agit de l'affaire la plus profonde de toutes, puisque la musique surgit et juge. Des encouragements pendant ce temps-là ? Aucun, au contraire. Bref, dix ans pour moi *révolutionnaires,* dans un pays de plus en plus plongé dans sa décadence ignorante, son conformisme, sa régression désirée. Un pari, donc, pour lequel je persiste et signe. Pour la beauté de l'incongruité : le *Mozart* est paru en plein 11 Septembre à New York, le jour où la planète a adopté le nouveau calendrier terroriste. Les tours s'effondrent, les corps se

jettent dans le vide, et quel monstre écouterait
du Mozart pendant ce temps-là ? Moi.

Ces livres ont été l'occasion de voyages multiples en Europe, Allemagne, Autriche, Tchéquie,
Berlin, Prague, Salzbourg, Vienne. L'Europe ?
J'en suis encore à m'étonner que les écrivains
français ne parlent jamais de ce continent qui
semble les effrayer par son histoire tragique, mais
peut-être encore davantage par sa réalité splendide. Soit ils sont exotiques, en braves Français
glébeux provinciaux, mal arrachés au Cantal ou à
la Corrèze, soit ils sont fascinés par les États-Unis
et le Proche-Orient. On ne les voit jamais en
Espagne, en Italie, au bord du Rhin, du Pô ou du
Danube, et pas davantage en Angleterre, en
Irlande, en Hollande, sans parler de la Suède ou
du Danemark. Questions de dates : allons-nous
rester encore longtemps entre 1940 et 1945, ou
bien en Algérie, c'est-à-dire gênés et coupables ?
Magnifique Europe ! Un océan de crimes n'a pas
réussi à te détruire ni à t'altérer.

Je me revois à Tübingen, deux fois, dans la
neige, montant vers la tour de Hölderlin,
ouvrant tout de suite les fenêtres de sa chambre
en rotonde (un vase de fleurs sur le parquet),
regardant sa nature et son fleuve, le Neckar. Et
puis dans le train, dans le grand tournant impé-

tueux de Bingen, lisant *Le Rhin*, et sa force d'évocation fluviale. Une autre fois, je suis sur le lac de
Constance, des abeilles viennent, dans le jour
très blanc, tourner autour d'un pot de confiture.
À Prague, quelle surprise : la ville noire et maudite de Kafka et de l'occupation russe est une
cité aux couleurs d'Italie. Des messes et des
concerts partout, comme pour la première de
Don Giovanni, en 1787 (avec Casanova, venu en
voisin pour cette fête, dirigée par Mozart). Le
Château ? Une merveille. Les églises détruites ?
Elles renaissent (comme les synagogues de Berlin). L'Europe *catholique* fait signe de toutes
parts, et ne pas vouloir le savoir implique un
aveuglement atroce. À chaque instant, les préjugés romantiques, la *pose* romantique, noient la
vision, l'évidence, l'écoute, et c'est sur ce dogme
mélancolique que la dévastation publicitaire
s'installe et progresse. Étrange hypnose, donc,
que la moindre sonate de Haydn balaie sur-le-
champ. Si ça ne suffit pas, écoutez le Canadien
Gould faisant sonner le vieux Bach. Ou Cecilia
Bartoli ravageant le ravage avec Vivaldi dans sa
gorge.

Et puis Venise, encore et toujours Venise. Mon
quartier général est dans un coin à l'écart. Cent
fois, deux cents fois, j'ai entendu la rengaine :
effondrement prévu, ville-musée, ville-décor,
ville-cimetière, ville-touristes, ville maudite

vouée à la mort. Et, chaque fois, je me suis demandé d'où venait cette propagande incessante, alors que la puissance maritime de cette ville sacrée n'a cessé, en quarante ans, paquebot après paquebot, de se déployer sous mes yeux. Bon, d'accord, tout est foutu, il n'y a plus rien, l'histoire est finie, nous sommes maudits, c'est l'apocalypse, restons et travaillons, en survie. Je change de quai, je vais cacher mon fou rire.

Exemple : comme tous les ans a lieu la biennale de Venise d'art contemporain. Un grand journal titre ainsi sur l'événement : « Venise sous le signe du tragique. » La biennale, nous dit-on, « reflète la noirceur de notre époque, tantôt funèbre, tantôt tragique ». Le pavillon néerlandais installe des lits de camp dans un décor de centre de détention, où des vidéos diffusent des images d'arrestations et de fouilles. Plus loin, au Japon et en Corée, c'est bien entendu le rappel d'Hiroshima et l'exposition de squelettes hybrides et hypertrophiés. En Allemagne, il fallait s'y attendre, nœuds coulants au-dessus des visiteurs et masques vides. Au Canada, animaux empaillés et champignons noirs, dans une évocation exaspérée de la destruction de la nature. En Islande, une barque est échouée sur une plage de verre brisé. En Serbie, monuments dédiés à la peur, tranchants comme des couteaux, et guérites de petits écrans où sont projetées des images de guerre : elles rappellent des persécutions monstrueuses et des révolutions perverties, prouvant que le passé et le présent se ressemblent, aussi détestables l'un que l'autre. Ici, le visiteur a droit à deux cachets d'aspirine, et à une petite tape dans le dos.

Et ça continue. En France, l'artiste féminin s'étend sur la mort de sa mère. À l'Arsenal, le parcours commence par un Christ crucifié sur un avion de chasse, se poursuit par des photos de Beyrouth sous les bombes, avec des mannequins reliés à des perfusions et percés de plaies, suivis d'un inventaire des fusils d'assaut modernes. Plus loin encore, un petit garçon joue au foot, devant des immeubles détruits de Belgrade, à ce détail près que le ballon est en réalité un crâne humain. À la fondation Peggy-Guggenheim, c'était fatal, vous tombez sur des dessins morbides, des machines de torture qui doivent provoquer chez vous une sensation d'étouffement, voire de nausée. Enfin, le cœur, le clou, le top du top de l'expo : le masque mortuaire d'un doge, des crânes gravés, des figures d'anatomie, des corps en décomposition sculptés dans le bois.

La conclusion des journalistes présents est épatante : « Cette année, plus que jamais, Venise est la cité du deuil. » Ben voyons, et bravo pour de très confortables affaires.

Il faut décidément que je m'habitue au fait de n'avoir rien écrit de ma vie.

La vie en Europe ? Mais oui, sans cesse. À Londres, tous les ans, grâce au puissant Eurostar, tunnel sous la Manche, hôtel près de Hyde Park, grand sommeil réparateur, marches, beauté des canards et des oies. À Berlin, ville fantôme, que sauve une version de *L'Embarquement pour Cythère* de Watteau. Je me revois, au cimetière des Français, cueillant une feuille de lierre sur la tombe de Hegel, avec beaucoup d'émotion. À Hambourg, belle ville anglaise à bungalows, où Hitler n'aimait pas se montrer. À Cologne, pour allumer un cierge près du massif et hideux sarcophage du bienheureux Duns Scot (que son nom soit béni !). À Stockholm, avec sa réplique du *Penseur* de Rodin, là-haut, surplombant le port. À Copenhague, sur les traces du prisonnier Céline, dans le quartier des condamnés à mort, et puis dans sa petite maison d'exil, à pic sur la Baltique, où un cygne, en contrebas, flottait dans la brume : là-bas, en face, Elseneur. À Amsterdam, pour faire du vélo et terminer un livre. À Zurich, ville électrique et droguée, où Joyce et Dada sont encore là, invisibles et actifs. À Genève, enfin, et salut, en passant, au bar de l'hôtel Richmond, où des femmes un peu mûres, en noir, attendent l'occasion favorable.

Et puis à Bruxelles, souvenir de cette nuit passée à parler avec la géniale Martha Argerich (comment? vous n'avez pas son enregistrement des *Suites anglaises* de Bach? vous êtes incurable); et surtout de la petite rue aux Choux, siège disparu de l'Alliance typographique universelle, l'éditeur d'*Une saison en enfer*, 1 franc. Rimbaud est passé là prendre quelques exemplaires, les autres ont plus ou moins pourri sur place pendant quarante ans. À Vienne, sous un violent orage, et à Prague, étonnamment réveillé. À Lisbonne pour sa végétation forte et sombre. À Barcelone encore, en pensant à la plage d'autrefois, à Sitges, et dîner au Caracoles, gambas à la plancha, à côté de la Plaza Real. À Madrid, le Prado, Picasso et encore le Prado, Picasso, et encore une fois *Les Ménines*, et puis l'Escurial, bunker d'une foi morte, et Tolède, guerre civile, et Greco, et encore Greco. À Saint-Sébastien, enfin, qui m'a vu passer en compagnie des trois femmes les plus importantes de ma vie (on se baigne là dans une eau mercure).

Les villes de France les plus européennes? Bordeaux, bien sûr, en pleine renaissance blonde après sa punition noire et sévère pendant deux siècles; Strasbourg, à l'autre bout de la diagonale, bizarre cité préservée qui fait oublier qu'on se trouve à l'Est, alors que tout vous pousse vers le Sud-Ouest (et sûrement pas le Sud-Est ni la Méditerranée). On ne me verra pas à Marrakech et pas non plus à Tanger. Plutôt l'île de Ré.

Je me sens de plus en plus européen, et européen *parce que* français. Je suis donc ultra-mino-
ritaire parmi mes compatriotes, qui ne veulent
être ni français de toujours, ni européens d'avenir. De la même manière, il y a peu de chances
que je sois catalogué comme « contemporain ».
Je n'échangerais pourtant pas cette singularité
contre une autre.

Je suis assez souvent invité au Japon, au
Canada, au Brésil, en Inde, pour des conférences, des colloques, des lectures, des foires,
bref par l'animation culturelle frénétique en
cours de mondialisation vide. J'hésite un peu, je
dis parfois oui devant l'insistance des organisa-
teurs, et puis non, la barbe, je change de desti-
nation au dernier moment en arrivant à l'aéroport. Pour aller où ? En Italie, encore en Italie,
toujours, et plus que jamais, en Italie. Cent vies
ne suffiraient pas pour bien connaître le paradis
d'Italie. Ce n'est même pas moi qui décide, c'est
mon corps qui m'entraîne.

Je lis l'italien, je le parle correctement ; je lis et
parle couramment l'espagnol (ça m'a beaucoup
servi à New York) ; mon anglais est convenable,
mais je n'arrive pas à comprendre le yankee anti-
musical courant (je ne parle pas des chanteurs
ou chanteuses de rêve), c'est-à-dire cette façon

bruyante de nasiller en avalant les syllabes. Dix bourgeoises américaines en train de vociférer et de rire sont pour moi une assez bonne définition de l'enfer. J'ai fait deux ans de chinois (trop peu, il faut commencer à 9 ans), j'aurais aimé aller plus à fond dans l'hébreu, tâter mieux l'arabe, m'enfoncer dans le sanscrit qui, à intervalles réguliers, me fait signe. Regret : pas assez de grec, mais plutôt très bon en latin. L'allemand ? Oui, s'il s'agit de Bach ou de Mozart (et sûrement pas de Wagner). Donc, finalement (mais il se voulait écrivain français), Nietzsche.

Et le français dans tout ça ? « Langue royale », dit Céline, qui en était dévoré, pas toujours pour son bien, mais avec la puissance du rire (lisez les *Entretiens avec le professeur Y*, chef-d'œuvre comique, aussi décapant que Molière ou Voltaire). « Langue royale, et foutus baragouins tout autour. » Je n'y peux rien : le français m'habite, me précède, m'écoute, me souffle. Est-il content de moi ? Je crois.

Entraînement : chaque jour, le matin, lecture d'une lettre de Voltaire, un peu au hasard dans l'un des 13 volumes de la Pléiade. C'est mon jogging à moi. Exemple : il est 6 h 30, le jour se lève, c'est la lettre n° 14 703 :

« 16 août 1776, à Ferney.
« À Denis Diderot :

« La saine philosophie gagne du terrain, depuis Archangel jusqu'à Cadix, mais nos ennemis ont toujours pour eux la rosée du ciel, la graisse de la terre, la mitre, le coffre-fort, le glaive et la canaille. Tout ce que nous avons pu faire s'est borné à faire dire, dans toute l'Europe, aux honnêtes gens, que nous avons raison ; et peut-être à rendre les mœurs plus douces et plus honnêtes. Cependant, le sang du chevalier de La Barre fume encore. Le roi de Prusse a donné, il est vrai, une place d'ingénieur et de capitaine au malheureux ami du chevalier de La Barre, compris dans l'exécrable arrêt rendu par des cannibales ; mais l'arrêt subsiste et les juges sont en vie. Ce qu'il y a d'affreux, c'est que les philosophes ne sont pas unis, et que les persécuteurs le seront toujours. Il y avait deux sages à la cour, on a trouvé le secret de nous les ôter ; ils n'étaient pas dans leur élément. Le nôtre est la retraite, il y a vingt-cinq ans que je suis dans cet abri. J'apprends que vous ne vous communiquez dans Paris qu'à des esprits libres de vous connaître, c'est le seul moyen d'échapper à la rage des fanatiques et des fripons.

« Vivez longtemps, Monsieur, et puissiez-vous porter des coups mortels au monstre dont je n'ai mordu que les oreilles ! Si jamais vous retournez en Russie, daignez donc passer par mon tombeau.

V. »

On se souvient que Céline aimait dire qu'il avait « voltairisé » la langue française. Revoltairisons-la. Exemple : « Je me refuse à croire que la télévision est instructive. » Voltaire disait : « Celui qui lit sans crayon à la main, dort. »

Mais surtout :

« Il m'a fallu servir, pendant tant d'années, de fils, de serf, de paillasson, de héros, de fonctionnaire, de bouffon, de vendu, d'âme, d'écureuil, à tant de légions de fous divers, que je pourrais peupler tout un asile rien qu'avec mes souvenirs. J'ai nourri d'idées, d'effort, d'enthousiasme, plus de crétins insatiables, de paranoïaques débiles, d'anthropoïdes compliqués, qu'il n'en faut pour amener n'importe quel singe moyen au suicide. »

Et aussi :

« Parmi tant de haines dont je suis l'objet, je dois encore compter sur celle de presque tous les littérateurs français, jeunes et vieux, race diaboliquement envieuse s'il en fut, et qui ne m'a jamais pardonné mon entrée si soudaine, si éclatante, dans la littérature française. »

Pour le vingtième siècle, la cause est entendue : Proust (surabondance des sensations), Céline. « Je considère le temps comme une matière plus précieuse que le diamant. »

J'ajoute le vieux Claudel :

« La crampe protestante. »

« Quand on écrira plus tard l'histoire de ma vie, on verra que les hommes n'ont pas changé et que la même haine sournoise m'a entouré que celle qui a toujours bloqué en France les écrivains de l'esprit. »

« L'Académie se jette à genoux pour que je lui fasse l'honneur de forniquer avec elle, mais je reste inébranlable. Et je laisserai périr d'un regard froid les douze octogénaires qui se disputent l'honneur de me céder leur fauteuil. »

« Il y a une chose que j'ai toujours maintenue, et qui est à la base de mes idées anarchistes de l'époque, c'est la primauté de l'individu sur tout, dans tout ce qui l'entoure, et je n'accepterai jamais l'idée d'une personnalité vivante faite à l'image de Dieu, soumise à une abstraction à une idée sociale quelle qu'elle soit. La société existe pour l'individu et non pas l'individu pour la société... L'individu à lui seul est un être pauvre, un être facilement vaincu, et il a besoin d'un milieu favorable pour développer ses possibilités. Mais la société n'existe que pour l'individu et non pas l'inverse. C'est l'idée que j'avais dès ce moment-là, et que j'ai encore plus fortement maintenant. »

« *Dix-huitième* » 2

Pour quelques jeunes aventuriers curieux de l'avenir, je crois nécessaire de fixer mon emploi du temps à Paris.

6 heures : réveil, toilette, petit déjeuner. Infos radio.

7 h 30 : re-café dehors, eau minérale, lecture des journaux (notes).

8 h 30 : écriture.

14 heures : déjeuner minimum.

15 h 30 : Éditions Gallimard, *L'Infini*.

19 h 15 : whisky, conversations.

20 h 30 : dîner minimum (bordeaux).

21 h 30 : télé zappée, informations (notes), et, quand même assez souvent, un documentaire instructif (guerres, civilisations disparues).

22 h 30 : lectures, ou préparation de l'écriture du lendemain.

23 h 30-Minuit : sommeil instantané après dix minutes de musique (Bach).

Exceptions : déjeuners de travail (13 h 30). À peine quatre ou cinq dîners par an « dehors », pas de cinéma, pas de théâtre, à peine un concert.

Autres activités : un « Journal du mois », dans *Le Journal du dimanche*, et un article mensuel de fond, autrefois dans *Le Monde*, et maintenant dans *Le Nouvel Observateur* (ces derniers temps : Gracián, Voltaire, Buffon, Montaigne, Joseph de Maistre, Shitao).

Il faut ajouter, l'été, du tennis, de la nage, et, surtout, la sieste. Divine, la sieste.

La classification « dix-huitième » expose à des malentendus comiques. Vous êtes censé être « libertin », donc vous avez des choses à dire sur tous les sujets sexuels publicitaires : les femmes, bien sûr, et encore les femmes, et toujours les femmes, à travers l'obsession de votre temps dictée par la marchandise (parfums, mode, bijoux, recherche de l'épanouissement maximal). Vous avez des conseils à donner, des anecdotes à raconter, des goûts, des couleurs, des préférences. Vous êtes spécialiste de littérature érotique, psychanalyste d'occasion, connaisseur d'amour. Vous refusez neuf fois sur dix, et hop, une exception pour tenir le spectacle en haleine. Ce qu'on attend en réalité de vous ? Le détachement, l'ironie, l'incroyance, l'absence de peopolisation, l'aura d'une vie privée où personne ne peut entrer. Aucun effort à faire, ça vous vient tout seul.

Ne dites pas aux magazines ou à la télé que je suis plongé, une fois de plus, dans Homère, Eschyle, Euripide, Pindare, ou encore dans la Bible ou Zhuangzi, ils me croient noceur, coureur, cupide, pubard. Vous devez raconter pour la centième fois la vie de Casanova, ou la trame secrète des *Liaisons dangereuses*, mais ne posez pas Sade sur la table, encore que, mais pas trop. De temps en temps, vous faites une embardée du côté de saint Augustin, de Dante ou des papes. À ce moment-là, les dévots se réveillent et vous poursuivent pour savoir si vous êtes « croyant » à leur manière. Vous avez votre avis à dire sur les religions, mais vous vous en tenez à la plus diabolique de toutes, la catholique. Vous pourriez parler pendant des heures sur Radio Notre-Dame, mais vous avez autre chose à faire, vous êtes très occupé à on ne sait quoi. Écrivain ? Allons donc, tout le monde, aujourd'hui, est écrivain sauf vous. Là, vous refroidissez brusquement l'atmosphère en rappelant votre admiration pour Nietzsche et Heidegger, et votre dédain pour les philosophes et les politologues à la mode. Un ange passe, vous passez avec lui, vous continuez votre manuscrit.

« Dix-huitième » est d'ailleurs devenu, avec le temps et l'ignorance, un terme uniquement

sexuel, alors qu'il comporte d'autres dimensions profondes dont les mots « tendresse »,
« intimité », « amitié », « complicité », « civilité »
donnent l'idée. La guerre des sexes est évidente,
fatale, immémoriale, mais elle peut laisser la
place à des intervalles de paix. Je revendique
hautement les situations favorables avec des
femmes, elles ont illuminé ma vie, elles l'illu-
minent toujours. On sait que c'est la guerre, on
en joue, on ne dort jamais que d'un œil, mais on
sait aussi s'amuser, se taire, travailler ensemble.
La contradiction est un bien, l'objection aussi,
on affine le propos, l'instant, l'expérience.
L'autre est une question, il est aussi une réponse.
On fait des progrès, on analyse des malentendus,
le corps devient plus sensible, on a recours à la
moquerie, on rit.

Le « suffrage à vue », dont je parlais, est une
chance, mais aussi un inconvénient. La liberté
sexuelle peut devenir une emprise (et même
une pathologie), mais, consciente, elle conduit
au discernement. On parle, en théologie, de
discernement des esprits, mais il y a aussi un discernement des corps et des sexes. Ça permet de
gagner du temps. Dans mon cas, il me semble
qu'après 55-60 ans le détachement biologique
s'est fait de lui-même, sans effort, naturellement.
Bien entendu, il vaut mieux avoir commencé
très tôt : après quarante ans d'aventures diverses,

une sorte de savoir absolu peut être constaté sur ces choses. Rien de plus pénible que les libidos qui s'éveillent tard, s'agitent, se ridiculisent, se transforment en passion de pouvoir, de représentation, d'argent, ou sombrent dans l'amertume et la souffrance de la frustration. La vieillardise est consternante. Un homme ou une femme qui *cherche*, encore à un âge avancé, est un problème médical, voilà tout.

Commencer très tôt, beaucoup donner, savoir se lever du banquet, et, surtout, ne rien renier.

À propos de guerre et de guerre des sexes, Proust a cette remarque curieuse dans *Le Temps retrouvé* :

« Si tel ou tel va répétant que la stratégie est une science, cela ne l'aide en rien à comprendre la guerre, parce que la guerre n'est pas stratégique. L'ennemi ne connaît pas plus nos plans que nous ne savons les buts poursuivis par la femme que nous aimons, et, en plus, peut-être, nous ne les savons pas nous-même. »

Comme quoi Proust n'était pas parvenu, sur ce plan, au savoir absolu, et sa longue manie jalouse le prouve.

Il est vrai qu'il n'a pas eu connaissance des traités de guerre chinois, lesquels valent aussi pour toute stratégie amoureuse.

Bien sûr que la guerre est stratégique. Et voici comment la célèbre le grand Sun Zi :

« Qui sait user des moyens extraordinaires est infini comme le ciel et la terre, inépuisable comme l'eau des grands fleuves. Il est le soleil et la lune qui disparaissent et réapparaissent tour à tour, il est le cycle des saisons qui expirent et renaissent dans une ronde sans fin. Bien qu'il n'y ait que cinq notes, cinq couleurs et cinq saveurs fondamentales, ni l'ouïe, ni l'œil, ni le palais ne peuvent en épuiser les infinies combinaisons. Bien que le dispositif stratégique se résume aux deux forces, régulières et extraordinaires, elles engendrent des combinaisons si variées que l'esprit humain est incapable de les embrasser toutes. Elles se produisent l'une l'autre pour former un anneau qui n'a ni fin ni commencement. Qui donc pourra en faire le tour ? »

Acteurs politiques

L'Histoire a toujours été aux mains de gens très médiocres, emphatisés par l'histoire officielle, mais voyons. Pour parler seulement du vingtième siècle, rien de plus pitoyable que le séminariste popiste Staline, sinon ce pauvre type hyperpossédé, Hitler. Mussolini, Franco, Pétain sont affligeants de gâtisme, Churchill et de Gaulle se tiennent si on le veut bien. Roosevelt, qui appelait Staline « Uncle Joe », nous assomme. Reste Mao, fabuleux criminel, apothéose de la crise mondiale. Thèse, antithèse, synthèse : Staline, Hitler, Mao. On ne fera pas mieux comme incarnations individuelles du Mal, mais le temps passe, et le fonctionnement n'a plus besoin de ce genre de stars. Aujourd'hui, c'est n'importe qui, pour faire à peu près n'importe quoi, *e la nave va*.

De tous les aventuriers politiques que j'ai rencontrés, le seul qui a retenu mon attention est François Mitterrand. Médiocre, lui aussi, mais subtil. Je crois qu'on peut s'en tenir là pour le vingtième siècle français, et d'ailleurs, tant il est typique, pour la suite. L'endroit, l'envers, le blanc, le noir, ou plutôt le gris, couleur maintes fois évoquée par ce président « socialiste », qui tenait que la vérité humaine se déplace toujours dans cette absence de couleur tranchée. Le vrai, le faux, le vrai-faux, le faux-vrai, l'énigme impénétrable sans énigme, telles étaient ses dimensions avouées. Dans mon roman *Studio*, il apparaît sous le nom de « la Momie », hommage égyptien, en somme. Mitterrand, aux curieuses paupières battantes, lors de son sacre au Panthéon, a pris, avec le temps et la maladie qu'il a affrontée avec courage, une apparence de mort-vivant, ou plutôt de vivant d'outre-tombe. Il meurt en 1995, mais est-il vraiment mort ? « Je crois aux forces de l'esprit, a-t-il fini par lâcher, je ne vous quitterai pas. » Formule étonnante, spiritualiste en diable, digne d'un appel hugolien aux tables tournantes, formule rivale, cela va sans dire, de « Ici Londres, les Français parlent aux Français ».

Ici l'au-delà : François Mitterrand est là.

Je n'aimais pas Mitterrand, mais il m'intriguait, et, au vu de la médiocrité politique ambiante, ce médiocre sinueux m'intrigue toujours. Je ne l'ai rencontré que trois fois. La première, à sa demande, après la parution de *Femmes*, pour un déjeuner à l'Élysée, en compa-

gnie de l'un des meilleurs stratèges d'aujour-
d'hui, BHL, l'homme qui sait tout de la comédie
du pouvoir avant tout le monde. Mon gros
roman avait du succès, le Président voulait voir
l'animal de près. Il a dû m'observer, et, comme
je n'ai presque rien dit, sonder mes silences.

Mitterrand brillait, BHL brillait, Attali se taisait, le nez dans son assiette, j'avais tendance à
m'endormir.

La deuxième fois est un déjeuner chez Colette
et Claude Gallimard, au 17, rue de l'Université.
Gallimard ? Le Président est un habitué de la
librairie du boulevard Raspail, il vient de temps
en temps consulter des éditions rares, ou en
acheter quelques-unes. Un président *littéraire* ? Il
aime qu'on le croie, même si ses goûts restent
conventionnels (Chardonne, etc.). Mais on sent
que « Gallimard », pour lui, reste un nom prestigieux, sans doute lié à des ambitions de jeunesse
(mauvais poèmes, lyrisme petit-bourgeois). Il a
sûrement été impressionné par la NRF, surtout
celle de Drieu La Rochelle.

Quoi qu'il en soit, ce second déjeuner est
amusant, et c'est lui qui a demandé ma présence. Nous sommes en 1988, il vient d'être
confortablement réélu, et il a feuilleté mon
roman *Le Cœur absolu* qui se passe beaucoup à
Venise, dans une atmosphère casanoviste ressuscitée. Le Président a l'air content, il fonce sur

moi en me disant « Voilà le terrible monsieur
Sollers », m'entraîne sur un canapé, s'assoit
contre moi, me prend le bras gauche et me dit
tout à trac : « J'espère que vous faites attention à
votre santé. » J'hésite deux secondes avant de
comprendre qu'il pense qu'un vrai libertin
risque désormais sa vie avec le sida qui rôde. Va-
t-il m'offrir des préservatifs ? Non, il me raconte
son amour pour Venise et sa découverte de Casanova. Je suis sur le point de lui dire « bienvenue
au club », mais comme je suis un amateur solitaire et sans club, je m'abstiens, tout en louant
son sens *historique*.

Le Président continue sur ce thème à la can-
tonade. Le poète surréaliste Octavio Paz, prix
Nobel, qui se trouve là, n'a pas l'air content, et
émet des réserves sur Casanova. À l'entendre, les
surréalistes ne l'aimaient guère, et il manquait
de profondeur et de sens du tragique. Là, le Président s'énerve, écarte l'objection d'un revers de
la main, et, se tournant vers moi, affirme qu'au
contraire une telle poursuite effrénée du désir,
de l'instant du désir, comporte une dimension
d'abîme. *N'est-ce pas ?*

J'approuve le Président, je trouve salubre
que soit contredite la pudibonderie poétique (le
Président n'adressera plus la parole à Paz, visiblement mortifié par l'incident), je vote *Don Giovanni*, j'apprécie que, pour une fois, la Répu-

blique aille dans le bon sens. Mitterrand libertin ? On l'a dit, il en avait envie, les preuves en
sont, paraît-il, abondantes. Au café, de nouveau
sur le canapé, je remarque que, tout en défen-
dant encore, avec âpreté, le tragique existentiel
de Casanova, il appuie plusieurs fois sa main
droite sur ma cuisse gauche. Il dérive maintenant sur l'île de Ré (autre lieu du *Cœur absolu*),
et, là, je vois son œil briller, comme si je donnais
des fêtes nocturnes, avec nymphes dans les buissons et musique cachée dans les arbres. Il voudrait une invitation ? Allons, indulgence, il sent
quelque chose, il doit se trouver bien seul. C'est
un bon petit catholique d'autrefois, le Président,
pas protestant pour un sou, et il me fait brusquement penser à Lacan, c'est drôle, qui voulait
partir avec moi pour Venise, un week-end,
comme ça, à l'écoute de l'inconscient. Sur la
politique ? Rien. Géopolitique ? Un long soupir
sur le Proche-Orient, région effervescente de
tous les fanatismes, *n'est-ce pas* ? Attention, le
sujet est brûlant, le Président n'est ni biblique ni
coranique, c'est clair. Alors, Venise ? Évident.

Ma dernière rencontre avec lui date de 1993,
pour ma remise de Légion d'honneur. J'ai laissé
faire, ça m'amusait plutôt qu'il me la remette lui-
même. Et, là, salut l'artiste : tout appris par cœur
(on était au moins dix, dont le stendhalien Del
Litto à côté de moi), alors qu'il souffrait beau-

coup, teint cireux, plus momie que jamais, concentration extrême. Seule erreur : il rappelle mon « prix Femina », que je n'ai jamais eu. Il m'accroche la médaille, me colle un baiser légèrement mouillé sur la joue gauche, et me chuchote : « Ça a été ? » Mais comment donc ! Je n'ai pas eu le prix Femina (et pour cause), mais je veux bien être décoré « Prix Femina », et à titre militaire, par la République française.

De Gaulle s'éloigne dans la légende, Mitterrand reste là, au sommet du Panthéon. Allez-y voir vous-même, si vous ne voulez pas me croire. Je crois, moi aussi, aux forces de l'esprit, mais plus encore à celles des lettres. L'esprit s'égare souvent, les lettres vivifient.

Sacré Mitterrand : la France même.

Mitterrand voulait me séduire, bon, ça n'a pas marché. Il savait très bien que j'encourageais en douce la folie obsessionnelle de Hallier à son endroit, folie souvent nauséabonde, qui s'étalait dans un des derniers journaux anarchistes de cette époque, *L'Idiot international* (consultez les archives, comparez avec le sage *Charlie-Hebdo*, vous verrez la différence). Cette folie m'a un peu diverti, puis elle m'a gonflé. Finalement, brouille définitive avec cet emmerdeur souvent drôle, mais de plus en plus gâteux. Ici, diagnostic étrange : Mitterrand, monarque de l'ombre, a eu, à sa cour, le bouffon qu'il méritait, son his-

trion ennemi intime. On connaît la suite : l'affaire « des écoutes », Mazarine, etc., comble du
grotesque local. Le pauvre Hallier, que sa haina-
moration à mon égard avait repris de plus belle,
est mort, dans des circonstances étranges, un an
après son héros. Ils ont beaucoup trop pensé
l'un à l'autre.

L'Hexagone est ainsi fait : si vous n'êtes pas de
gauche, vous devez être de droite. Si vous n'êtes
ni de droite ni de gauche, et pas non plus du
centre, si vous n'êtes pas enregistré à l'extrême
gauche (et encore moins à l'extrême droite),
vous n'êtes plus qu'un citoyen fantôme, un
humanoïde fictif. Disons les choses : la gauche
me pèse, la droite m'ennuie. Heureusement
qu'il y a eu, dans ma biographie, mon épisode
« maoïste », baleine que l'on me ressort, non
sans lassitude, de temps en temps. Sur le fond, et
ce n'est pas faux, il paraît que, pour échapper au
bruitage, j'ai cherché refuge au Vatican. Là, en
effet, tout n'est qu'ordre et beauté, luxe, calme,
et, pour moi (chut ! à l'extérieur !), volupté. Les
forces de l'esprit m'environnent, je vous quitterai sans regret.

Un dernier mot sur la politique, tellement surévaluée en France. Mitterrand a fait quatorze
ans, et Chirac douze. En tout, vingt-six ans de

sacralité immobiliste, sauf dans le domaine technique de la communication (explosive). Je n'aimerais pas être aujourd'hui un jeune homme de
26 ans. Mais je peux comprendre qu'un nouveau
président bonapartiste de 52 ans, récemment
élu, ait envie, du moins dans un premier temps,
en siphonnant énergiquement la droite et la
gauche, *de se dégourdir les jambes*. De toute façon,
désormais, pour la planète entière, les affaires
sont les affaires, ça suffit comme ça.

Métaphysique

La société puissamment décomposée de mon temps a ses rites, j'ai les miens. À voir ce qui s'expose partout comme « art contemporain », ou ce qui se publie sans arrêt comme « littérature contemporaine », je me demande pour quelle raison je devrais vivre dans un asile de névroses. Mais il suffit de changer de trottoir, de marcher à l'air libre et d'avoir une bonne bibliothèque, pour échapper en une minute à cette marée noire de laideur.

« La mélancolie et la tristesse sont déjà le commencement du doute ; le doute est le commencement du désespoir ; le désespoir est le commencement cruel des différents degrés de la méchanceté. » (Lautréamont, *Poésies*.)

Allez, la musique.

Le véritable art contemporain ? La véritable littérature contemporaine ? Voici : la lente dérive, en ce moment même, de gauche à droite, des nuages blanc-gris, nacrés, sur fond bleu, et le silence, ici, dans ma cour, en plein Paris, des roses et du lierre. C'est gratuit. J'entre dans n'importe quelle église d'Italie pour écouter une messe : c'est gratuit. On demandait un jour à James Joyce pourquoi il ne passait pas du catholicisme au protestantisme. Réponse : « Je n'ai aucune raison de quitter une absurdité cohérente pour une absurdité incohérente. » Bien dit.

Pour parler carrément de métaphysique, mon attirance va donc à l'Église catholique, apostolique et romaine, dont l'histoire ténébreuse et lumineuse m'enchante. Des kilomètres d'archives souterraines, des saints dans les greniers, des diplomates dans les caves, des informateurs partout, de la charité, des hôpitaux, des mouroirs, des martyrs, un contact permanent avec la pauvreté et la misère, sans parler de l'audition impassible des impasses organiques en tout genre, et, par-dessus tout ça, une richesse et un luxe insolents, bref un Himalaya de paradoxes. Cette *absurdité cohérente* me plaît. En un mot : je n'aime pas qu'on veuille assassiner les papes.

J'ai la plus vive sympathie pour la franc-maçonnerie, dont j'ai tendance à idéaliser la nature, m'intéressant peu, je l'avoue, à sa fonction sociale, mais beaucoup à son enseignement intérieur. De même que j'ai parlé, à Rome, à Saint-

Louis-des-Français, et devant des Dominicains, du catholicisme de Joyce, j'ai planché en loge, avec plaisir, sur Dante, Casanova et Mozart, au point de m'entendre dire qu'après tout « il y avait des maçons sans tablier ». Une affiliation ? Pourquoi pas, mais manque de temps. De même, je ne suis aucunement « pratiquant » de l'Église universelle, dont les recommandations sexuelles sont, pour moi, la preuve d'un énorme humour.

Autre attirance, en dehors de l'espace biblique et grec constamment sollicité, l'Inde (Vedanta, Upanishads), et la Chine (Zhuangzi). La littérature avant tout ? Sans doute, mais comme l'a dit Mallarmé « à l'exception de tout ». Elle est pour moi la forme vivante de mon engagement métaphysique (rien à voir avec un « sacerdoce »). Si j'avais été peintre, ç'aurait été la peinture, et musicien, la musique. Il n'y a presque personne avec qui en parler ? Tant pis.

Je m'intéresse d'assez près aux affaires de mon temps (journalisme), mais sans arriver à les prendre au sérieux, même quand elles sont tragiques. Nous vivons dans un monde criminel, et le crime veut qu'on le respecte. Je ne le respecte pas. Rien n'arrive à me faire douter de la vérité et de la liberté qui s'ouvrent à moi quand les mots sont là. Je vis, je lis, j'écris, j'écoute.

On vient de mettre en vente une photographie sensationnelle de Baudelaire, prise, à la fin

de sa vie, par un photographe belge, Neyt. C'est
« Baudelaire au cigare » (j'espère que l'acqué-
reur ne supprimera pas le cigare, comme on a
effacé, pour des expositions officielles, le clope
de Sartre ou celui de Malraux). Baudelaire vous
regarde, aigu, compact, noir, vibrant. C'est vraiment l'étranger conscient, au bord de l'abîme.

Le premier texte du *Spleen de Paris* s'appelle
d'ailleurs *L'Étranger* (et ce n'est pas du tout celui
de Camus). Ce texte est trop méconnu, le voici,
c'est un dialogue :

« Qui aimes-tu le mieux, homme énigmatique,
dis ? ton père, ta mère, ta sœur ou ton frère ?

— Je n'ai ni père, ni mère, ni sœur, ni frère.

— Tes amis ?

— Vous vous servez là d'une parole dont le
sens m'est resté jusqu'à ce jour inconnu.

— Ta patrie ?

— J'ignore sous quelle latitude elle est située.

— La beauté ?

— Je l'aimerais volontiers, déesse et immor-
telle.

— L'or ?

— Je le hais comme vous haïssez Dieu.

— Eh ! qu'aimes-tu donc, extraordinaire
étranger ?

— J'aime les nuages... les nuages qui passent...
là-bas... là-bas... les merveilleux nuages ! »

Difficile, aujourd'hui même, d'être plus à contre-courant, n'est-ce pas?

C'est gratuit, et ça n'a pas de prix. Voilà qui choque, et choquera éternellement les socio-manes, les sociolâtres et les sociopathes, ceux et celles qui croient encore que, pour être, il faut « être ensemble » et qui, à partir de là, vont vous faire interminablement la morale de façon plus ou moins aigrie. « Moraline », dit justement Nietzsche, à savoir ressentiment, puritanisme, esprit de vengeance, horreur du gratuit. J'ai été ainsi traité dix fois de « Fregoli » par des cons et des connes, syndicalistes grimés ou religieuses déguisées en dévotes philosophiques, pour stigmatiser, je suppose, mes apparitions désinvoltes. Cela m'a toujours fait penser à ce passage étourdissant de drôlerie de Céline, où des artistes ratés, dans une réunion de cellule fiévreuse, s'en prennent avec violence au peintre qu'ils détestent par-dessus tout : « Fragounard ».

Ce « Fragounard » (Fragonard, bien entendu) représente tout ce qui les met en fureur : baigneuses enchantées, hasards heureux de l'escarpolette, dix-huitième siècle dans toute sa gratuité. Le dix-huitième, voilà l'ennemi du clergé coincé doloriste. Ce dernier hait de toutes ses forces le bleu Cézanne, le bleu chinois, le bleu d'air profond, le bleu-repos, le bleu *joui*. Mensonges, illusions, pense ainsi le dévot social, mensonges que ces buissons, ces fêtes, ces déjeuners sur l'herbe, ces escarpolettes du diable ! Cachez-nous ces cuisses et ces seins que nous ne saurions voir ! À bas Watteau, Manet, Monet, Cézanne, Degas, Rodin, Picasso, Matisse, *Fragonard* ! À bas l'enfance, la nature, le jeu, les femmes ! Rien n'est gratuit ! Rien n'est beau !

J'ai dormi, une nuit, dans la maison de Fragonard, à Grasse. Bizarre entrée : des symboles révolutionnaires et maçonniques peints sur les murs, alors que, dans les étages, on s'envole vers des paradis naturels. Prudent Fragonard : si la police ensembliste de son temps entrait chez lui, elle ne pouvait que constater la religion nationale de l'habitant du lieu. Nouveau régime vertueux en bas, Ancien Régime plus nouveau et sensuel que jamais dans les chambres. La jeune femme qui m'accompagnait ce soir-là se souvient sûrement de ce dispositif en coulisses. Mais que ferait Fragonard aujourd'hui, pour échapper au contrôle de l'Inquisition ? En bas, des panneaux humanitaires condamnant les atrocités du globe, et célébrant le métissage généralisé, la gay pride, la démocratisation planétaire, l'art contemporain, la télé-réalité, le cinéma virtuel, la photographie réaliste, etc. En haut, ramené de la Banque de France, où il est aujourd'hui accroché comme un trophée, un seul

tableau, mais sublime : *La Fête à Saint-Cloud*.
Retour de la Banque chez soi, après tout.

Finalement, on peut réécrire aujourd'hui *La Marseillaise*, sur un mode ironique et funèbre :

> Entendez-vous dans nos campagnes,
> Mugir cette atroce mafia,
> Qui coule jusque dans nos bras,
> Pour noyer nos fils et nos compagnes ?
> Aux larmes, citoyens ! etc.

Wanted

L'Inquisition aujourd'hui ? Vous plaisantez ?
Mais non, mais non, écoutez bien, vous enten-
drez vite son violent désir de purification rétro-
active. Chaque écrivain ou penseur du passé
peut être radié de la mémoire collective pour
cause de péché majeur.

Voici le programme :

Gide, le pédophile Nobel ; Marx, le mas-
sacreur de l'humanité que l'on sait ; Nietzsche,
la brute aux moustaches blondes ; Freud, l'anti-
Moïse libidinal ; Heidegger, le génocideur parlant grec ; Céline, le vociférateur abject ; Genet,
le pédé ami des terroristes ; Henry Miller, le
misogyne sénile ; Georges Bataille, l'extatique
pornographique à tendance fasciste ; Antonin
Artaud l'antisocial frénétique ; Claudel, l'ignoble
tank catholique ; Sartre, le bénisseur des gou-
lags ; Aragon, le faux hétérosexuel, chantre du
KGB ; Ezra Pound, le traître à sa patrie, mussoli-
nien chinois ; Hemingway, le machiste tueur
d'animaux ; Faulkner, le négrier alcoolique ;

Nabokov, l'aristocrate pédophile papillonnaire ; Voltaire, le hideux sourire de la raison, dénigreur de la Bible et du Coran, totalitaire en puissance ; Sade, le nazi primordial ; Dostoïevski, l'épileptique nationaliste ; Flaubert, le vieux garçon haïssant le peuple ; Baudelaire, le syphilitique lesbien ; Proust, l'inverti juif intégré ; Drieu La Rochelle, le dandy hitlérien ; Morand, l'ambassadeur collabo, antisémite homophobe ; Shakespeare, l'antisémite de Venise ; Balzac, enfin, le réactionnaire fanatique du trône et de l'autel, etc.

Je n'oublie personne ? Complétez la liste.

Je complète :
Lautréamont, l'incompréhensible auteur de *Poésies* ; Rimbaud, traître à sa vocation poétique dont les *Illuminations* restent opaques ; Jarry, l'ennemi de l'humanité en la personne grotesque du Père Ubu ; Breton, l'inquisiteur puritain ; Mauriac, l'hypocrite catholique à tendance homo refoulée ; Joyce, le comble de l'illisible ; Debord, destructeur de la société ; Swift, un des plus dangereux anarchistes que la terre ait portés ; Poe, l'intelligence diabolique ; Joseph de Maistre, le contre-révolutionnaire absolu ; Gracián, le poison jésuite ; Melville, la monstrueuse baleine ; Lichtenberg, l'effrayant humoriste ; Hölderlin, le prénazi dans sa tour ; Kafka, le pénible annonciateur de catastrophes ; Bec-

kett, le désespéré squelettique ; Sévigné, la polygraphe mondaine ; Molière, l'antihumaniste
foncier ; Pascal, le parieur halluciné ; Bossuet, le
panégyriste intégriste ; Saint-Simon, l'aristocrate
fou ; Rousseau, l'atrabilaire abandonnant ses
enfants ; Villon, le truand argotique ; Roussel, le
cinglé des phrases ; La Rochefoucauld, le moraliste amoral ; Stendhal, le Milanais narcissique ;
Chateaubriand, le vicomte réactionnaire d'outre-
tombe, etc. Continuez.

« *Ermite* »

Que vous demande la société ? De vous nier en permanence. Prenez appui sur cette négation, poursuivez.

Le mot *sanctuarisation* est un terme non pas religieux, mais militaire. J'ai passé mon temps à sanctuariser ma vie privée et mes lieux d'action. *Tel Quel, L'Infini* ont été, dans ce sens, des « sanctuaires » (contrôle de l'*imprimatur*). Un historien sans préjugés ne pourra que le constater. Sans vanité excessive, au cœur du pouvoir éditorial, je pense qu'il fallait le faire. Pas d'absorption, pas non plus de marginalisation.

C'est ce que Bo Juyi (829) appelle « l'érémitisme médian » :

« Le grand ermite réside à la cour, le petit ermite retourne dans ses collines encloses.

« Les collines encloses sont trop désolées, la cour trop tumultueuse.

« Mieux vaut être un ermite moyen, ermite tout en demeurant en charge,

« Semblant absent tout en étant présent, ni trop occupé ni oisif,

« Sans souci ni labeur, échappant à la faim et au froid.

« La vie réside en ce seul monde, et par principe il est difficile d'unir deux contraires.

« Pauvre, on endure le gel et la famine, riche, l'anxiété et l'inquiétude abondent.

« Seul le lettré ermite médian se retire, en demeurant heureux et tranquille.

« Insuccès ou réussite, abondance ou misère, il réside dans l'intermédiaire des quatre. »

Un petit bureau agréable, l'après-midi, chez le plus grand éditeur français ; une revue trimestrielle sans aucune publicité ; six ou sept très bons livres par an, dans une collection du même nom ; l'amitié du prince et de mon principal collaborateur ; un studio ; un lieu à vue imprenable sur l'océan, dans une île ; une grande liberté de mouvement et d'exécution ; l'estime exigeante de nouveaux venus énergiques ; une aide féminine constante et bien d'autres choses encore — que vouloir de plus ?

Bo Juyi, du Ciel où il se trouve, et tant d'autres Chinois, m'approuvent. « La Voie vraiment Voie est autre qu'une Voie constante ; les termes vraiment termes sont autres que des termes constants. »

Le seul moment pénible, à la longue, est celui où votre livre, devenu une marchandise, passe à la mise en vente de ce que le vieux Lacan appelait la « poubellication ». Écrire est reposant, publier est crevant. Là, il faut des dons de marionnettiste, puisque vous êtes cette marionnette dont vous essayez quand même de tirer les fils.

Je comprends qu'un débutant s'inquiète du moindre article de presse, et attende avec fébrilité que son image (c'est-à-dire, aujourd'hui, sa réalité) soit plus ou moins reconnue. L'ivresse des commencements a son charme, mais la répétition professionnelle est une sorte de chemin de croix qu'il faut prendre avec dérision. On est convoqué, on y va, on redit à peu près la même chose, les journalistes sont pressés, ils ont tous le même fichier simplifié, l'existence se passe dans des taxis, des studios, et encore des taxis et encore des studios. Vous pensez qu'on peut éviter ça sans fâcher l'éditeur, et vivre à l'écart ? Pour ceux qui ont leur passeport moral automatique, sans doute, mais pas pour moi. Il faut de nouveau s'expliquer et se justifier, puisqu'il est entendu que je suis un « provocateur » et un perturbateur toléré.

C'est l'occasion de vérifier, une fois de plus, la routine de l'avalement médiatique. Deux

grandes histoires restent à faire : celle de la censure (il faut absolument l'éviter, donc pas de
pose romantique niaise), et celle de l'aveuglement (il est possible de l'abuser en prenant le
mirador de face). Je ne parle pas de la censure
éclatante, garantie de succès, mais de celle de
nos jours : insidieuse, mécanique, innocente,
fluide, sans appel. L'aveuglement, lui, est d'autant plus difficile à traiter qu'il est basique sur
certains sujets, toujours les mêmes. On dirait
que, dans son cheminement tortueux à travers
les siècles, l'humanité obéit à un double mouvement : vouloir savoir de plus en plus (science,
technique, information), et en même temps ne
rien savoir ou en savoir le moins possible (Dieu,
sexe, argent, littérature, mort).

La passion de ne rien savoir est essentielle.
Une histoire de la censure dans le temps change-
rait la vision de l'Histoire, une histoire de l'aveuglement aussi. Quant à supprimer la passion de
ne rien savoir, impossible (il y a sur ce thème un
roman très intelligent de Nabokov, *La Vraie Vie de
Sebastian Knight*). Il importe donc de prendre
tout ça à la légère, *never complain, never explain*.

Le livre se vend ? Un peu ? Pas mal ? Pas assez ?
Du haut de ces questions pyramidales, l'œil froid
de la poubellication francfortienne vous regarde
(« J'adore Francfort, me dit cet agent extasié, ça
c'est du business ! »). Du calme : un livre qui

n'est pas déjà du cinéma, et qui doit rester, restera, même recouvert par des tonnes de papier bavard. À vrai dire, tenez-vous bien, *il se lit lui-même*, il continue à émettre et à irradier depuis sa constitution atomique interne. Le lecteur est superflu, même s'il est bienvenu.

Taxis, donc, trains, avions, province, photos (que de temps perdu), marionnettage. Je sais faire, je l'ai beaucoup fait, je le referai. Ça peut d'ailleurs être amusant, confondant, détendant. On se montre, on parle, on subit avec bonne humeur les inepties des voisins ou des voisines d'interview qui ne pensent qu'à eux ou à elles, on fait signe vers le véritable amateur, toujours inconnu, par principe, on espère que le livre suivra, et il suit toujours plus ou moins. Vous organisez un malentendu auquel vous êtes forcé, puisque vous n'êtes pas « pré-vendu » à cause de votre réputation trouble (qui est bien votre faute, avouez-le).

Je répète que vous avez votre truc : vous parlez aux appareils, caméras, micros, comme s'ils étaient au courant, et, en un sens, ils le sont davantage que les corps présents. La technique est votre alliée, pas votre adversaire. Vous reprenez encore un taxi, vous allez dormir, le vide *amical* vous rejoint, la page vous attend, et elle seule est réelle. Je sais que je ne convainc personne en écrivant cette phrase. Personne n'est convaincu

par une phrase. Racontez-moi une histoire,
qu'importent les phrases ! Et pourtant, elles
tournent, il n'y a que ça.

Au passage, il faut répondre à des tas de questions absurdes, par exemple votre rapport aux
« sept péchés capitaux ».

— L'avarice ?

— Je dépense tout.

— La colère ?

— J'aime les *saintes colères.*

— L'envie ?

— Il m'arrive de m'envier.

— La gourmandise ?

— En littérature, en peinture, en musique,
sinon, non.

— La luxure ?

— Oui, mais je ne citerai pas de noms.

— L'orgueil ?

— Oui, oui, encore !

— La paresse ?

— Ah, non.

Ou bien, c'est le classique « questionnaire
Marcel Proust ». Je réponds :

1. Le principal trait de mon caractère : le
caractère.

2. La qualité que j'apprécie chez un homme :
le caractère.

3. La qualité que j'apprécie chez une femme : le caractère.

4. Ce que j'apprécie le plus chez mes amis : le caractère.

5. Mon principal défaut : le caractère.

6. Mon occupation préférée : ne rien faire.

7. Mon rêve de bonheur : ne rien faire.

8. Quel serait mon plus grand malheur : être un autre.

9. Ce que je voudrais être : qui je suis.

10. Le pays où je désirerais vivre : celui où je suis.

11. La couleur que je préfère : le Bleu.

12. La fleur que j'aime : la Pivoine.

13. L'oiseau que je préfère : la mouette.

14. Mes auteurs favoris en prose : Zhuangzi, Lautréamont, Nietzsche, Céline.

15. Mes poètes préférés : Homère, Dante, Shakespeare, Hölderlin, Rimbaud.

16. Mes héros dans la fiction : Stephen Dedalus (*Ulysse*, de Joyce).

17. Mes compositeurs préférés : Monteverdi, Vivaldi, Bach, Haydn, Mozart.

18. Mes peintres favoris : Tiepolo, Fragonard, Manet, Cézanne, Picasso.

19. Mes héros dans la vie réelle : pas de héros.

20. Mes héroïnes dans la vie réelle : pas d'héroïnes.

21. Ce que je déteste par-dessus tout : la méchanceté ; la vulgarité ; la bêtise.

22. Caractères historiques que je méprise :
Staline, Hitler.

23. Le fait militaire que j'admire le plus :
6 juin 1944.

24. La réforme que j'admire le plus : aboli-
tion de la peine de mort.

25. Le don de la nature que je voudrais avoir :
le tir à l'arc.

26. Comment j'aimerais mourir : pas du tout.

27. État présent de mon esprit : concentré.

28. Fautes qui m'inspirent le plus d'indulgence : les miennes.

29. Ma devise : *Nihil obstat.*

Quand je dis ici « ne rien faire », c'est dans
le sens chinois : « Ne rien faire, mais que rien
ne soit pas fait. » Si j'avais répondu « écrire », ça
aurait donné une lourde et fausse impression de
travail.

Studio est un roman que j'écris en 1995-1996
(parution en 1997). Il commence ainsi :

« J'ai rarement été aussi seul. Mais j'aime ça.
Et de plus en plus. »

En cours de route, on trouve des choses de ce
genre :

« En réalité, l'obsession générale est qu'il y ait
une Cause, peu importe laquelle : divine, fami-

liale, sociale, cosmique, biologique, ethnique, économique. Il faut qu'une causalité surplombe et explique le reste, que le général englobe le particulier. Vous, là, en revanche, vous avez un je-ne-sais-quoi, un truc, une expression, un nimbe, un air, un geste, une odeur, un cartilage, un poil, un presque rien impalpable, mais insolent, qui remet en cause la Cause. Ce n'est pas une question de beauté, de laideur, quoique plutôt très beau et plutôt très laid, de ce côté-là, se rejoignent. L'interpellation physique *n'est pas* une affaire physique. C'est votre façon inconsciente de *corporer* qui est en jeu, votre présence jusque dans vos absences. Votre manière de celluler, de sanguer, de chromosomer, de respirer, de digérer, de résonner, d'écouter, de dormir, de rire, de reculer, d'avancer, de hocher, de regarder, de parler, d'écrire, de remuer, de ne pas bouger, de rêver. Votre sommeil, surtout, est suspect, comme si vous étiez né pour avoir plusieurs vies. Rimbaud : "À chaque être, plusieurs *autres* vies me semblaient dues. Ce monsieur ne sait ce qu'il fait, il est un ange. Cette famille est une nichée de chiens. Devant plusieurs hommes, je causai tout haut avec un moment de leurs autres vies. Ainsi, j'ai aimé un porc."

« Autres vies, oui, non seulement dans le temps et l'espace, mais là, tout de suite, sur place, à la minute même, des vies différentes et uniques, répertoriées, stratifiées, étanches, harmoniques. Moi aussi j'ai aimé des juments, des chiennes, des carpes, des lapines, des truies. Musique, voilà, c'est comme si on avait un orchestre en soi. Rimbaud, toujours : "J'assiste à l'éclosion de ma pensée : je la regarde, je l'écoute ; je lance un coup d'archet : la symphonie fait son remuement dans les profondeurs, ou vient d'un bond sur la scène." Rien que ça.

« Rimbaud, comme Hölderlin et Lautréamont, s'est mis un jour au piano, c'était en 1875. Il faut que je demande à Vincent ce qu'il éprouve, parfois, en jouant. Saura-t-il me le dire ? Non.

« Les autres sentent bien ces différences en vous, ils les repèrent avant même que vous en ayez conscience. Leurs reproches, leur mauvaise humeur, leur aigreur vous étonnent, vous montrent la voie. En même temps, ils se trompent sur ce que vous êtes en train de désirer ou de faire : c'est épatant à vérifier, mathématique. Bref, c'est votre *ton fondamental* qui les irrite au plus haut point, mais ce ton est là avant vous, il vient de plus loin que vous, il passe à travers vous, il vous crée, vous enfante, vous donne un sujet, des objets, une vie, une mort, un monde. Vous n'y êtes pour rien, vous êtes méconnaissable : n'allez pas vous plaindre, un jour, d'être méconnu. »

Portraits

J'ai déjà critiqué, en passant, certains écrivains français d'aujourd'hui, leur inertie, leur résignation, leurs origines modestes proclamées comme des mérites, leur vénération pour les instituteurs du passé, leur côté Troisième République essoufflée en province. Question : ont-ils jamais vu la mer, l'océan ; ont-ils jamais mis les pieds sur un bateau ? Pas sûr. D'où un côté terrien et glébeux, et surtout un *mal de mère* terrible. Dans le meilleur des cas, c'est du sous-Flaubert for ever. On sent qu'ils n'en sortiront pas.

De là à la surestimation constante de la littérature américaine, il n'y a qu'un pas, que le marché a vite franchi. Mais enfin, bon, sans remonter aux ancêtres, Hemingway, Faulkner Fitzgerald, et à part Bellow et surtout Philip Roth, quoi de neuf depuis trente ans ? Pas grand-chose, malgré un battage incessant, et les meilleurs agents commencent à s'en rendre compte, se demandant si tout ça, après tout... Le succès de Philip Roth s'est d'ailleurs construit à partir de la France, où il a été, dans un premier temps, traité de façon indigne (narcissisme exagéré, Juif antisémite, etc.). Au moment de la *Contre-vie*, quand je suis allé parler de lui à la télévision, il en était, chez Gallimard, à 6 000 exemplaires. Depuis, on ne compte plus.

Milan Kundera, il y a vingt ans, était alors beaucoup plus reconnu, malgré la supériorité évidente de Roth. *Opération Shylock*, par exemple, est un grand livre. J'y apparais dès le début, en personnage étrange, comme doublure du narrateur téléphonant à son double. Roth est merveilleux, il écrit beaucoup trop, mais *Portnoy, Le Sein, La Leçon d'anatomie, Contrevie, Patrimoine* sont des livres d'une vitalité impressionnante. Comme il ne parle pas un mot de français, et que je bredouille le yankee, on s'est beaucoup compris à travers des grimaces et des rires. Je le revois, à Paris, avec l'élégante et stricte Claire Bloom ; on se chuchote des trucs, on se moque de tout, belles soirées libres. Il vit désormais comme un moine, vissé à sa production, un roman, encore un roman, l'argent et encore l'argent. Ce qu'il fait est toujours bien, très au-dessus des autres Américains, mais enfin, c'est souvent le grand machin fabriqué, on passe.

En tout cas, de tous les écrivains encore vivants

que j'ai rencontrés, Roth est certainement le plus immédiat, drôle, explosif, bon, méchant, intelligent. De Newark au sommet, longue marche. Débauche d'abord, ascèse ensuite, plus intéressant dans la débauche que dans l'ascèse (le succès n'est venu que lorsqu'il a eu l'air assagi), drames et maladies surmontés, volonté d'acier, humour à toute épreuve. Au fond, c'est un saint. Il a eu des mots très gentils lors de la parution de *Femmes* aux États-Unis (aucun écho là-bas, et pour cause). Il a même été jusqu'à dire que j'étais le seul écrivain français existant. Voilà du discernement acoustique. On ne se voit plus, c'est la vie.

Mon amitié avec Kundera a été plus contrastée. Très bons débuts, publications dans *L'Infini*, camaraderie et complicité joueuse, quelques conseils de français de ma part, et admiration sincère pour son meilleur livre : *L'Immortalité*. Et puis, et puis... Passons, je l'aime. Ne dites pas à sa femme, Véra, que je l'aime aussi, elle ne vous croirait pas.

La vérité m'oblige à dire que je n'ai jamais beaucoup marché dans ses réflexions à propos du roman, et encore du roman, et toujours du roman. Le roman est sans doute né avec les Temps modernes, mais il s'achève avec eux. Kundera admire Hermann Broch et Gombrowicz. Je crois qu'il se trompe, et que Proust et Céline (s'agit-il bien de *roman*?) sont plus décisifs. L'Europe centrale? Musil, bien sûr, mais surtout

Kafka dont l'expérience métaphysique échappe
à ces analyses.

Il y a eu de grands romans, et il y a parfois de
bons romans, mais, contrairement à une idéologie très puissante (économique), le problème
n'est plus là. On aura beau convoquer des assem-
blées de romanciers à travers le monde, on n'ob-
tiendra que des discours sociologiques conve-
nus, dans la pure tradition du réalisme social.
Pas un qui ose revendiquer sa singularité et la
sauvagerie irréductible de son expérience (sauf
Houellebecq et Littell, mais ils se tiennent à
l'écart). Encore « l'être-ensemble », quel ennui.
Roth et Kundera vont mal vieillir, ils le savent :
Roth force la dose, Kundera s'explique, mais
rien n'y fera. Vous me dites que, moi aussi, je
force la dose ? Qui vivra verra.

La vérité ? Kundera s'est mis à écrire en français. Silence.

Et maintenant, une rafale de souvenirs.
Je revois Borges, l'été, en chemisette, dans un
des bureaux de la maison d'édition, préparant sa
Pléiade, avec Hector Bianciotti. J'ouvre la porte,
il lève ses yeux d'aveugle, il est en train de décla-
mer je ne sais quoi en espagnol, sous le regard
captivé d'Hector. Comme je le revois, dans sa
petite chambre de l'hôtel des Beaux-Arts, me
parlant de tout près des prostituées françaises de
Buenos Aires, les meilleures. Maria Kodama se

souvient-elle que nous avons eu une amie japonaise commune ? Possible.

Je revois Calvino, chez une de ses amies, à
Paris, mollement étendu dans un fauteuil, taci-
turne, gentil pataphysicien en *pantoufles*.

Je revois le profond Michaux, chez lui, un
après-midi, blanc et plutôt cireux, avec du coton
dans les oreilles.

Je revois Moravia, à Rome, tout fier d'exhiber
des photos de travestis, et se faisant traiter par
une des femmes présentes de « *vecchio porcel-
lone* ».

Je revois Umberto Eco, à New York, dans des
boîtes de strip-tease chinoises, où nous parlions,
le plus naturellement du monde, de Joyce et de
saint Thomas. C'était avant ses tournées régulières dans les universités américaines, quelques
histoires drôles, en yankee clownesque, balan-
cées à des professeurs et des étudiants ravis, et
hop, dans la poche.

Je revois, il y a longtemps, le vieil Ungaretti,
adoré par Paulhan, et à qui il fallait faire signe de
la boucler sur Mussolini, mais enfin il a écrit
« *m'illumino d'immenso* », ça suffit.

Je revois Cabrera Infante, dans un festival, en
Belgique, avec, dans sa voiture, Cuba est partout,
un revolver dans sa boîte à gants.

Et puis Vargas Llosa et sa dentition de rêve,
Carlos Fuentes, athlétique businessman des
deux continents.

Je revois mon ami Schuhl, le soir de son Goncourt imprévu, et Ingrid Caven, plus insolente que jamais, aux anges.

Je revois Nooteboom à Amsterdam, et on se comprend très bien sur l'Espagne.

Je me revois, avec Houellebecq, plutôt ivre, en train de danser avec des filles dans un bar hispanique de Paris, dont j'ai oublié le nom.

Je revois Dominique Aury, sage dame âgée, qui, après avoir lu au comité de Gallimard une note de lecture, s'endort doucement dans le crépuscule montant.

Je revois des conférences de Julia, à Paris, Washington, ou New York, brillante et concentrée, beaucoup de monde, anglais impeccable.

Je revois Le Clézio, passant assez souvent dans les couloirs de la rue Sébastien-Bottin, et je retrouve à l'instant, avec surprise, sa dédicace de 1963, pour son premier livre, *Le Procès-Verbal* : « Pour Philippe Sollers, avec l'admiration et la sympathie de l'auteur » (et, en effet, il n'était pas encore célèbre).

Je me revois avec Modiano, toujours amical, en train de le faire beaucoup rire (il aime rire), assis sur un canapé de cocktail, sous l'œil interloqué des invités présents (« Comment ces deux-là peuvent-ils s'entendre ? il faut protéger Patrick, c'est inquiétant »).

Je me revois, à Haïfa, avec A. B. Yehoshua, un solide, celui-là, dans cette ville magnifique.

Je me revois avec mon camarade et ami d'étage, à la NRF, le compliqué et secret Pascal Quignard, essayant de lui expliquer qu'il ferait mieux de garder son bureau dans la vieille maison, et qu'il n'avait rien à attendre du cinéma.

Et puis, de temps en temps, whisky en fin d'après-midi chez Antoine, détente et tombée des ombres dans le grand jardin. Des photos de Gaston l'élégant, une maquette en réduction de bateau à voile, et, dans une armoire, des manuscrits reliés, dont un de moi, je crois.

On pléiadisera Roth et Kundera, Le Clézio et Modiano, mais pour moi c'est moins sûr, attendons ma mort, qui fera, peu à peu, monter ma réputation au beau fixe. Je pense avoir fait le nécessaire, souvent dans l'ombre, pour Sade, Bataille, Ponge (Pléiade), Artaud et Debord (Quarto). Sa pléiadisation a été une des dernières joies de la vie de Claude Simon, un ami de toujours, et j'ai encore dans la bouche le goût des délicieuses côtes de porc qu'il a fait cuire lui-même, à Salses, sur un feu de bois. J'ai fait dire publiquement à Claude Simon, esprit libre, qu'il admirait Céline autant que Conrad, et on a souvent communié ensemble dans le souvenir du grand Barcelone, rappel de son action anarchiste là-bas, l'année de ma naissance, et, vingt ans après, dans la même ville, vie intégralement débauchée pour moi.

Je me revois encore, déjeunant assez souvent dans un petit restaurant italien, avec Nathalie Sarraute, étranges séances de séduction mélodique, et elle a tenu à me dédicacer un des rares exemplaires de sa Pléiade qu'elle a signés.

Qui d'autre ? Marguerite Duras ? Mais oui, verres au Pré-aux-Clercs, dans l'ancien temps de *Tel Quel*, mais j'ai eu assez vite des difficultés d'audition avec elle, à cause de son parler saccadé et brutal. Duras, ou le principe d'autorité de la grosse voix : « Quel bureau occupes-tu chez Gallimard ? Qui était là avant toi ? » « Je ne sais pas. Camus peut-être. » Et puis, Mitterrand, tout ça...

Et puis Blanchot, grand Inquisiteur, deux rencontres, immédiate électricité négative. Et puis le doux et torturé Des Forêts, brisé par la mort noyée de sa fille. Et puis Cioran, avec son fou rire nerveux permanent. Et puis le passant considérable, Samuel Beckett, sur le boulevard de Port-Royal, marche souple, en baskets, comme sur une corniche du Purgatoire. Et puis Ezra Pound, à Venise, très beau, assis sous ma fenêtre, au bord d'un quai, en train de contempler longuement ses mains (un remorqueur passait en même temps sur la Giudecca, le *Pardus*, mon remorqueur de rêve).

Les anciens cocktails de Gallimard ont été des événements majeurs. Le plus beau, pour moi : j'arrive de *Tel Quel* avec Georges Bataille, il semble pétrifier tous les invités, c'est le Diable en personne, j'ai le sentiment que personne n'ose lui parler. Il se tait de façon tellement intense que seuls les oiseaux doivent l'entendre respirer. Il respire, c'est vrai, mais plus pour longtemps ; émouvante apparition d'un *brûlé*.

Voyez tous ces morts plus vivants que les vivants. Proust envoie des lettres tortueuses ; Céline vient déposer un manuscrit ; Nimier, très allumé, lors d'un dîner au 17, poursuit la grosse Mme Caillois pour la chatouiller ; Sartre attend dans le hall, avec, sous le bras, sa *Critique de la raison dialectique,* il va refuser le Nobel, on en parle encore ; Simone de Beauvoir n'est pas loin ; Aragon passe en coup de vent, attendu par son chauffeur du Parti ; Malraux téléphone ; Camus veille ; Giono est chez lui ; Montherlant titube un peu dans les rues du quartier, avant de se tirer une balle dans la tête ; Genet vient chercher de l'argent liquide ; Jouhandeau, lui, est sacré. Quand l'un entre, l'autre sort, ils sont souvent brouillés à mort, mais, qu'ils le veuillent ou non, ils s'appellent tous Gallimard, cas unique sur la planète.

Couteaux tirés entre Gide et Claudel ; entre
Aragon et Malraux (sans parler de Breton) ;
entre Sartre et Camus ; la belle affaire. Les murs
ont des oreilles pour tous, c'est selon la situation.
« Banque centrale », ai-je dit un jour, et c'est bien
de quelque chose comme ça qu'il s'agit, ou bien
d'un paquebot qui aura bientôt cent ans, une
paille. Gallimard, que voulez-vous, n'en déplaise
à Gide et à tous les protestants locaux, c'est
Rome. En dehors de Rome, à la longue, pas de
salut.

Barthes, Lacan, Deleuze sont restés plus ou
moins coincés chez leurs premiers éditeurs. Seul
Foucault a franchi la ligne. C'est une chance pour
lui, que n'ont pas eue Levinas, Derrida ou Bourdieu. À part Rome-Gallimard, la mémoire de Foucault, il est vrai, peut compter sur la puissante
Église homosexuelle, partout en expansion, surtout aux États-Unis. En tout cas, à *Tel Quel* autrefois, le but était clair : un jour chez Gallimard,
n'est-ce pas ? *Le fond, le fond, le Temps, rien d'autre !*
Ce simple constat peut faire grincer des dents.
Il y a, bien entendu, d'autres excellents éditeurs
français ou internationaux (de moins en moins).
Il leur arrive même d'être avisés sur la durée,
cette denrée de plus en plus rare. Mais enfin,
tout le monde sait que ce que je dis est vrai. Les
vraies caves littéraires du Vatican sont là, nulle
part ailleurs.

Non que la Pléiade soit le saint des saints : il
y manque encore Freud (tiens, pourquoi ?), et
Nietzsche (à peine commencé). Manquent au
moins deux volumes de l'extraordinaire corres-
pondance de Céline ; les essais de Bataille (il a
fallu quarante ans avant d'avoir là ses romans) ;
Fitzgerald. Le Casanova est périmé, et les taoïstes
à refaire. La seule collection concurrente qui
soit à la hauteur de l'ambition fondamentale
est Bouquins (Casanova, Nietzsche, Joseph de
Maistre). Mais Quarto se défend : Proust,
Artaud, Debord, voilà des volumes. La bonne
question est : qu'est-ce qui fait œuvre et volume ?
Ça n'a plus d'importance, dites-vous ? Mais si,
plus que jamais. Je regarde ma bibliothèque en
face de l'océan : elle tient le coup, plusieurs vies
à vivre. Quant à la discothèque, même ampleur.
Matins, après-midi, soirées, nuits, voyage.

Poche

J'ai obtenu, grâce à l'amicale complicité d'Antoine Gallimard et d'Yvon Girard, la permission de choisir moi-même les couvertures de mes livres en Folio, là encore, excusez-moi, la meilleure, et de loin, collection de poche. Même livre, mais autre livre, public plus jeune, autre typographie, autre rapidité d'effet.

Pour *Femmes*, *Les Demoiselles d'Avignon*; pour *Le Cœur absolu*, des roses de Manet; pour *Les Folies françaises*, un détail de *La Grande Odalisque*, d'Ingres; pour *Le Secret*, un détail de *La Flagellation*, de Piero della Francesca; pour *Théorie des exceptions*, un portrait enlevé de Fragonard; pour *La Guerre du goût*, un Dionysos empourpré et volant de Titien; pour *Éloge de l'infini*, une tête de pirate de Picasso; pour *Passion fixe*, un nu de Picasso (encore lui); pour *L'Étoile des amants*, un détail du *Gilles* de Watteau; pour *Carnet de nuit*, *Le Jeune Peintre*, du tout dernier Picasso (toujours lui) ; pour *Une vie divine*, un flambant portrait de Titien, le jeune et futur cardinal Ranuccio Farnese.

Ces couvertures sont tout simplement belles, elles sont très à contre-courant (c'est-à-dire dans un courant futur), elles parlent d'elles-mêmes, elles sont très affirmatives. Ma préférée est peut-être celle de *Studio*, un Shitao de médi-tation détachée et intense. On entre ici dans la « ténuité » chinoise :

« La ténuité est ce qui a quitté le non-être pour entrer dans l'être. Elle a une norme sans avoir encore une forme. »

Ou, si vous préférez :

« Le sot ne voit même pas ce qui est achevé, le sage aperçoit ce qui n'est pas encore en germe. »

Le tableau s'appelle *Clair de lune sur la falaise*. Deux petites maisons aux toits bleu clair, éclai-rées comme dans un plein jour légèrement bru-meux, au pied d'un précipice vertical, et, dans l'une des maisons, à peine visible, sans doute l'auteur du tableau lui-même. La pluie de calli-graphie, à gauche, est admirable. On peut voir ce chef-d'œuvre, aujourd'hui même, au musée du Palais, à Pékin.

Romans dans le roman

Je fais très attention à mes titres, toujours fixés à l'avance (le reste doit suivre). Mais il y a aussi les exergues qui, à eux seuls, forment un petit roman dans le temps, ou un bref traité allusif de métaphysique. La tradition française est le roman philosophique, et il faut bien admettre que, désormais, la plupart des écrivains ne pensent pas fort (il arrive même qu'ils s'en vantent).

Pour *Femmes*, donc, Faulkner :
« Né mâle et célibataire dès son plus jeune âge... Possède sa propre machine à écrire et sait s'en servir. »

Pour *Portrait du joueur* (couverture Folio, *Portrait de jeune homme*, attribué à Corrège), Sunzi :
« Attaquez à découvert, mais soyez vainqueur en secret... Le grand jour et les ténèbres, l'apparent et le caché : voilà tout l'art. »

Pour *Le Cœur absolu*, Laurence Sterne :

« De chaque lettre tracée ici, j'apprends avec quelle rapidité la vie suit ma plume. »

Pour *Les Folies françaises*, Proust :

« Ce beau velours inimitable des années, pareil à celui qui dans les vieux parcs enveloppe une simple conduite d'eau d'un fourreau d'émeraude. »

Pour *Le Lys d'or* (couverture Folio, détail de *L'Amour sacré et l'amour profane*, de Titien), Pindare :

« Là, l'île des Bienheureux est rafraîchie par les brises océanes ; là resplendissent des fleurs d'or... »

Pour *La Fête à Venise* (couverture Folio, un *Venise* de Manet), Spinoza :

« Qui a un corps apte au plus grand nombre d'actions a un esprit dont la plus grande partie est éternelle. »

Pour *Le Secret*, Rûmi :

« Une fois parvenu à ce point, arrête-toi et ne te préoccupe plus de rien. La raison n'a plus de pouvoir ici. Quand elle arrive à l'océan, elle s'arrête, et même le fait de s'arrêter n'existe plus pour elle. »

Pour *Studio*, Rimbaud :
« J'ai fait la magique étude
Du bonheur, qu'aucun n'élude. »

Pour *Passion fixe*, Limojon de Saint-Didier, alchimiste, Amsterdam 1710 :
« Notre pratique est un chemin dans les sables, où l'on doit se conduire par l'étoile du Nord plutôt que par les vestiges qu'on y voit imprimés. La confusion des traces qu'un nombre presque infini de personnes y ont laissées est si grande, et on y trouve tant de différents sentiers qui mènent presque tous dans des déserts affreux, qu'il est presque impossible de ne pas s'égarer de la véritable voie que les seuls sages favorisés du Ciel ont heureusement su démêler et reconnaître. »

Pour *L'Étoile des amants*, Homère, *Odyssée*, XIII :
« À ces mots, Athéna dispersa les nuées : le pays apparut. »

Pour *Une vie divine*, Nietzsche :
« Au-delà du nord, de la glace, de la mort — *notre* vie, *notre* bonheur... Nous avons découvert le bonheur, nous connaissons le chemin, nous avons trouvé l'issue de ces milliers d'années de labyrinthe. »

Débuts

Exergues, donc, mais aussi les débuts et les fins. Pour les débuts, il faut que la première phrase s'impose d'elle-même, qu'elle *vienne* donner le ton de ce qui suivra. J'attends parfois longtemps, et puis un jour, n'importe où, à l'improviste, la phrase est là, ou les deux ou trois suivantes qui n'en forment qu'une en indiquant le ton fondamental, la pente, la direction. C'est parfois un rêve qui ouvre l'espace. Je ne change jamais une première phrase, elle dit déjà où le bateau va.

Les fins, ou les chutes, elles aussi, se présentent : le livre est fini, parfois à mon grand étonnement, qu'il soit court ou long (mais les plus courts ne sont pas forcément les moins longs). La boucle est bouclée, l'anneau est parcouru, passons à l'attente de l'orchestration suivante. Il n'y a plus qu'à publier, et on verra bien. Si ça vous plaît, tant mieux, si ça ne vous plaît

pas, tant pis. *C'est comme ça*, et je n'y peux pas
grand-chose.

— Alors, ce n'est pas vous qui écrivez?

— Pas seulement moi. Quelqu'un d'autre en
moi et à travers moi.

— Qui ça?

— Ma main, en tout cas.

Tout est fait à la main, par elle et pour elle.
Supprimez le papier et l'encre, je disparais. Rien
qu'en y pensant, je pourrais me faire un sang
d'encre. Demandez à un peintre ou un calli-
graphe chinois ce qu'il deviendrait sans papier,
sans pinceau, sans encre.

J'ai mes pinceaux : stylos à pompe, régulièrement remplis d'encre bleue. De même que
le fantastique Shitao, il y a trois siècles, parle
de « L'Unique Trait de Pinceau », d'où toutes
les réalités découlent, de même, je fais fond sur
l'Unique Trait de Stylo. Il préexiste à toutes les
phrases, on l'entend de loin plus qu'on ne le
voit, et s'il est là, en retrait, furtif, faisant signe,
tout est là. Il suffit de le laisser faire.

Rien d'automatique, bien entendu, ça se
pense. Henry James a parlé du « fluide sacré de
la fiction ». N'insistons pas, mais c'est bien ça.

Le chercheur ou la chercheuse (bonjour!)
qui examinera un jour mes manuscrits à la loupe
(romans, essais, cahiers, carnets) sera très surpris ou surprise. Comment, ce Sollers si exposé,

si superficiel, si contesté, si « médiatique », a, pendant des années et des années, tracé *à la main* toutes ces pages bleues, d'une petite écriture serrée, aérienne, liquide, incessante ? Il était donc fou, ou quoi ? Quand dormait-il ? Où trouvait-il le temps ? D'où viennent ces plans d'eau, à peine raturés, qu'on dirait poussés par le vent ?

L'ordinateur est construit pour faire barrage à la main, faire écran à la véritable audition, appauvrir le vocabulaire, donc les sensations, se plier à la fabrication. Le tour de main, lui, a lieu comme une perfusion à l'envers, le sang d'encre négatif, biliaire ou mélancolique, se transforme en encre-sang positive, en sang bleu. Quelque chose coule, mais reste embrassé. Ça respire.

Encore un peu de chinois :

« L'épaule vide, devenant pleine, agit dans le coude vide ; le coude vide, devenant plein, agit sur l'avant-bras vide ; l'avant-bras vide, devenant plein, agit sur les doigts vides. »

Se prendre, ou se reprendre, en main : expressions justes. L'esprit est une main.

Le papier, l'encre, le stylo, le bois d'un secrétaire ou d'une table qui craque (mais oui, tous les morts sont là). Le souffle ralenti, les épaules, le bras, le coude, le poignet, les doigts. Combien de fois ne lis-je pas, dans mes carnets, avec la date et après l'exil forcé dans les bavardages, cette notation : « Retrouvé ma main. » Je sais exactement comment je vais rien qu'en regardant mon graphisme, c'est beaucoup plus sûr qu'un électrocardiogramme, une radiographie, ou une analyse médicale. Il se trouve que j'ai dormi là où il faut, que la main est bien à l'intérieur des lettres et des mots, qu'elle est devenue une voix, un chiffrage. Le blanc, le bleu, et voilà : c'est lisse, c'est *lissible*.

Elle court maintenant sur le papier, la main, cahier Clairefontaine, papier *velouté*, elle rejoint son vol toujours empêché et toujours repris, increvable, avec ses visions de fleurs, de fleuves, de lacs, de marées, de miroitements, de sérénité, d'ouverture de toute la matière. Des particules se posant sur le papier ? Sortant de lui ? Qu'est-ce qui se passe, au fond, dans cette longue amitié entre le papier et l'air, avec le papier et l'encre, comme entre l'eau et le sel ? Les Chinois disent simplement qu'on œuvre ainsi, par soi-même, au « renouvellement de l'immuable ». En tout cas, plutôt sur l'eau, maintenant : on sait prendre le vent, virer, rebondir, on *sillage*. J'écris à la voile sèche.

Voici quelques débuts :

« Depuis le temps... Il me semble que quelqu'un aurait pu oser... Je cherche, j'observe, j'écoute, j'ouvre des livres, je lis, je relis... Mais non... Pas vraiment... Personne n'en parle... Pas ouvertement en tout cas... Mots couverts, brumes, nuages, allusions... Depuis tout ce temps... Combien ? Deux mille ans ? Six mille ans ? Depuis qu'il y a des documents... Quelqu'un aurait pu la dire, quand même, la vérité, la crue, la tuante... »

(*Femmes.*)

« Eh bien, croyez-moi, je cours encore... Un vrai cauchemar éveillé... Avec, à mes trousses, la horde de la secte des bonnets rouges... Ou verts... Ou marron... Ou caca d'oie... Ou violets... Ou gris... Comme vous voudrez... Le Tibet de base... Singes, hyènes, lamas, perroquets, cobras... Muets à mimique, tordus, érectiles... Hypervenimeux... Poulpeux... Un paquet de sorciers et sorcières, un train d'ondes et de vibrations... »

(*Portrait du joueur.*)

« Toujours vivant ?... Oui... C'est drôle... Je ne devrais pas être là... Flot de musique emplissant les pièces... Elle se souvient de moi, la musique, c'est elle qui m'écoute en me traversant... »

(*Le Cœur absolu.*)

« C'était le printemps, et je m'ennuyais. Je ne m'attendais pas au retour de Madame. Je l'appelle ainsi depuis notre rapide aventure il y a dix-huit ans. Madame m'aimait un peu, moi aussi. Elle fut enceinte. "Je veux garder l'enfant, dit-elle. — D'accord, dis-je, mais pas d'histoires. — Bien sûr", dit Madame. Elle accoucha d'une fille. "Je l'appelle France, dit-elle, vous n'y voyez pas d'inconvénients?" À l'époque, j'étais anarchiste : ce choix me parut sur toute la ligne un défi et une réfutation de mes convictions. "Bonne chance", dis-je. Madame disparut. »

(*Les Folies françaises.*)

« Premier rêve : je suis dehors dans l'herbe, à genoux, la tempête bat son plein, marée haute, gris-vert agité du ciel et de l'eau, je continue à creuser, je m'écorche les doigts, je saigne. Depuis la maison, elle crie : "Simon! couvre-toi! ne reste pas comme ça, tu vas attraper la crève! couvre-toi! couvre-toi!" Sa voix est emportée en rafales, je l'entends à peine, je dois absolument retrouver ce paquet enterré l'année dernière, je revois la double housse de plastique bleu, c'était bien là, à droite du laurier, pas très profond, personne n'a pu deviner l'endroit... »

(*Le Lys d'or.*)

« Comme toujours, ici, vers le dix juin, la cause est entendue, le ciel tourne, l'horizon a sa brume permanente et chaude, on entre dans le vrai

théâtre des soirs. Il y a des orages, mais ils sont
retenus, comprimés, cernés par la force. On
marche et on dort autrement, les yeux sont
d'autres yeux, la respiration s'enfonce, les bruits
prennent leur profondeur nette. Cette petite
planète, par plaques, a son intérêt. »

(*La Fête à Venise.*)

« J'ai atteint mon désir : un après-midi de
pluie et d'ennui, la solitude, le silence, l'espace
ouvert à perte de vue devant moi, l'herbe, l'eau,
les oiseaux. Aucune excuse, donc, pour le cerveau et la main, leur accord et leur traduction directe. J'avance gris sur gris comme dans
d'éclatantes couleurs. Je n'ai plus qu'à être
présent, précis, transparent, constant. Faut-il
faire confiance aux petites phrases qui arrivent
là, maintenant, peau, rire, caresses, tympans,
volonté masquée, insistance, plume, souffle, pul-
sations, saveur ? Allez, le rêveur, musique. »

(*Le Secret.*)

« J'ai rarement été aussi seul. Mais j'aime ça.
Et de plus en plus. Hier, après avoir traversé la
ville en tous sens, j'ai arrêté la voiture sur les
quais, j'ai marché une heure dans le froid au
bord du fleuve, je suis repassé vite par les deux
parcs principaux, et retour en fin d'après-midi
sur mon lit, sommeil immédiat, facile, je m'endors, c'est vrai, où je veux, quand je veux. »

(*Studio.*)

« Ce mois-là, novembre ou décembre, j'avais vraiment décidé d'en finir. Le revolver de Betty était là, sur la droite, je le regardais de temps en temps, je n'oublierai pas cette tache noire dans le tiroir, la fenêtre ouvrant sur la cour mouillée, la chambre étroite et mal meublée, le logeur obèse et sénile venant tous les deux jours me gueuler dans les oreilles que j'avais encore oublié d'éteindre la lumière en sortant. »

(*Passion fixe.*)

« On part?
— On part.
Maud ne pose pas de questions, elle est prête. On interrompt les contacts, on ferme, on boucle, on roule, on disparaît, passage de la frontière, pluie et soleil, ouverture de la maison, respire, maintenant, respire. Écoute, regarde, sens, touche, bois, respire. Je saurai plus tard où aller. Je te dirai. »

(*L'Étoile des amants.*)

« Le vent, toujours le vent, depuis une semaine, l'assommant et violent vent du nord venant de là-haut. On est en bas, nous, dans l'intervalle, au large. On est bloqués, on attend. On a beau avoir vécu ça des centaines de fois, c'est chaque fois nouveau, la torpeur, l'ennui, les petits gestes. On se lève, on marche, on respire, on parle, mais en réalité on rampe dedans. Désarroi, fatigue, temps qui ne passe pas, aiguille. Le passé est désenchanté, le présent nul, l'avenir absurde. On se couche et on reste éveillés, on mange et on boit trop, on titube, on dort debout. On n'est pas malade, on est la maladie elle-même. Pas de désirs, pas de couleurs, pas de répit, pas de vrais mots.

(*Une vie divine.*)

Dans la plupart de ces commencements, on le voit, l'air est sombre, on sent que le narrateur est plus ou moins coincé, et qu'il devra guérir, s'il y parvient, de la maladie ou de la nausée d'exister. Tous ces romans, en définitive, racontent la chance de trouver une issue dans la non-issue, un chemin d'évasion, des possibilités de situations favorables. Des obstacles sont là, il cherche à les contourner, il va être aidé, à un moment ou à un autre, par des complicités, le plus souvent féminines. Ça tournait mal, ça tourne bien. Ce genre d'expérience lui est déjà arrivé, il s'en souvient.

Il se met donc en état de disponibilité et de réceptivité, il fait des rencontres, il entre en convalescence, il va de mieux en mieux, ses aventures se confondent avec le livre qu'il est en train d'écrire. La vraie vie, la vie réellement vécue, c'est le livre, car l'autre, la sociale, est toujours un enfer plus ou moins brûlant.

Un roman prend en général deux ou trois ans. À partir de là, retombée massivement dépressive. L'existence courante est une annulation permanente, un malentendu radical, et l'Histoire, dans son ensemble, un cauchemar dont il faut essayer de se réveiller. Donc, de nouveau, maladie et absurdité criante, et tentative d'en sortir.

Moralité : la réalité tue, la fiction sauve. C'est par la fiction qu'on trouve le réel et la vérité. Mais, contrairement à ce qu'on croit, la fiction (« fluide sacré ») n'est pas « fictive ». Elle *crée* le temps et l'espace de la vérité. *Il y a* de la vérité.

Les femmes sont les meilleures alliées de la fiction : elles n'attendent que ça, elles s'y déploient naturellement, il suffit de les entraîner hors de leur pesanteur *subie*, de leur plainte toujours à vif. Une femme adultère qui préfère rester mariée en surface, donc clandestine par définition, est une bénédiction. Avec enfants, encore mieux. Avec son propre argent, perfection.

En toute immoralité (mais la morale n'a rien à voir dans cette affaire), le mari (dont on ne parle jamais, pas plus que des histoires de famille) doit assumer le sérieux de la condition humaine, faire la mère de sa femme, se taper l'impasse sexuelle et la mauvaise humeur qui s'ensuit. C'est dans l'ordre. La clandestine, en revanche, est pleine d'humour.

Quant aux « lesbiennes » (comme on dit),

elles sont, par définition, attirées par un homme si peu homme. Ça les change de leurs amis gays, qui, par rejet ou identification (c'est la même chose), n'ont pas grand-chose à voir avec leur liberté et leur poésie native. Je ne vais pas faire moi-même le catalogue des femmes de mes romans : rien que pour le dernier, *Une vie divine*, Ludi et Nelly me semblent plutôt réussies.

L'accueil des contemporains à cette philosophie romanesque ? Nietzsche, ici, a dit ce qu'il faut :

« Tu en as contraint beaucoup à réviser leur jugement sur toi, et ils te le reprochent durement. Tu es allé parmi eux et tu as passé ton chemin. Cela, ils ne te le pardonneront jamais. »

À propos de la critique littéraire, on peut, le plus souvent, la traiter à la Lichtenberg :

« Quand un livre et une tête se cognent, et que cela rend un son creux, ce n'est pas toujours la faute du livre. »

Voir mon dossier de presse, d'une fiévreuse éloquence.

Mousquetaire

Une fois revenu à terre, dans la journée, je réendosse mon costume de Gascon-mousquetaire, en hommage à Louis, mon ancêtre escrimeur. Mon quartier opérationnel, à Paris, est d'ailleurs, selon Dumas, celui de ces énergiques garçons d'autrefois : entre les rues du Bac, de Beaune, et de Verneuil. Si j'ai un problème, je vais voir Tréville, « bravoure insolente, bonheur plus insolent encore, dans un temps où les coups pleuvent comme grêle ». Tréville ? « Avec un rare génie d'intrigue, qui le rendait l'égal des plus grands intrigants, il était resté honnête homme. »

J'aime entendre Louis XIV s'écrier en pleine nuit : « Me réveiller ? Est-ce que je dors ? Je ne dors pas, Monsieur ; je rêve quelquefois, voilà tout. » Et sa tirade suivante me fait toujours rire :

« Comment diable ! continua le roi ; à vous quatre, sept gardes de Son Éminence mis hors de combat en deux jours ! C'est trop, Messieurs, c'est trop. À ce compte-là, Son Éminence serait forcée de renouveler sa compagnie dans trois semaines, et moi de faire appliquer les édits dans toute leur rigueur. Un par hasard, je ne dis pas ; mais sept en deux jours, c'est trop, c'est beaucoup trop. »

Inutile de préciser que mon préféré des quatre est Aramis, dont on ne sait jamais ce qu'il fait exactement (frondeur, c'est sûr), jusqu'à se retrouver un jour, mais faut-il s'en étonner, général des Jésuites.

« Quant à Aramis, il habitait un petit logement, composé d'un boudoir, d'une salle à manger et d'une chambre à coucher, laquelle chambre, située comme le reste de l'appartement au rez-de-chaussée, donnait sur un petit jardin frais, vert, ombreux, et impénétrable au voisinage. »

Ce petit jardin, sur lequel donne la chambre à coucher, me plaît. Qu'il soit « impénétrable au voisinage » me paraît la moindre des précautions. Je m'en rends compte : je n'ai jamais eu de voisins, et encore moins de voisines. Mais que veut dire _voisin_ ?

Sur cette question de « l'être ensemble », Nietzsche (encore lui) est d'une grande précision, anticipatrice de l'ère du Spectacle :

« Au théâtre, on devient peuple, troupeau,

femme, pharisien, bétail électoral, membre de comité de patronage, idiot, wagnérien ; c'est là que la conscience personnelle succombe au charme niveleur du plus grand nombre, c'est là que règne le voisin. C'est là que l'on devient *voisin*. »

Le voisinage, donc : école des totalitarismes hypnotiques, passés, présents et futurs.

Vous me direz que, pendant trois ou quatre ans, dans ma jeunesse, j'ai fait du voisinage gauchiste actif : force à gaspiller, je pense.

Il m'est arrivé de baiser avec le néant, et de coucher plusieurs fois avec la mort. Je vous épargne les détails, ce serait pénible. En tout cas, « voisin » dépersonnalisé, jamais. Picasso, à la fin de sa vie, peignait beaucoup de mousquetaires. Les gardes du Cardinal, aujourd'hui, à peine républicains, sont surtout financiers planétaires. Débrouillez-vous avec eux. Pas de Louis XIV à l'horizon ? Je ne sais pas, moi, allez voir le pape. Soyons clair : je ne demande aucune restauration, aucune dévotion particulière, aucune croyance. La décadence et la dévastation sont là : très bien, tenons debout malgré tout. Un seul désir, cependant : que les meilleurs respectent la grandeur, qu'elle les inspire, les taraude, les pousse, et qu'ils tentent même de l'outrepasser. Échouer n'est pas grave : le véritable échec consiste à ne rien tenter.

Pisser sur la grandeur, comme Sartre, jeune, sur la tombe de Chateaubriand, est méprisable. Truc pubertaire pour épater la petite catholique Beauvoir, je veux bien, mais quand même, voilà du protestantisme poussé trop loin. Même topo pour Jean-Paul II peint écrasé par un rocher, une Vierge pleurant des larmes de sperme, ou Benoît XVI sculpté en string. Amusez-vous avec Mahomet, et voyez les conséquences. Là, à propos de papes, rien que des ricanements débiles. Allez-y donc carrément : peignez un rabbin en papillotes sodomisé par un intégriste à Coran, et exposez cette œuvre, en tout point subversive, dans une galerie branchée de Milan. *Boum !* Vous m'en direz des nouvelles.

Le plus intéressant n'est d'ailleurs pas là : c'est que personne, aucun « artiste », n'aurait, aujourd'hui, une idée de ce genre.

L'obsession sexuelle ratée, la « sexinite », comme je l'ai dit, est le trait dominant de notre plate époque, avec son corollaire de mélancolie aggravée. Violence, autodestruction et décomposition d'un côté, et de l'autre, dans le même kiosque, visages épanouis de la marchandise recomposée.

J'ai cru, et je crois encore, que la grande peinture (Titien, Cézanne, Picasso, Bacon) est une leçon de vie impliquant les cinq sens. Savoir la parler prouve qu'on la voit vraiment, qu'on l'entend, la respire, la touche. J'entre dans un tableau comme dans la nature, et dans la nature comme dans un tableau. Même chose avec la musique : je *vois* ce que me disent les partitas de Bach, les sonates de Haydn, les chœurs de Monteverdi. Je pense que Venise, sous la croûte touristique ou « culturelle » qui essaie de la recouvrir, permet ce jeu permanent entre voir, tracer, respirer et entendre (raison pour laquelle, par superstition, j'ai passé mon temps à acheter là mes bouteilles d'encre). Les peintres, les musiciens, les écrivains sont des mousquetaires. Les penseurs, parfois (c'est rare, mais qui est plus mousquetaire que Nietzsche ?). Plume, pinceau, clavier, épée : même substance. C'est toujours la guerre : tous pour un, un pour tous.

Madrigali guerrieri e amorosi : la guerre et l'amour.

J'aime, donc je suis.

La foi, dit Maistre quelque part, est une croyance par amour, et l'amour n'argumente pas.

Et Stendhal, « Milanais », en italien, pour son épitaphe : « Il vécut, écrivit, aima. »

Il y a comme ça, à travers le temps, des Fidèles d'Amour. C'est la secte la plus mystérieuse.

Divine comédie

Je reviens à la fin du vingtième siècle. Tout le monde est étonné d'en arriver là, quand une grande tempête traverse la France en 1999. La maison de l'île de Ré, celle qui a été rasée par les Allemands au début des années 1940, puis reconstruite, est dévastée par le vent, ainsi que le jardin, cèdre centenaire abattu, pin parasol qui me protégeait l'été. Je suis donc obligé de revivre cette histoire de destruction des maisons, celle du bord de l'océan, celles de Bordeaux, avec leur parc, les rêves se chargeant chaque fois de reconstruire les lieux, les couleurs, le temps.

À Ré, salle de séjour explosée, malgré le rideau de fer qui la ferme pendant l'hiver. Le cyclone, car c'en était un, a bizarrement tranché, comme un sabre, à travers le jardin : à droite et à gauche, rien, mais sur le passage de la trombe d'acier, plus rien.

C'est le moment où, sur la proposition de mon ami Benoît Chantre, je commence un de mes meilleurs livres, je crois : *La Divine Comédie*, à partir de Dante.

Dante est une vieille obsession, je le lis depuis longtemps, je me suis familiarisé avec l'italien pour l'entendre, je cherche partout ses traces, au début des années 1960, lors de mes premiers voyages en Italie, Florence, Ravenne (lieu de son tombeau). Aucun écrivain (mais c'est beaucoup plus qu'un écrivain) ne m'aura autant retenu, attiré, réattiré à travers le temps, au point que je suis conduit à imaginer que je vis sous sa protection, ou plutôt sa grâce. Mon premier essai sur lui date de 1965 : *Dante et la traversée de l'écriture*. C'est l'année où je publie *Drame*, où sa présence se fait sentir. Elle est, bien entendu, beaucoup plus marquée, et transformée, dans *Paradis*, souffle continu sans ponctuation.

Intérêt érudit? Mais non, pas du tout, expérience intérieure urgente et directe. Sept siècles après (1300), quelqu'un vous parle de votre actualité la plus brûlante : c'est une voix très claire et très ferme, un sommet de poésie, un incroyable roman.

Si j'étais né en Italie, cet intérêt, après tout, aurait paru normal, bien qu'aucun Italien n'ait fait d'acte vraiment créateur à ce sujet. Mais en France, ignorance, silence radio. Pas un mot chez les curés, pas un mot à l'école laïque ni à l'université. Il faut donc supposer qu'une foi intense d'enfance fait écouter à travers les murs et la censure du monde. L'enfer ? Mais oui, on ne voit que lui. Le purgatoire ? Évident. Le paradis ? Il existe. Dieu ? Il va de soi. Les damnés, les purgés, les bienheureux, les saints, les saintes, la Vierge, la Trinité, l'amour qui meut le soleil et les autres étoiles ? Perception constante, alertée, parfois fulgurante. J'ai vécu dans *La Divine Comédie* avant de la lire, je vous ai déjà dit que j'étais fou, c'est-à-dire, pour moi, au comble de la raison, nouvelle raison, nouvel amour. J'insiste sur *comédie*, c'est le nœud du problème. Impossible de m'en tenir au modèle de Béatrice, même si un certain nombre de cas confluent vers l'amour unique, mais là, c'est plutôt de « Dieu » qu'il s'agit. Il est arrivé bien des choses à la substance féminine depuis Dante, il m'a demandé de le corriger, je l'ai fait.

Moi aussi, autrefois, j'ai perdu la Voie, et je l'ai retrouvée, seul, dans une forêt obscure. Cela signifie qu'elle était là, et qu'elle est d'ailleurs toujours là.

D'emblée, je n'ai rien compris au catholicisme borné et doloriste de mon époque. Tout me semblait, au contraire, devoir porter, dans cette région, à l'exaltation et à la joie. « *Introïbo ad altare Dei, ad Deum qui laetificat juventutem meam.* » Ce n'est pas un hasard si Joyce, sous le manteau de la parodie (nécessaire dans les temps obscurs), convoque, en latin, au commencement d'*Ulysse*, cette invocation du début de la messe : « J'irai vers l'autel de Dieu, du Dieu qui réjouit ma jeunesse. » Ce dieu qui enchante ma jeunesse (pas l'âge, mais la verve printanière intime) m'a semblé, spontanément, le meilleur, quoique très mal servi par ses serviteurs. Être un saint extatique, en lévitation, me paraît, à 10 ou 12 ans, la moindre des choses. La messe, les rites, les vitraux, les ornements, les fleurs, la musique me semblent parfaitement naturels. Le Diable rôde ? Qu'à cela ne tienne, on va s'en servir, et d'ailleurs mon ange gardien me soutient. Le Diable n'est pas malin.

L'eucharistie, l'hostie, le ciboire levé au ciel, le pain qui devient corps, le vin sang, bref la transsubtantiation, quoi de plus normal, puisque la chair se fait verbe, et le verbe chair ? Les mots s'incarnent, l'incarnation parle. L'adoration du saint sacrement, la prière parlée intérieure, le silence qui l'accompagne, l'ostensoir, l'encens, les cierges, les murmures, l'orgue, les chants, tout m'a touché au plus profond et m'émeut encore (en Italie, du moins). Première communion, confirmation, communion solennelle, j'ai traversé ces régions avec ferveur et délectation. Cul-bénit ? Mon œil. Je ne renie rien, le sarcasme ou les convulsions à ce sujet m'ont toujours semblé ridicules, relevant, comme les fausses dévotions, de la psychiatrie ou de l'exorcisme. Mon Dieu, mon Dieu, quel foutoir psychique et libidinal, quel bazar antique, somatique, oblique, pathétique ! Je hais la religiosité névrotique, mais je hais tout autant le sommeil et la surdité qu'on appelle (à tort) raison. Les mortels me paraissent appelés par Dieu ou les dieux, le divin en tout cas, et le sacré en prime. Vous êtes profane ? Ça vous regarde, mais laissez-moi circuler.

Il ne faut jamais renier sa jeunesse (rebelle), et encore moins son enfance (magique). Foi d'enfance, donc, très lumineuse, et amplement justifiée par la secrète et exubérante nature. Il n'y a que les humains qui ne sont pas nets. Pourquoi ? On va le savoir assez vite, et on ira voir pour quelles raisons, en eux, ça ne marche pas.

Dieu est amour, même s'il faut lui ajouter une bonne dose d'humour, et souvent d'humour noir, en plus d'une complexité infinie et imprévisible. Contrairement à ce qu'on dit, ses voies sont très pénétrables, et sainte Thérèse d'Avila l'a vu : « L'enfer est un lieu où l'on n'aime pas. » J'ai mes nuits et mes visions d'enfer : abîme sans fond, prison étouffante, perte de l'orientation et de la communication, marches et démarches inutiles, tonneau des Danaïdes, rocher qui retombe, cimetières à ciel ouvert, voix de chiourme et d'horreur, vous connaissez le disque et le film, ils sont diffusés chaque petit matin dans votre sommeil. Les cauchemars sont là pour vous faire sentir le miracle des réveils, le rai de lumière, la joyeuse musique d'un bruit réel.

Le pape Benoît XVI a bien raison de réinjecter un peu de latin dans la foire catholique. Geste pas du tout « intégriste », comme on se plaît à le dire, mais hommage à tout ce qui s'est écrit et chanté dans cette langue, de saint Augustin à Monteverdi ou Mozart. Comment voulez-vous comprendre une énorme partie de la bibliothèque et de la discothèque sans savoir que c'est du latin ? Vous écoutez une messe classique sans comprendre les paroles ? « *Incarnatus* » ne vous dit rien ? « *Miserere* » et « *Gloria* » non plus ? « *Et in saecula saeculorum* » pas davantage ? Dommage.

« Celui qui ne comprend rien, dit Maistre par provocation, comprend mieux que celui qui comprend mal. » Vérification facile, et raison pour laquelle, sans doute, ma jolie petite concierge catholique portugaise me comprend beaucoup mieux que mes connaissances, mes proches et la plupart de mes amis.

L'ignorance militante dans laquelle est tenu le *Paradis* est stupéfiante. Dante, une fois pour

toutes, doit incarner l'enfer, et encore l'enfer.
Les poètes restent secs sur le sujet. Claudel l'éva-
cue vite, et ne l'a pas vraiment lu, Saint-John
Perse fait semblant. On ne le retrouve nullement
chez Breton, Aragon, Artaud, Char, Ponge,
Michaux. Hugo, lui, se prend pour Dante, identification brouillonne. Mallarmé dit que la « destruction fut sa Béatrice », contresens majeur. Il
apparaît chez Beckett (toujours l'enfer, un peu
de purgatoire), et chez Debord (mais toujours
l'enfer, puisque nous tournons en rond dans la
nuit et sommes consumés par le feu).

Après sept siècles (durée ésotérique d'oc-
cultation), Dante permet comme jamais de
juger le nihilisme ambiant. C'est ce qui m'est
apparu, peu à peu, de l'intérieur de ma propre
expérience.

Qu'est-ce qui nous cache Dante ? Tout, ou
presque, à commencer par la fausse cathédrale
Hugo. La saison en enfer dure depuis très longtemps, et il n'y a aucune raison qu'elle s'achève.
Sauf dans un saut, pour celui qui y est poussé
malgré lui. C'est ce qui m'est arrivé, et continue
de m'arriver aujourd'hui.

Ne dites pas à un critique littéraire ou à un
philosophe universitaire, et encore moins à quelqu'un qui se prétend « poète » de nos jours, que
Paradis (premier volume, 1981, deuxième, 1986)
est de loin le plus grand poème du vingtième

siècle : ils vous riraient au nez en croyant que vous plaisantez.

Le film de Debord, *In girum imus nocte et consumimur igni* (« Nous tournons en rond dans la nuit et sommes consumés par le feu »), est un palindrome *latin*, c'est-à-dire qu'il peut se lire aussi bien de gauche à droite que de droite à gauche. La tonalité est dantesque, mais infernale. Un habitant du paradis de Dante dira, au contraire (non plus en latin, mais en italien) : nous planons en plein jour, et, comme le phénix, nous sommes vivifiés par le feu. Du latin de Virgile à l'italien de Dante, treize siècles. De l'italien au français, sept.

La Divine Comédie paraît donc en 2000, et, en octobre, je vais l'offrir à Rome à Jean-Paul II. Il y a des photos : grand scandale dans les sacristies intellectuelles. La remise du livre a lieu, en audience publique, place Saint-Pierre. Je rappelle au pape que je lui ai déjà envoyé, sept ans auparavant, un livre tournant autour de l'attentat dont il a été l'objet (*Le Secret*), et, en effet, il hoche la tête, et là, geste inattendu, il tend le bras et appuie longuement sa main droite sur mon épaule gauche, tout en me regardant droit dans les yeux. Rituel militaire plus qu'étrange, d'autant plus que l'intensité du regard est du genre laser rayon vert. Pas un mot, la main sur l'épaule, silence de vie criant, félicitations pour mon activité de mousquetaire libre, absolution de mes péchés (et Dieu sait). Archivé. Par la suite, envoi d'une lettre très élogieuse sur le bouquin, avec hyperbénédictions à travers la Mère de Dieu : pour un assassiné-ressuscité, c'est un comble.

Dante ne s'est pas gêné avec les papes de son temps, il en a même mis quelques-uns en enfer. En 1921, Benoît XV, pour le six centième anniversaire de la mort de ce monumental poète occidental, lui rend déjà un vibrant hommage. Ce Benoît XV est trop méconnu. Pacifiste, bien entendu, il tient à prévenir les Allemands et les Français que s'ils continuent à s'égorger de la sorte (1914-1918), ils vont finir par provoquer en Europe une énorme catastrophe. Sur quoi, il se fait insulter par les deux camps, « traître » pour les Allemands, « pape boche » pour les Français. Douze ans après ce rappel solennel de Dante, avec demande de l'étudier à fond, l'infernal Hitler est au pouvoir, sciemment aidé par l'infernal Staline. Plus de Pologne, donc. D'où, sans doute, en 1978, un pape polonais, vite visé par le KGB.

Entre-temps, la controverse autour de Pie XII, suspect de « nazisme » (*Le Vicaire*, etc.), occupe, et occupe encore, beaucoup les esprits, propagande dont on saura de mieux en mieux comment elle a été décidée par Moscou, avec la signature de Khrouchtchev, pour « décrédibiliser l'Église catholique ». Ce n'est pas l'Église orthodoxe qui gêne, mais celle-là, la romaine universelle. Le successeur de Jean-Paul II, Benoît XVI, étant allemand, il doit donc être plus ou moins « hitlérien ». Tiens, lui aussi repart de Dante, et même (enfin !) du commencement du dernier chant du Paradis. Vous voyez bien, quel *archaïsme* ! Et de plus, circonstance aggravante, il fait savoir qu'il aime jouer au piano des sonates de Mozart, son musicien préféré. Ce nouveau pape a décidément tout faux : il défie l'Islam, il remet une louche de latin dans son vin, il précise que son Église est la seule légitime (tête des protestants et des orthodoxes), il va ruiner son entreprise en écœurant ses fidèles découragés. Aucune ouverture sexuelle, donc c'est un fou. *Adaptez-vous* à la demande, nom de Dieu ! Non, nein, niet, quel caillou.

Dante et Mozart, c'est pourtant, à mon humble avis, un pari gagnant. Des églises vides ? Et alors ? On y entendra mieux la Parole.

Je choque le lecteur dévot, le laïcard, l'« humaniste » ? Je m'en fous. Le pape n'a pas jugé bon de me demander des nouvelles de ma sexualité, il a pris la peine d'ouvrir (ou de faire ouvrir) mon livre, et, naturellement, il l'a trouvé, comme moi, excellent. Mon ami Benoît Chantre y intervient, me pousse dans mes retranchements, m'encourage, et résiste, en bon Français gallican. Il tente courageusement de défendre Péguy, dont l'*Ève* laborieuse me barbe, et Simone Weil, dont la poésie est terriblement datée, alors que celle de Dante est, à chaque instant, éclatante, crue, d'une merveilleuse fraîcheur. Le point fort de Chantre est Pascal, mais là nous sommes d'accord, à ceci près que la musique des espaces infinis me plaît.

Où donc sont passés les cinq sens en sept siècles ? Ça ne va pas bien, ou plutôt, comme dit Baudelaire en entrant dans une brasserie avec des amis : « Ça sent la destruction. »

Faut-il rappeler que la *Comédie* de Dante, dans son rythme même, applique la superposition de quatre sens, de l'historique à l'anagogique ? Mais, là, je perds mon lecteur, je reviens à lui.

La Divine Comédie, mon livre, va donc au paradis en détail. Réactions ? Nulles, ou presque. Mais ce livre, celui sur Mozart (béni par Benoît XVI), ainsi que *Le Secret*, et le *Dictionnaire amoureux de Venise* sont conservés à Rome. Où pourraient-ils l'être mieux ? Je ne vois pas.

La photo avec Jean-Paul II n'a pas plu. Du tout. Des remarques caustiques ou acerbes, et même des fureurs, des brouilles. Au lieu d'être félicité pour cette séquence hautement *surréa-*

liste, et, ô combien, *situationniste*, des gênes, des embarras, des pâleurs, des lèvres pincées. Et le livre ? Quel livre ? Il y avait un livre ? Où ça ? À droite, là, saisi courtoisement par un cardinal. Un livre ? Sur Dante ? Mais qu'est-ce qu'on a à foutre de Dante ?

L'ensemble de l'opération pourrait avoir comme titre : *La nouvelle lettre volée*. La police croit tout voir, et elle est aveugle.

Pauvre Jean-Paul II, si sportif en 1978, quand je le vois surgir sur CBS à New York, et si ravagé, en 2000... Comme beaucoup de monde en ce monde, j'ai suivi avec émotion ses funérailles en direct, avec les pancartes brandies par la foule « *Santo subito !* ». Les ignorants ! Comme si on pouvait être décrété saint « subito » par acclamation populaire ! La béatification de ce pape est probable, sa canonisation possible, avec miracles à la clé. J'aurai donc, à ce moment-là, reçu l'encouragement d'un saint. Il y a eu, dans l'Église catholique, des docteurs angéliques ou subtils. Je prétends au titre de « *Doctor in peccato* », docteur en péché, donné, évidemment, sans aucune publicité, « *in petto* ».

Un de mes bons amis était indigné. « Comment, me dit-il, ton père ne t'a pas appris qu'il ne faut plier le genou devant personne ? » Je lui ai répondu que je ne voyais pas ce que mon père venait faire dans cette histoire. Sans parler de mes sentiments personnels, il s'agit du protocole, voilà tout. Je ne tape pas sur l'épaule de la reine d'Angleterre, je ne me vois pas non plus offrir un cadeau calculé au pape en le prenant par le cou et en lui criant « Alors, vieux, ça va ? ». Remarquez que j'aurais peut-être fait alors la une d'un journal de gauche.

À Rome, l'ambassadeur de France, pas renseigné, n'est pas content, la spécialiste de Dante n'est pas contente, la journaliste communiste est très fâchée, le correspondant de *L'Express* ironise, la Loge P2, ou ce qu'il en reste, est consternée, le cardinal culturel, pas mis au courant, est très froissé — bref, le bide. À Paris, c'est pire. Tout le monde me fait la gueule, sauf quelques amis qui savent lire, et ont gardé le sens de l'humour.

Par où est-il passé, cet écrivain français douteux, à Rome ? Par les toits.

Tout cela pourrait être anecdotique, sauf qu'on peut vérifier, dans ce genre de situation, le profond désir de séparation générale, la volonté de maintenir l'étanchéité des identités et des places, le contrôle des territoires et des chasses gardées (fussent-elles minuscules), le labyrinthe des douanes, les taxes plus ou moins symboliques, et, pour tout dire, les marchands du Temple au cœur de la gratuité.

Réaction quasiment unanime : Mao, et maintenant le pape ! *Ça suffit !*

Pour Mao, je l'ai déjà dit, aucun regret, aucune culpabilité, aucun crime, folie passagère, passion pour la Chine mal contrôlée. J'ai d'ailleurs appliqué une règle de Mao lui-même : si une erreur a été commise, on doit l'aggraver, car si on ne l'aggrave pas, on ne peut pas la rectifier. Je l'ai rectifiée, elle était intérieure. Pour *La Divine Comédie*, c'est encore plus simple : à qui offrir un tel livre, sinon à un pape, puisqu'il y est question de sa fonction jusqu'à lui ?

Je me moque, au début de *Paradis*, d'une adaptation grotesque de Dante à la télévision française. Dans *Le Cœur absolu*, j'ai imaginé le casse-tête d'un projet envisagé par la télévision japonaise : comment expliquer la civilisation catholique à une Asiatique d'aujourd'hui (c'est le problème de demain). Pour l'enfer, pas trop de problèmes, c'est le même partout, qu'on soit juif, islamiste ou bouddhiste. Mais pour le paradis, et la Vierge, fille de son fils, en rose céleste ? Compliqué, d'autant plus qu'il faut rétroagir sur l'hébreu, traverser le grec, le latin, l'italien, penser à s'exprimer en anglais pour une version sous-titrée japonaise. Dans le roman, le projet échoue, mais je voudrais le reprendre en chinois, en le dédiant au fabuleux jésuite Matteo

Ricci, dont la tombe à Pékin est très bien entre-
tenue, prudence.

On sonne un matin chez moi : c'est un cour-
sier épuisé qui m'apporte les vingt kilos (ou
plus) du grand dictionnaire chinois-français, en
plusieurs volumes, le *Ricci*, une première mondiale. Je pourrais y passer dix vies. Cadeau de la
Société de Jésus. Merci.

L'idée du film est la suivante : l'action commence sur un toit de New York, encombré,
comme une forêt compacte et sombre, d'an-
tennes de télévision. Le narrateur est là, mal
lavé, hirsute, et ne se souvient pas de ce qui l'a
amené en ce lieu perdu. Là-dessus, des terroristes islamistes lancent trois avions sur la tour où
il se trouve : elle explose, elle s'effondre. Sauvé
par miracle, le narrateur, sonné et hagard, erre
parmi les décombres. Soudain, Dante lui apparaît, visage effilé, tendu, pourtant rayonnant
(s'inspirer de son portrait par Giotto), et s'adresse
à lui d'une voix d'abord presque inaudible, à
cause de sept cents ans de silence. Le reste s'ensuit, enfer, purgatoire, paradis, avec effets spéciaux, mais collant au texte. C'est très beau, et
j'attends le financement du scénario.

En exergue du film (mais je crains une censure de la production), une phrase de Heidegger :

« Le langage sera le langage de l'être, comme les nuages sont les nuages du ciel. »

Dante ou Voltaire ? Casanova ou Heidegger ? Je revois le cher et vieux René Pomeau, le grand spécialiste de Voltaire, dans son petit pavillon de banlieue, sous la pluie, me disant : « En somme, vous êtes un voltairien atypique. » Mais oui, mais oui, je suis « atypique » en tout.

Qu'est-ce qui est *irrécupérable* ? La contradiction, elle seule.

Big bang

Le big bang, dont notre galaxie et notre planète sont très récemment issues, s'est produit,
paraît-il, il y a 13,7 milliards d'années, la lumière
de notre soleil, elle, met huit minutes pour nous
parvenir. L'Univers est peut-être *discret,* c'est-à-
dire formé d'un espace non continu comme
des boucles, à l'image d'une étoffe tissée de
fibres distinctes. Nous évoluons ainsi dans l'oubli cosmique, puisqu'il est impossible de maintenir les notions d'« avant » et d'« après » par rapport à ce big bang bing. Bing Brother nous
surplombe. Et comme la matière observable
n'est qu'une toute petite partie d'elle-même, à
cause d'une noirceur absorbante et active, nous
voilà bien. La matière, d'ailleurs, est sans doute
constituée de minuscules cordes vibrantes (idée
très chinoise). Vous m'accorderez que persister
à écrire ses Mémoires dans ces conditions relève
du romanesque intégral.

Mon dernier voyage aux États-Unis date de 1999, où, grâce à Julia, professeur là-bas, j'ai été amicalement reçu, à Washington, par l'université jésuite de Georgetown. La conversation avec les jèzes irlandais locaux a vite porté sur Joyce. Ils en avaient une petite idée, figurez-vous, et le vin était presque correct. Ils fêtaient l'anniversaire de leur campus, discours, musique, tralala, danses. Dans un coin du jardin, surprise, une statue de la Vierge, aussi insolite, sous cette latitude, qu'un mégalithe de l'île de Pâques en plein Paris. J'ai aimé Washington pour sa végétation puissante, ses arbres géants. L'esprit souffle où il veut : Jéricho, Nankin, Venise, Rome. J'étais en train de terminer *Passion fixe*, publié au début 2000. Le roman s'achève au café Marly, à Paris, où le narrateur apporte deux bagues de jade, une blanche et une verte, qu'il partage avec Dora, le personnage féminin principal.

Comme Dominique publie en même temps son *Journal amoureux*, le rusé Bernard Pivot pense réaliser un scoop en nous invitant ensemble (on ne nous voit pratiquement jamais photographiés ou filmés l'un à côté de l'autre). Ah, vous ne vous montrez pas, comme tout le monde doit faire, eh bien, on va vous *montrer*. Il y a eu un léger moment de stupeur (« le Jim de vos livres, c'est bien Sollers ? »), et puis quoi ? Rien.

Vous ne tenez pas à faire du people avec votre existence ? Non. Ah bon.

Je vois qu'on me reproche toujours, ici ou là, mes apparitions médiatiques, sans que les bonnes âmes qui s'expriment ainsi aient le moindre soupçon qu'il s'agit d'une tactique délibérée pour rester tranquille. Comme je ne peux pas obtenir l'approbation de mon époque (surtout à cause de mes romans trop libres), je pense qu'il est nécessaire d'utiliser, au moins, sa réprobation. Il arrive même que, de temps en temps, un journaliste se couvre d'une déclaration ancienne et très ambiguë de Debord, me déclarant « insignifiant ». Lire ce rappel, sans contexte, dans *Le Figaro*, est satisfaisant.

Le charmant Pivot, qui m'a d'ailleurs invité bien des fois dans ses émissions célèbres, et souvent décisives pour la vie ou la mort publique d'un livre, m'a confié un jour qu'il regrettait de ne pas m'avoir consacré une émission entière (comme il l'a fait, par exemple, pour Le Clézio et Modiano). Je crois qu'il était sincère, il l'est toujours. Mais il sait bien que c'est mieux ainsi : pas de reconnaissance anticipée, pas de vieillissement précoce. Il m'a protégé et, de plus, on aurait fait une très mauvaise émission ensemble. Je reste outsider, c'est mon rôle. Les seuls enregistrements convenables sont ceux que j'ai réalisés, vidéo ou audio, avec des amateurs, des heures entières d'*anti-télé*, qui sortiront bien, un jour ou l'autre. Le temps choisit son temps, *il me faut du temps*. La dernière séance a eu lieu, à l'écart, au *Linea d'ombra*, à Venise. J'aurais été bien peu prévoyant en abandonnant mon image aux professionnels et aux salariés du Spectacle. Ils seront étonnés quand mes archives, impeccablement tenues, seront diffusées. Étonnés ? Non, ils ne voudront rien en savoir.

L'an 1 du tournant planétaire est, évidemment, le 11 septembre 2001 à New York. À partir de là, tout se précipite et tout change. Ce ne sont pas seulement les Twin's qui explosent, mais l'horloge mondiale qui se modifie. 1981 : coups de feu sur le pape. 2001 : bombes humaines sur les Tours.

Je suis à Paris, j'arrive l'après-midi chez Gallimard, tout le monde est devant la télévision, l'incroyable s'est produit, c'est terrifiant, fascinant, horrible, et affreusement beau. Est-ce vrai ? Est-ce un film ? Pour la première fois, sans doute, *le film est vrai*. La Terreur en direct s'exprime. Les corps qui se jettent dans le vide sont de vrais corps, cette panique n'est pas simulée. Fini le cinéma, même s'il doit interminablement durer, finie la guerre classique, même si elle continue à vide. On connaît la suite : attentats constants, impasse à Bagdad, impasse partout. La guerre du Golfe ? Rien à voir, là c'était le triomphe de la

Technique. Maintenant, plus de règles, plus de
lois, irruption du mauvais Dieu jetant carrément
le masque. Dieu? Lequel? La mort, en tout cas.

L'événement est de longue portée, il va poursuivre son irradiation, même si tout le monde
arrête de fumer de peur de partir en fumée.
Donc : obsession sécuritaire, caméras partout,
crises d'identités, extrême fragilité des ensembles.
D'autres temps sont venus, voyons lesquels.

Pas de fin de l'Histoire, une autre Histoire.
Pas d'apocalypse et de fin du monde, mais un
autre monde. Un monde? Plutôt un *démonde*. Le
Spectacle bat toujours son plein, ou plutôt son
vide, il ne s'est rien passé, il ne se passe rien. Les
voitures piégées explosent, les films déferlent
sur les écrans, le flot des romans augmente,
la Nature violée se rétracte, un Président s'agite,
la gauche se meurt, la pollution fait rage en
Chine, Poutine s'occupe toujours du laboratoire
des poisons fondé par Lénine en 1921, Bush
est persuadé d'exister, Ben Laden est toujours
l'homme le plus vivant de l'année, Sharon, dans
le coma, n'a toujours pas été débranché.

Le grand Hegel prophétisait qu'à la fin de
l'Histoire la mort vivrait une vie humaine. C'est
presque fait, sauf que ce n'est pas la fin de
l'Histoire.

En revanche, sa fameuse sentence s'applique
désormais en masse :

« À voir ce dont l'Esprit se contente, on mesure l'étendue de sa perte. »

Je ne me contente pas.

Septembre 2001 : mon *Mozart* passe à la trappe, comme d'ailleurs, juste avant, *Éloge de l'infini*. A-t-on idée, aussi, de publier un tel gros livre, avec un avertissement daté de Londres, janvier 2001, qui dit ce qui suit :

« Car l'Adversaire est inquiet. Ses réseaux de renseignements sont mauvais, sa police débordée, ses agents corrompus, ses amis peu sûrs, ses espions souvent retournés, ses femmes infidèles, sa toute-puissance ébranlée par la première guérilla venue. Il dépense des sommes considérables en contrôle, parle sans cesse en termes de calendrier ou d'images, achète tout, investit tout, vend tout, perd tout. Le temps lui file entre les doigts, l'espace est pour lui de moins en moins un refuge. Les mots "siècle" ou "millénaire" perdent leur sens dans sa propagande. Il voudrait bien avoir pour lui cinq ou dix ans, l'Adversaire, alors qu'il ne voit pas plus loin que le mois suivant. On pourrait dire ici, comme dans la Chine des Royaumes combattants, que "même les comédiens de Ts'in servent d'observateurs à Houei Ngan". Le Maître est énorme et nu, sa carapace est sensible au plus petit coup d'épingle, c'est un Goliath à la merci du

moindre frondeur, un Cyclope qui ne sait toujours pas qui s'appelle Personne, un Big Brother
dont les caméras n'enregistrent que ses propres
fantasmes, un Pavlov dont le chien n'obéit plus
qu'une fois sur deux. Il calcule et communique
beaucoup pour ne rien dire, l'Adversaire, il
tourne en rond, il s'énerve, il ne comprend pas
comment le langage a pu le déserter à ce point,
il multiplie les informations, oublie ses rêves,
fabrique des livres barbants à la chaîne, s'endort
devant ses films, croit toujours dur comme fer
que l'argent, le sexe et la drogue mènent le
monde, sent pourtant le sol se dérober sous ses
pieds, est pris de vertige, en vient secrètement à
préférer mourir. »

Pas si mal vu, n'est-ce pas ?

Reprise

La cloche du Temps a sonné, et c'est le moment naturel de se demander si on a vécu comme il fallait, et si, éternel retour, on aimerait revivre de la même façon, à jamais.

Ma réponse est oui, et, pour moi, à l'écart, dans mon île de Ré, les deux lettres RÉ signifient « Retour Éternel ». Retour, pas regret.

On recommence tout, malgré les maladies, les drames, les souffrances, les deuils ?

Oui.

« Quelqu'un qui dira *je* plus tard... »

Je veux bien repasser par une conception biologique de hasard, un après-midi ou une nuit de mars 1936, épisode que je préfère imaginer *spécial* ;

Je veux bien revivre ma vie intra-utérine, dans une femme plaisante à la jolie voix, qui rit souvent, et dont je suis le dernier enfant, un garçon après deux filles, la chance ;

Je veux bien tituber à nouveau sous le grand cèdre du jardin, en fermant les yeux quand je passe au soleil ;

Je veux bien subir, à partir de là, la malédiction qui m'entoure, asthme, otites à répétition, mastoïdite, épreuve des poumons profonds et des tympans régulièrement percés, le souffle et l'ouïe, mes amis ;

Je veux bien repasser dans mes vêtements d'enfance, barboteuse *jaune* idiote (barboteuse !), petits costumes assez chic, école maternelle oubliée, période d'ennui prostré, sauf les dimanches aimantés à l'église ;

Je veux bien faire semblant d'être dans un collège religieux absurde, dont mes deux sœurs viennent me tirer, abruti, à midi et le soir ;

Je veux bien retrouver mon merveilleux lit de malade chronique et *défensif*, la fièvre, le délire, les chevaux courant sur les murs, les plis des draps transformés en chiffres, la sueur, l'attente, l'épuisement, les opérations brutales, la miraculeuse mise à l'écart de ce monde de fous.

Je veux bien, entre-temps, réentendre des hurlements allemands, des chuchotements anglais, des mots doux espagnols et basques, apprendre que la vie est heurtée, dangereuse, secrète, contradictoire, bloquée, dégagée ;

Je veux bien retrouver la peau de ma mère, de

mes tantes, de toutes celles qui, sans le savoir, animalement, m'ont sauvé la vie ;

Je veux bien être de nouveau ce garçon halluciné et indubitablement schizophrène, qui, tantôt malade, tantôt en pleine forme, joue parfois au foot comme ailier droit, apprécié pour ses percées rapides et ses corners au cordeau ;

Je veux bien revivre intensément toutes les soirées de campagne, les matinées interminables, les après-midi sans fin, les soirs qui ne mènent nulle part, les noms de Talence, Pessac, Bègles, Gradignan, Créon, Cayac, les Abatilles, Le Moulleau, le Pyla, bref tous les noms du Sud-Ouest bordelais pleins de mes apparitions furtives, vélo, raquette de tennis, branlettes, passion résineuse, océan, marées, sable, pêche, arbres bourrés d'oiseaux ;

Je veux bien retourner au lycée, faire semblant d'apprendre, et m'échapper dans les vignes, où est le vrai savoir ;

Je veux surtout revivre indéfiniment mon amour pour Eugénie, son arrivée, le monde qui bascule, les premiers baisers dans la bouche avec les langues, changement de langue, précision des gestes, enchantement des jours et des nuits ;

Je veux bien, ô combien, retrouver les jardins, les terrasses, les fusains, les palmiers, le cèdre, le magnolia, le cognassier, les bambous, les massifs, les sapinettes, les hortensias, les lauriers, le lierre (surtout le lierre), les appentis, les greniers, les caves, les garages, les odeurs, les couleurs, les sai-

sons de ce temps-là, temps qui ne passe jamais,
femmes parfumées, orangers et citronniers sor-
tis des serres;

Je veux bien, ensuite, l'exil, la ruine, l'angoisse, l'indécision, et, de nouveau, la maladie,
le coma, la peur;

Je veux bien les opérations incessantes
d'oreille, le *drain* dans la tête après la mastoïdite
(venez voir cette cicatrice derrière le pavillon
droit), l'asthme et ses crises, l'avenir barré mais
secrètement ouvert;

Je veux bien revivre tous les ennuis : la routine
familiale, les déjeuners, les dîners, les vacances
encadrées (mais on trouve le point de fuite),
l'école, la promiscuité, la lourdeur des cours, les
examens bidon, la fausse religion fadasse, la laï-
cité visqueuse et bornée, la pression communiste
après la pression fasciste, bref la vengeance
générale ouverte ou larvée;

Je veux bien être traité constamment de
« bourgeois né avec une cuillère d'argent dans
la bouche » (erreur : pas une, trois), par des
types, d'ailleurs sympathiques, qui ne rêvent que
d'une seule chose : être ce qu'ils appellent
« bourgeois »;

Je veux bien, ô combien, revivre ma découverte de la poésie, c'est-à-dire de ma vie elle-
même, à travers Baudelaire et Rimbaud, on verra
plus tard;

Je veux bien, encore et encore, du corps d'Eugénie retrouvé à Paris, des nuits avec elle et ses

copines espagnoles, anarchistes, gaies, physiques, et de leur extraordinaire tolérance à mon
égard, moi, petit étudiant paumé ;

Je veux bien me rasseoir dans des amphithéâtres, écrire en cachette pendant des cours
de mathématiques financières, bouffer n'importe quoi dans des restaurants universitaires,
marcher sans fin, draguer et surtout lire, encore
lire, lire de plus en plus ;

Je veux bien réhabiter toutes mes chambres
de cette époque, et, soleil, revivre éternellement
ma rencontre avec Dominique, son incroyable
beauté, son rire, sa farouche liberté, à laquelle
je dois tant ;

Mais je ne veux pas renoncer pour autant à la
débauche instructive, putes ardemment poursui-
vies, certaines devenant des amies et m'amenant
dans des lieux nocturnes spécialisés (à l'époque,
surtout dans le XVIIe arrondissement de Paris),
mélis-mélos échangistes, carnets de croquis pour
la vie. J'ai dit qu'il fallait commencer très tôt
(22 ans), ensuite ce serait grotesque, d'autant
plus que si on est très jeune, c'est presque gratuit ;

Je veux bien me retrouver ensuite dans des
hôpitaux militaires, loin de ma civilisation, là-
bas, dans l'Est, au moment de la sinistre guerre
d'Algérie, où tant de mes amis sont alors estro-
piés, traumatisés ou tués, pas de pardon pour ces
choses ;

Je veux bien mener de front, ensuite, une vie amoureuse, une vie débauchée, et une vie de « littérature d'avant-garde », avec l'histoire de *Tel Quel and C°*, sérieux et folie ;

Je veux surtout retrouver ma table, mes tables, mes cahiers, ma lampe rouge, la nuit, et les grands silences vibrants pendant que les mots s'inscrivent ;

Je veux bien être de nouveau debout, plus ou moins au garde-à-vous, devant des conseils de famille, de discipline ou de réforme militaire, coupable, incapable, condamnable, renvoyez-moi, c'est ça, je vous en prie, renvoyez-moi ;

Je ne reprendrai jamais assez (13-14 ans), en vélo, la route pour le tennis de Chantaco, à Saint-Jean-de-Luz, buvant avidement, après avoir joué, et avant d'aller manger des glaces, un *lait-grenadine* au comptoir du bar ;

Je ne reprendrai jamais assez une voiture pour le vieux Barcelone, magique bordel d'autrefois, demoiselles d'Avignon de la rue d'Avinyo, Barrio Chino, le Cosmos, tout en vivant, sans contradiction, un amour fou avec Dominique ;

Je ne dirai jamais assez la beauté enfuie du vieux Montparnasse, ses bars, ses nuits, le OK, par exemple, spaghettis à la bolognaise avec vin rosé, à trois heures du matin ;

Et le Rosebud, ah ! le Rosebud, en compagnie de cette éblouissante jeune femme de 25 ans, échappée de sa Bulgarie communiste, beauté, formidable intelligence, travail acharné, nage et discussions à n'en plus finir, quarante ans de mariage, méritant un livre qui pourrait s'appeler très sérieusement, le meilleur, le pire, et encore le meilleur : *Du mariage considéré comme un des beaux-arts* ;

Je veux bien retraverser le bal des vampires, des névroses, des psychoses, des perversions pour me retrouver chaque fois dans la même situation, en position de lotus sur une pelouse pleine de pâquerettes, le visage baigné de soleil ;

J'accepte de réécrire, ligne à ligne, tous mes livres, en souriant, parfois, au début, de certaines maladresses (pas tant que ça), et de revivre les mêmes aventures transposées, les mêmes voyages, jusqu'à prononcer, un matin, la première phrase du *Parc* : « Le ciel, au-dessus des longues avenues luisantes, est bleu sombre », phrase que j'estime parfaite (consonnes et voyelles), et qui revient comme ça, à l'improviste, je ne sais ni pourquoi, ni comment ;

Je n'oublie aucun visage, aucune voix, aucune joie, aucun échec, aucune humiliation, aucune colère, aucun succès, je les veux à nouveau, comme tous les ciels, les mers ou les océans que j'aurai vus, en avion, en bateau, sur des plages, tout en continuant de respirer sur cette planète ;

Je fais confiance à toutes mes prières d'en-

fance, puisque je suis toujours cette enfance
postée dans un coin ;

Je veux bien rencontrer à nouveau tous
ceux et toutes celles qui m'ont détesté ou aimé,
selon leur instinct ou les intérêts de leur propre
histoire ;

Je ne pardonne rien, je ne demande pardon à
personne, mais je remarque en passant que me
haïr porte en général malheur, même s'il faut un
certain temps pour l'apprendre ;

Je remonte à nouveau l'escalier étroit de la
rue Lhomond pour sonner chez Ponge, qui
m'attend, en souriant, pour une conversation
sur Lucrèce, et une lecture en commun du *De
natura rerum* ;

Je n'oublie pas le geste de Barthes, à la fin de
nos dîners au Falstaff, allumant soigneusement
son cigare, avant sa soirée solitaire dehors ;

Je réentends la voix très énervée de Foucault,
à déjeuner, nous accusant, mes amis et moi, de
vouloir faire entrer à Paris « une grosse jonque
chinoise », et celle de Lacan, tout à coup miel-
leuse, disant devant moi, lors d'un dîner, à
Catherine Millot : « C'est curieux comme quand
une femme cesse d'en être une, elle écrabouille
l'homme qui est à ses côtés. »

Silence, soupir, et il ajoute : « Pour son bien,
évidemment. » Et Millot : « Vous avez dit *écrabouille* ? » Et Lacan, avec son petit rire diabolique : « Mais oui, mais oui » ;

Je me revois sur un toit du 18e étage, à New

York, avec, dans mes bras, mon fils David, un an, dansant et riant, et plus tard, dans des hôpitaux, priant, le veillant ;

Je revois Derrida, du temps de notre amitié, me faisant lire *La Dissémination* (son commentaire de mon roman, *Nombres*, paru d'abord dans la revue *Critique*, en deux numéros), dans son bureau de l'École normale, avant qu'on se brouille, pour des raisons « politiques » (soutien de Derrida au parti communiste), ce qui met fin à des tas de dîners excitants chez la généreuse Paule Thévenin, décryptant sans cesse les manuscrits d'Antonin Artaud ; dîners avec Leiris ou Genet ; dîners encore, en banlieue, chez Derrida et sa fine femme, Marguerite (on s'est quand même embrassés, Derrida et moi, avant sa disparition, un soir, chez Christian Bourgois, lors d'une réception donnée pour la bouillante Toni Morrison) ;

Je réentends la voix sifflante de Deleuze aux longs ongles (très bon *Proust*, très bon *Nietzsche*), me reprochant avec violence d'aimer Georges Bataille, sans que je comprenne vraiment pourquoi ;

Je retrouve des lettres d'Althusser me disant qu'il « a touché le fond du fond », mais m'encourageant à propos de mon roman *H* ;

Je veux bien réécrire aussi, à toute allure, des tracts, plus ou moins anonymes, célébrant la géniale pensée du Grand Timonier Mao, et surtout de son essai *Sur la contradiction* (excellent), qu'on retrouve, avec une très bonne traduction de ses poèmes, dans un de mes livres, pas si exécrable qu'on s'est employé à le dire, *Sur le matérialisme* (1974). Là, je pense d'abord à l'effet de stupeur que cela va produire dans les nombreuses sacristies de l'époque, apparemment opposées (très réussi) ;

Je me revois, avec d'autres, chez Maurice Clavel, à Vézelay, lequel se chargeait de ramener dans le droit chemin les soldats perdus du « maoïsme » (mais si le droit chemin, c'était lui, alors taxi), et, au même moment, refusant de signer des contrats pour faire mon « autocritique » ;

Je me revois surtout en train d'écrire *Paradis*, la nuit, et *Femmes*, pendant d'autres nuits ;

Je ne tiens pas du tout à mourir, mais, s'il le faut physiquement, j'accepte, comme prévu, qu'on enterre mes restes au cimetière d'Ars-en-Ré (Sollers en Ré), à côté du carré des corps *non réclamés*, des très jeunes pilotes et mitrailleurs australiens et néo-zélandais, tombés là, en 1942 (pendant que les Allemands rasaient nos maisons), c'est-à-dire, pour eux, *aux antipodes* ;

Simple messe catholique à l'église Saint-

Étienne d'Ars, douzième siècle, clocher blanc et noir servant autrefois d'amer aux navires, église où mon fils David a été baptisé ;

Sur ma tombe, 1936-20.., cette inscription : *Philippe Joyaux Sollers, Vénitien de Bordeaux, écrivain* ;

Si un rosier pousse pas trop loin, c'est bien.

Nietzsche

D'où vient le secours ? Des femmes de ma vie, sans cesse, et je ne les remercierai jamais assez pour cela. Mais le grand libérateur et inspirateur, pour moi, aura été, et reste, Nietzsche. Qu'il soit béni, celui-là, comme l'Autre, dans les siècles des siècles, ne serait-ce que pour avoir dit : « La liberté conquise ? Ne plus avoir honte de soi-même. »

J'ai toujours été très peu doué pour la honte, et je dois constater que des personnes et des milieux très différents, voire opposés, ont beaucoup fait pour me l'insuffler. Ça m'a étonné quelquefois, plus maintenant, mais c'est la clé.

La vie et la pensée de Nietzsche, indissolubles, sont un grand roman que j'orchestrerai un jour, et ce sera *Une vie divine*. Mais chaque phrase de lui (la main, l'oreille) m'emporte aussitôt. Ainsi dans *Le Gai Savoir*, lu, *écouté*, relu, et encore réécouté et relu :

« Nous voulons examiner les événements de notre vie aussi sévèrement que s'ils étaient des expériences scientifiques, heure par heure, jour par jour. »

Ou bien :

« La plus grande distinction que puisse nous réserver la destinée, c'est de nous laisser combattre pendant un temps du côté de nos adversaires, c'est ainsi que nous sommes *prédestinés* à une grande victoire. »

Ou bien :

« Je trouve la vie d'année en année plus vraie, plus désirable, plus mystérieuse. »

Ou bien :

« L'épicurien se choisit les situations. »

Ou bien :

« La mer, *notre* pleine mer, s'ouvre à nouveau devant nous. »

Ou bien :

« Nous cherchons les mots, peut-être cherchons-nous aussi les oreilles. »

Ou bien :

« Place entre toi et aujourd'hui au moins l'épaisseur de trois siècles. »

Trois siècles, *au moins.*

Ou bien, dans *Généalogie de la morale* :

« *La* profonde douleur est noble ; elle sépare. Une des formes de déguisement les plus subtiles, c'est l'épicurisme et une certaine bravoure ostentatoire du goût qui prend légèrement la souffrance et se défend de tout ce qui est triste et profond. Il y a des "hommes sereins" qui se servent de la sérénité parce que cette sérénité les fait mal comprendre ; ils *veulent* être mal compris. »

Nietzsche a toujours dit que son « éternel retour » était d'abord un principe de sélection, pour discerner qui est, ou n'est pas, *nécessaire*. Ré veut dire « retour éternel », et on peut entendre « *Veni etiam* » comme la source du mot « Venise ». *Veni etiam* : reviens, reviens toujours.

L'île du retour éternel, la Cité céleste du reviens toujours.

— Vous et vos citations !

— Je me suis déjà expliqué là-dessus, en pure perte. Ce ne sont pas des citations, mais des preuves. La preuve, c'est que personne ne veut les lire pour ce qu'elles sont. Désormais, le lecteur ou la lectrice croient tout savoir, et, s'ils voient des guillemets, ils sont sûrs de déjà connaître le texte en question, ils passent, ils s'en *dispensent*, comme si l'auteur, en panne de créativité, avait mis ça pour faire bien, paraître cultivé ou remplir du papier. Or, ce qui vous paraît superflu est, au contraire, une opération très calculée, très difficile, réclamant un savoir-vivre et un savoir-lire particuliers.

— Encore votre identification mégalomaniaque avec Montaigne ?

— Entre autres. Mais comme l'a noté plus

récemment Debord : « Les citations sont utiles dans les périodes d'ignorance et de croyances obscurantistes. » C'était le cas il y a plus de quatre siècles, et bien davantage aujourd'hui. *C'est toujours le cas.*

— Vous exagérez.

— Mais non. Debord, qu'on m'accuse, de temps en temps, de « récupérer » (tu parles !), a passé la fin de sa vie à multiplier les signaux (qu'il a d'ailleurs émis très tôt) en direction d'une position aristocratique. Son erreur stratégique, si c'en est une, est d'avoir cru devoir rester moralement lié au parti plébéien, lui-même fondamentalement ignorant et obscurantiste. Humain, trop humain... Quand il parle de la « pertinente variété » de ses citations, en ajoutant qu'aucun ordinateur n'aurait pu les lui fournir, sa position, à ce moment-là, est parfaitement non académique et révolutionnaire. Il s'est voulu classique ? Il l'est.

Au fond, c'est l'ordinateur, en vous, qui proteste. Mais je ne vois pas pourquoi vous tenez à vous vanter, à mon détriment, de votre ignorance et de votre paresse. L'ordinateur ne pense pas, et peut-être même *souffre-t-il* devant la pensée. Idée à creuser.

Rien n'est d'ailleurs plus conforme au français que ce principe générateur de sélection, qui pointe, souligne, approfondit, décale, détourne, retourne, développe, abrège. Vous ne demandez pas à un Américain, c'est-à-dire, aujourd'hui, à un représentant de l'humanité mondialisée, la moindre originalité métaphysique, n'est-ce pas? Vous voulez qu'il vous raconte des histoires et vous fasse du cinéma. La sélection pensée, c'est tout à fait autre chose.

André Breton l'a beaucoup pratiquée, dans sa vie comme dans ses livres, et il n'y a aucune raison de ne pas l'élargir et aller plus loin. On ouvre, on déborde, on trie, on compresse, on choisit. Vous ne trouverez pas mes amis à La Promenade de Vénus, mais parfois au Select de Montparnasse, à cause de son nom : c'est toute la différence de révolution. Mais n'espérez pas entrer en complicité avec ces nouveaux et charmants fanatiques sans savoir par cœur les *Poésies* de Lautréamont.

Comment? Vous n'avez pas encore lu *Cercle*, de Yannick Haenel, et *De l'extermination considérée comme un des beaux-arts,* de François Meyronnis, ainsi que tous les numéros de *L'Infini* et de *Ligne de risque*? Je rêve.

Politique

Au début de 1999 paraît mon journal de l'année 1998, titré, à la chinoise, *L'Année du Tigre*. Au même moment, agacé par les discours politiques ambiants, je publie à la une du journal *Le Monde* un article intitulé « La France moisie ». Il n'a pas été sans effets. Voici :

La France moisie

« Elle était là, elle est toujours là, on la sent, peu à peu, remonter en surface : la France moisie est de retour. Elle vient de loin, elle n'a rien compris ni rien appris, son obstination résiste à toutes les leçons de l'Histoire, elle est assise une fois pour toutes dans ses préjugés viscéraux. Elle a son corps, ses mots de passe, ses habitudes, ses réflexes. Elle parle bas dans les salons, les ministères, les commissariats, les usines, à la campagne comme dans les bureaux. Elle a son catalogue de clichés qui finissent par sortir en plein jour, sa *voix* caractéristique. Des petites phrases arrivent, bien rancies, bien médiocres, des for-

mules de rentier peureux se tenant au chaud
d'un ressentiment fermé. Il y a une bêtise française sans équivalent, laquelle, on le sait, fasci-
nait Flaubert. L'intelligence, en France, est d'autant plus forte qu'elle est exceptionnelle.

« La France moisie a toujours détesté, pêle-
mêle, les Allemands, les Anglais, les Juifs, les
Arabes, les étrangers en général, l'art moderne,
les intellectuels coupeurs de cheveux en quatre,
les femmes trop indépendantes ou qui pensent,
les ouvriers non encadrés, et, finalement, la liberté
sous toutes ses formes. La France moisie, rappe-
lez-vous, c'est la force tranquille des villages, la
torpeur des provinces, la terre qui, elle, ne ment
pas, le mariage conflictuel, mais nécessaire, du
clocher et de l'école républicaine. C'est le national social ou le social national. Il y a eu la version
familiale Vichy, la cellule Moscou-sur-Seine. On
ne s'aime pas, mais on est ensemble. On est avare,
soupçonneux, grincheux, mais, de temps en
temps, *La Marseillaise* prend à la gorge, on agite le
drapeau tricolore. On déteste son voisin comme
soi-même, mais on le retrouve volontiers en masse
pour des explosions unanimes sans lendemain.
L'État ? Chacun est contre, tout en attendant qu'il
vous assiste. L'argent ? Évidemment, pourvu que
les choses se passent en silence, en coulisse. Un
référendum sur l'Europe ? Vous n'y pensez pas :
ce serait *non*, alors que le désir est *oui*. Faites vos

affaires sans nous, parlons d'autre chose. Laissez-nous à notre bonne vieille routine endormie.

« La France moisie a bien aimé le dix-neuvième siècle, sauf 1848 et la Commune de Paris. Cela fait longtemps que le vingtième lui fait horreur, boucherie de 1914 et humiliation de 1940. Elle a eu un bref espoir pendant quatre ans, mais supporte très difficilement qu'on lui rappelle l'abjection de la Collaboration. Pendant quatre-vingts ans, d'autre part, une de ses composantes importante et très influente a systématiquement menti sur l'est de l'Europe, ce qui a eu comme résultat de renforcer le sommeil hexagonal. New York ? Connais pas. Moscou ? Il paraît que c'est globalement positif, malgré quelques vipères lubriques. Oui, finalement, ce vingtième siècle a été très décevant, on a envie de l'oublier, d'en faire table rase. Pourquoi ne pas repartir des cathédrales, de Jeanne d'Arc, ou, à défaut, d'avant 1914, de Péguy ? A quoi bon les penseurs et les artistes qui ont tout compliqué comme à plaisir, Heidegger, Sartre, Joyce, Picasso, Stravinski, Genet, Giacometti, Céline ? La plupart se sont d'ailleurs honteusement trompés ou ont fait des œuvres incompréhensibles, tandis que nous, les moisis, sans bruit, nous avons toujours eu raison sur le fond, c'est-à-dire la nature humaine. Il y a eu trop de bizarreries, de désordres intimes, de singularités. Revenons au bon sens, à la morale élémentaire, à la société policée, à la charité bien ordonnée commençant par soi-même. Serrons les rangs, le pays est en danger.

« Le danger, vous le connaissez : il rôde, il est insaisissable, imprévisible, ludique. Son nom de code est 68, autrement dit Cohn-Bendit. Résumé de sa personnalité, ces temps-ci : anarchiste mercantiliste, élite mondialisée, Allemand notoire, candidat des médias, trublion emmerdeur, Dany-la-pagaille. Il a du bagout, soit, mais c'est une sorte de sauvageon. Personne n'ose crier (comme dans la grande manifestation patriotique de l'époque anti-68) "Cohn-Bendit à Dachau !", mais ce n'est pas l'envie qui en manque à certains, du côté de Vitrolles ou de Marignane. On se contentera, sur le terrain, de "pédé", "enculé", "bandit", dans la bonne tradition syndicale virile. "Anarchiste juif allemand", disait le soviétique Marchais. "Allemand qui revient tous les trente ans", s'exclame un ancien ministre gaulliste de l'Intérieur. Il n'est pas comme nous, il n'est pas de chez nous, et cela nous inquiète d'autant plus que le vingt et unième siècle se présente comme l'apocalypse. Le moisi, en euros, ne vaut déjà plus un kopeck. Tout est foutu, c'est la fin de l'Histoire, on va nous piller, nous éliminer, nous pousser dans un asservissement effroyable. Et ce rouquin rouge

devenu vert vient nous narguer depuis Berlin?
C'est un comble, la famille en tremble. Non,
nous ne dialoguons pas avec lui, ce serait lui faire
trop d'honneur. Quand on est un penseur
sérieux, responsable, un Bourdieu, par exemple,
on rejette avec hauteur une telle proposition.
Le bateleur sans diplômes n'aura droit qu'à
quelques aboiements de chiens de garde. C'est
tout ce qu'il mérite en tant que manipulateur
médiatique et agent dissimulé des marchés
financiers. Un entretien télévisé, autrefois, avec
l'abbé Pierre soit. Avec Cohn-Bendit, non, cela
ferait blasphème dans les sacristies et les salles
feutrées du Collège de France. À la limite, on
peut dîner avec lui si on porte le lourd poids du
passé stalinien, ça fera diversion et moderne.
Nous sommes pluriels, ne l'oublions pas.

« L'actuel ministre de l'Intérieur est sympathique : il a frôlé la mort, il revient du royaume
des ombres, c'est un "miraculé de la République", laquelle n'attendait pas cette onction
d'un quasi-au-delà. Mais dans "ministre de l'Intérieur", il faut aujourd'hui entendre surtout
Intérieur. C'est l'intériorité qui s'exprime, ses fantasmes, ses défenses, son vocabulaire spontané.
Le ministre a des lectures. Il sait ce qu'est la
"vidéosphère" de Régis Debray (où se déplace,
avec une aisance impertinente, cet Ariel de
Cohn-Bendit, qu'il prononce *Bindit*). Mais d'où

vient, à propos des casseurs, le mot *sauvageon*? De quel mauvais roman scout? Soudain, c'est une vieille littérature qui s'exprime, une littérature qui n'aurait jamais enregistré l'existence de *La Nausée* ou d'*Ubu roi*. Qui veut faire cultivé prend des risques. On n'entend pas non plus Voltaire dans cette voix-là. Comme quoi on peut refuser du même geste les Lumières et les audaces créatrices du vingtième siècle. Ce n'est pas la souveraineté nationale que la France moisie a perdue, mais sa souveraineté spirituelle. Elle a baissé la tête, elle s'est renfrognée, elle se sent coupable et veut à peine en convenir, elle n'aime pas l'innocence, la gratuité, l'improvisation ou le don des langues. Un Européen d'origine allemande vient la tourmenter? C'est, ici, un écrivain européen d'origine française qui s'en félicite. »

Bien entendu, le lieu de publication (*Le Monde*) a joué son rôle. Comment un journal sérieux pouvait-il publier une telle élucubration « soixante-huitarde »? En tout cas, les réactions ont été immédiates : tollé, barouf, scandale, succès. L'article le plus notable est alors celui de Régis Debray, interminable, pompeusement intitulé « Adresse aux intellectuels français ». C'est un long chapelet d'injures, que son auteur, me dit-on, préfère oublier. Le mot *moisi* a ainsi fait fortune pendant des mois, et il s'est même

trouvé un directeur de journal pour me traiter de « maurrassien » et me comparer à Reba-
tet (hallucination intéressante). Je me pince
encore, je passe.

Le ministre de l'Intérieur de l'époque, que
j'interpelle un peu vivement, n'est autre que
Chevènement, devenu, par la suite, conseiller de
Ségolène Royal (on lui doit, sans doute, l'insistance sur *La Marseillaise* et l'agitation du drapeau
tricolore). Aujourd'hui encore, pour beaucoup,
je suis l'abominable traître à sa patrie qui a écrit
une seule chose dans sa vie : « La France moisie ». Les lettres d'insultes se sont à peu près cal-
mées, mais où donc ai-je frappé juste ? Partout à
la fois, il faut croire, en tout cas sur l'axe enfoui
Vichy-Moscou, la formule la plus inacceptable
restant, à mon avis, « écrivain européen d'origine française ». (Exactement ce que dira de moi
un dictionnaire chinois.)

Tout cela est un peu ennuyeux, mais ne me
prive pas, aujourd'hui, d'un certain plaisir d'an-
ticipation. Preuves : le score énorme du Front
national trois ans après, le *non* au référendum
sur l'Europe, la campagne identitaire et « anti-
68 » de Sarkozy, la décomposition socialiste, etc.

Comme me l'a dicté récemment Victor Hugo,
par table tournante :

> La France était très moisie,
> Elle méritait Sarkozy.

Religion

Au milieu du siècle dernier, et jusqu'à la fin des années 1970, personne n'aurait imaginé que la passion religieuse était sur le point de faire un retour explosif. L'islam, le Coran brandi comme un petit livre rouge, des émeutes de plus en plus massives, un écrivain menacé de mort, des livres brûlés, des caricatures incriminées, des attentats à n'en plus finir ? Vous plaisantez.

Eh bien, on a vu. L'Histoire, loin de « finir », tourne dans une courbure nouvelle, où la nitro-glycérine religieuse entre dans une substance imprévue. Guerre de Religions ? Choc des civilisations ? C'est clair, mais il paraît qu'il ne faut pas le dire. Proche-Orient mondial ? Évident.

On trouve dans tous mes romans (mais déjà dans *Paradis*) des tas de situations et de variations sur ce sujet, allant vers la même conclusion : de toutes les religions, ma préférence va à celle qui est aujourd'hui, à mon avis, la moins belliqueuse sur la planète, la catholique, apostolique et romaine. Arrêtez de crier. Je propose l'expérience suivante, digne, enfin, des vraies Lumières : on supprime l'Église catholique *en dernier*, lorsqu'on est absolument sûr de la disparition de toutes les autres religions et superstitions. Ce ne sera pas demain la veille. Et puis, il reste beaucoup de best-sellers ou de films à produire sur les extraterrestres, la magie, les mystères des pyramides, les caves du Vatican.

Je reprends ici un seul exemple, tiré d'un projet de ce qu'il faudrait appeler une « Histoire des sectes ». Ce phénomène ancien, dont le modèle occidental est indubitablement protestant, n'a cessé, et ne cesse, de proliférer. Au-delà des « évangélistes » de tout poil, en pleine expansion, l'exemple le plus révélateur et le plus « moderne » me semble être l'Église de Scientologie, dont on a pu suivre, il n'y a pas si longtemps, les efforts pour s'implanter en France. Un regard là-dessus, donc (même époque que « La France moisie »), qui permet, je crois, une vue d'ensemble.

Scientofolie

« On croit parfois rêver, mais non, on est bien réveillé, on entend et on lit de plus en plus des énormités qui n'ont l'air d'étonner personne. Ainsi, dans les plaidoiries récentes des avocats de l'Église de scientologie, les propos suivants : attaquer cette puissante organisation internationale et financière serait un retour à "l'Inquisition", la "répétition de la Shoah", la "continuation de la propagande noire contre les protestants et les francs-maçons". Qui ose donc se conduire ainsi, dans les coulisses de la République? Un lobby menaçant, sans doute, mélange d'intégrisme et d'hitlérisme. Les scientologues, ces braves gens qui ne demandent qu'à croire à leurs élucubrations inoffensives et vaguement électrochimiques, seraient les "métèques de la France judéo-chrétienne", l'objet d'un "procès politique intolérable", d'un déferlement de "propagande médiatique" menés au nom du "religieusement correct". Vous n'aimez pas la scientologie? Eh bien, vous êtes un fanatique, un Pie XII complice de Himmler, un Torquemada voulant couvrir le monde de nouveaux bûchers, un dragonneur, un jésuite de l'ombre, un vichyste larvé, un Staline en puissance, un totalitaire chinois opprimant le dalaï-lama ou les silencieux adeptes gymnastiques de la secte Fanlungong, bref, un dangereux obscurantiste. "Que dira l'Histoire de votre décision?", demande, menaçant, un des avocats de la nouvelle Église à la présidente interloquée du tribunal, laquelle ne se doutait pas que l'Histoire elle-même la surveillait depuis le plafond. Voilà d'ailleurs un tableau qui mériterait d'être peint, dans le style très kitsch qu'affectionne la scientologie dans sa publicité mondiale. Un peintre pompier ne ferait pas mieux. Mais, comme l'a dit quelqu'un, plus c'est gros, plus ça marche.

« Écoutons encore l'avocat de l'Église, maître Le Borgne (on évitera, bien entendu, toute plaisanterie de mauvais goût sur son nom) : "Aujourd'hui, il règne un épouvantable critère de normalité. On s'est inventé la bonne conscience du rejet. C'est désormais au nom de la liberté que l'on rejette l'autre. Cet autre qui fait peur parce qu'il est nouveau, comme à l'époque où les Romains parlaient de secte à propos des chrétiens."

« Les féroces Romains, aujourd'hui, sont donc les "moralistes", les "politiques", les fidèles des "religions majoritaires". Les voilà en campagne, en croisade, ils viennent jusque dans nos bras égorger nos fils et nos compagnes, ils crucifient et livrent aux lions les nouveaux martyrs. Après tout, c'est vrai, on lit ça aussi très souvent, le christianisme est une secte qui a réussi, il y a deux mille ans, à travers d'incroyables intrigues. Une secte juive, comme par hasard, et qui ferait mieux, au bout du compte, après ses erreurs innombrables, ses crimes, ses persécutions, ses censures, de se dissoudre, au lieu d'exprimer une "repentance" qui ne convainc personne. Rome, unique objet de nos ressentiments... C'est vrai, à la fin, pourquoi chercher noise aux "sectes", à l'esprit religieux en soi, dont les bons côtés (maîtrise de soi, lutte contre la drogue) peuvent être démontrés? Parler d'escroquerie? Mais rien n'est vraiment prouvé, les dossiers s'évaporent, les complicités de haut niveau ne se comptent plus. Même le fisc américain a été obligé de signer une trêve, c'est dire. Et s'il me plaît à moi d'être escroqué? Pour mon bien? Mon salut? Ma santé?

« "Toute secte, écrit Voltaire dans son *Dictionnaire philosophique*, en quelque genre que ce puisse être, est le ralliement du doute et de l'erreur [...] Il n'y a pas de secte en géométrie. [...] Quand la vérité est évidente, il est impossible qu'il s'élève des partis et des factions. Jamais on n'a disputé s'il fait jour à midi." »

« Heureux Voltaire! Heureux temps où deux et deux faisaient quatre, et quatre et quatre huit! Nous avons changé tout cela. Qu'il fasse jour à midi est devenu douteux, et le bon sens n'est pas la substance qui paraît la mieux partagée du monde. Qui suis-je? Je ne sais pas trop. Que m'est-il permis d'espérer? Pas grand-chose. Y a-t-il un progrès fatal? Rien n'est moins sûr. Les lendemains déchantent, l'homme reste un loup pour l'homme, Dieu, comme d'habitude, est aux abonnés absents, Monsieur Godot ne prend même plus la peine de téléphoner à Beckett, l'histoire n'est que bruit, fureur, corruption, pas un centimètre de gagné depuis Shakespeare.

Une reprise en main est donc nécessaire, et qui ne voit que la scientologie (mot magique) est faite pour ce genre de situation ? Les "religions majoritaires" ont fait leur temps, il est urgent d'inventer un nouveau denier du culte. La psychanalyse ? Trop long, trop compliqué, et, pour être franc, désagréablement sexuel. La science pure et simple ? Peut-être, mais le scientifique lui-même doute, il a besoin d'un supplément personnel, il est un peu perdu dans ses électrons, ses galaxies, ses trous noirs, ses brebis clonées, ses expériences transgéniques. La philosophie d'autrefois ? Elle est bien chahutée, la pauvre. Les philosophes sont fatigués, mélancoliques, en repli. Ils parlent toujours, remarquez, mais ils doivent être désormais modestes, consensuels, conservateurs, allez, puisque tout a tendance à s'effondrer et qu'ils ont tellement déliré. Non, ce qu'il faut c'est une nouvelle religion, moderne, physique, pratique. *Scienter* le religieux est la formule idéale. Action.

« On croyait savoir que les "religions majoritaires" s'appuyaient sur des textes. La Bible, les Évangiles, le Coran (mais le bouddhisme lui-même est plein de textes sacrés). Pour l'amateur, en tout cas, beaucoup à lire. Le Talmud, si je m'y mets, va me prendre un certain temps. Saint Augustin ou Pascal, aussi. Les mystiques issus du Coran me tendent les bras. Et voici des poètes, des peintres, des musiciens, des sculpteurs : une foule innombrable. Des saints, dont chacun demanderait une étude à part. Si je m'embarque dans *La Divine Comédie*, vous ne me verrez pas de sitôt. Tout cela est pesant par rapport à Ron Hubbard, n'est-ce pas ? Et qui aura encore le loisir, ou le courage (il en faut), de considérer sérieusement cette énorme archive ? Simplifions tout ça : pas besoin de lire, d'étudier, de comparer, de critiquer. Pas besoin non plus d'être cultivé, de savoir reconnaître une croûte d'un tableau de maître. Une messe de Mozart ? Pour quoi faire ? Et d'abord, c'est quoi exactement une *messe* ? Et une Ascension ? Une Assomption ? Une Pentecôte ? Une Résurrection ? Dire qu'on a pu *croire* à toutes ces fariboles ! Est-ce que les Romains, malgré tout, n'avaient pas un peu raison ? En tout cas, *il faut* une religion. La plus adaptée à la Société du Spectacle sera par conséquent celle qui recrutera son influence dans le Spectacle. Les meilleurs ou les meilleures scientologues seront cinéastes, acteurs, actrices, chanteuses, modèles, publicitaires, couturiers, décorateurs, avocats, journalistes. Un monde d'énergie *religieuse* se lève. La technologie suivra. »

« *Docteur* »

Je ne sais pourquoi mon surnom, dans presque toutes les situations où je me suis trouvé, et principalement de la part des individus les plus manuels (manutentionnaires, bagagistes, taxis, livreurs, imprimeurs, etc.), a été, et reste, « docteur ».

Je n'ai pas l'air d'un écrivain, mais d'une sorte de généraliste, petite mallette avec produits d'urgence (morphine), stéthoscope intégré, tensiomètre, diagnostic rapide, sang-froid et bonsoir. On peut compter sur moi, je juge, je rassure, je décide. Pourquoi « docteur »? Sans doute parce que je n'ai pas envie que les autres soient malades. Plus exactement : je n'aime pas la folie, et ça doit se voir.

« Docteur », ici, n'a pas de signification théologique (mais pourquoi pas?), ce n'est pas non plus le « *Dottore* » ou le « *Professore* » italien, mais quelque chose de très concret et physique.

Hypothèses : démarche souple, élocution claire, ordonnance quasi immédiate, écoute, quelques certitudes inébranlables, jamais de problèmes personnels. Le sentiment populaire est sûr : tout le monde est malade sauf moi. Je n'en ai pas le droit. Autrement dit : tout le monde se plaint plus ou moins de ceci, de cela, et se hâte d'en faire part au premier venu, c'est la loi. Mon sort est *never complain, never explain*, je prescris, j'avertis, je préconise.

Je suis donc censé échapper à la condition commune du doute, des émois, de la mélancolie, du stress, des vapeurs. Pas de culpabilité, pas d'inhibition, pas d'angoisse. J'ai mon diplôme clinique de psychologue antipsychologique, de moraliste amoral, de sexologue *ad hoc*, de psychanalyste courtois.

Le « docteur » est toujours en bonne santé, c'est la moindre des choses. Il a des calmants plein les poches, il vous fait une piqûre sur place, vous donne des somnifères ou des antidépresseurs. Le « docteur », par définition, est célibataire (à moins que sa femme ou ses maîtresses n'évoluent dans le lointain milieu hospitalier). Le « docteur » ne s'émeut pas, ne s'évanouit pas, regarde l'horreur et la mort en face, c'est un anarchiste de base, un laboratoire en mouvement, un décrypteur, un débarbouilleur, bref, si vous permettez, l'amant idéal de ces dames.

Insomnies ? Soucis ? Névralgies ? Cancer latent ?
Règles douloureuses ? Constipation ? Ménopause
à problèmes ? Tachycardie ? Vapeurs à grossesses ?
Élans poétiques gonflants ? Allons, allons, un peu
de bonne humeur, je vous revois quand ?

Le « docteur » n'est pas vraiment humain, c'est
une force de la nature. Quelle est sa vraie spécia-
lité ? Cardiologue, radiologue, gynécologue, uro-
logue ? On ne sait pas, un peu tout ça. Il arrive, on
lui parle, il s'en va. Il paraît qu'*en plus* il a des activités éditoriales et littéraires, et même qu'il écrit
des livres (lesquels ? on ne sait pas).

On l'a vu à la télévision, on l'a entendu à la
radio, on a vu sa photo dans les journaux. De
quoi parlait-il, déjà ? De littérature, de peinture,
de musique, de politique. Cultivé, bon, plutôt
drôle, mais pas facile à comprendre.

Est-ce qu'il n'a pas été médecin du monde ou
sans frontières, « french doctor », ministre,
secrétaire d'État, ambassadeur, prix Goncourt ?
Non, non, rien de tout ça. Ce n'est pas un médecin qui écrit, mais un écrivain qui se cache. Donc
il n'est pas vraiment docteur ? Mais non, qui vous
a dit qu'il était docteur ?

Aurais-je pu m'intégrer dans la machine à
Freud ? C'est probable, tant le roman familial et
social comme les embarras sexuels de chacun et

chacune me sautent immédiatement à l'oreille. Mais sombre forçat du divan, non, merci (j'entends encore les soupirs extravagants de Lacan). Je note, en revanche, que je m'entends immédiatement très bien avec des scientifiques de toutes natures, physiciens, chimistes, astrophysiciens, archéologues, ethnologues, et que l'érudition, dans tous les domaines, me séduit. Même sympathie spontanée pour les femmes-médecins et les infirmières, les pharmaciennes et les masseuses. Je dois beaucoup à une amie gynécologue, dont les observations m'ont permis, souvent, de gagner du temps. Quant aux musiciennes, je l'ai déjà dit : l'une d'elles surgit, et j'en tombe amoureux par principe.

L'écrivain, habillé en « docteur », ne craint pas d'utiliser les médias, et trouve que ça n'a pas d'importance. Il écrit sérieusement sur ses lectures, autrefois dans *Le Monde*, ensuite dans *Le Nouvel Observateur*. Son « Journal du mois », dans *Le Journal du dimanche*, a, paraît-il, ses amateurs.

Mon moins mauvais autoportrait ? Peut-être celui-ci, écrit vite, pour une revue de neurologie :

Mon cerveau et moi

De temps en temps, mon cerveau me reproche d'avoir tardé à lui obéir ; d'avoir sous-estimé ses possibilités, ses replis, sa mémoire ; de m'être laissé aller à l'obscurcir, à le freiner, à ne pas l'écouter. Il est patient, mon cerveau. Il a l'habitude des lourds corps humains qu'il dirige. Il accepte de faire semblant d'être moins important que le cœur ou le sexe (quelle idée). Sa délicatesse consiste à cacher que tout revient à lui. Il évite de m'humilier en soulignant qu'il en sait beaucoup plus long que moi sur moi-même. Il m'accorde le bénéfice d'un mot d'esprit, et prend sur lui la responsabilité de mes erreurs et de mes oublis. Quel personnage. Quel partenaire. "Sais-tu que tu ne m'emploies que très superficiellement ?" me dit-il parfois, avec le léger soupir de quelqu'un qui aurait quelques millions d'années d'expérience. Je m'endors, et il veille. Je me tais, et il continue à parler. Mon cerveau a un livre préféré : l'*Encyclopédie*. De temps en temps, pour le détendre, je lui fais lire un roman, un poème. Il apprécie. Quand nous sortons, je lui fais mes excuses pour toutes les imbécillités que nous allons rencontrer. "Je sais, je sais, me répond-il, garde-moi en réserve." J'ai un peu honte, mais c'est la vie. J'écrirai peut-être un jour un livre sur lui. »

Céline

« J'ai passé ma vie dans les danseuses », dit Céline, lui-même porté au vertige, et pas pervers pour un sou. Il a quand même un vice, celui des « formes féminines parfaites ». « À côté de ce vice, dit-il drôlement, la cocaïne n'est qu'un passe-temps de chef de gare. »

On comprend mieux, ainsi, sa stupeur, en 1936, à Leningrad :

« Une prison de larves. Tout police, bureau-cratie et infect chaos. Tout bluff et tyrannie. »

Ce choc l'amènera à sa violente crise antisé-mite, sur fond de diagnostic radical :

« L'âge moderne est le plus con de tous les âges. Il ne retient que les choses toutes cuites et bien frappantes. »

Autrement dit, le *chromo*.

Céline dans l'opinion, à part quelques ama-teurs tenaces ? Trois mots méprisants, et on passe, trop heureux de se débarrasser de lui, alors qu'il encombre l'horizon pour une raison très simple : sa supériorité formelle indiscutable, contraire à tous les aplatissements du « traduit-du », comme à la lourdeur réaliste ou naturaliste du français devenu sourd.

La nervure, l'oreille, la main, les mots :

« Je suis bien l'émotion avec les mots, je ne lui laisse pas le temps de s'habiller en phrases... Je la saisis toute crue ou plutôt toute poétique, car le fond de l'Homme malgré tout est poésie. »

Céline va jusqu'à dire : « C'est l'impressionnisme en somme. » Il s'agit là d'une de ses rares références à la peinture, qu'il se reconnaît inapte à juger, son appel d'identification à Seurat (les « trois points ») restant peu convaincant. Même ignorance, du reste, par rapport à la musique. Mais on comprend ce qu'il veut : que ça *sorte*, que ça tourbillonne, qu'on soit à pic sur le vif.

Et en effet, l'impulsion, l'emboîtement, le dynamisme verbal sont partout présents, de même que l'action de « maintenir un délire en élan ».

Ça s'appelle « construire la langue à partir d'une fréquence fondamentale », un « monologue d'intimité parlé transposé », un « petit tour de force *harmonique* » (je souligne), qui imprime à la pensée « un certain tour mélodieux, mélodique ».

Bref : « L'opéra est le naturel. »

« Tout ce qui ne chante pas, pour moi c'est de la merde. Qui ne danse pas fait l'aveu tout bas de quelque disgrâce. »

Voilà le docteur Céline :

« Le rythme, la cadence, l'audace des corps et des gestes, dans la danse aussi, dans la *médecine* aussi, dans l'*anatomie* » (je souligne).

« Chant, danse, rythme, cadence, poésie...

Le truc, le truc, le truc, le truc...

Encore, encore, encore, encore...

Va-t-on finir par l'entendre ?...

Et moi par la même occasion ?... »

Peine perdue, mais il faut le faire *quand même*. Nous retrouvons d'ailleurs ici les exigences de Nietzsche pour la pensée : philologie, médecine, plus un « Dieu qui sache danser ». Quelque chose est détraqué dès l'origine, il s'agit d'en guérir.

Le langage est la pomme du paradis. Il n'était pas prescrit de jouer avec (pourquoi pas ?), mais il était strictement interdit de l'avaler, sinon chute, péché. Et ça dure.

Fous, folles

Une des servitudes les plus pénibles de cette foutue vie d'écrivain, c'est quand même, avec le temps, l'afflux de plus en plus massif de fous et de folles. La bêtise et la méchanceté ne sont pas gênantes, la folie, si, d'autant plus que la bêtise n'est là que pour dissimuler une folie endémique.

J'ai dit que j'étais fou moi-même, je sais de quoi je parle. Bête, je ne crois pas. La folie folle, au contraire, est une bêtise portée à son comble. Les fous et les folles sont nombreux, ils écrivent beaucoup, ils vous poursuivent d'élucubrations diverses, veulent vous faire consentir à on ne sait quoi, griffonnent, ruminent, poétisent. Le fou à soigner est quand même rare, les folles, elles, pullulent et ne se soignent pas.

Les fous sont en général structurés à partir de la fameuse « machine à influencer » de Tausk, c'est-à-dire qu'ils pensent sérieusement que vous leur volez leur pensée, que vous enregistrez à distance leurs moindres discours. L'un d'eux m'a même demandé, à maintes reprises, de lui restituer des cassettes imaginaires. D'autres, pour se soulager, laissent des vociférations ou des menaces de mort sur votre répondeur, rien de grave. À part quelques exceptions, les fous finissent d'ailleurs par se fatiguer, ils vont voir ailleurs, ils disparaissent.

Les folles, elles, au contraire, sont d'une fidélité à toute épreuve à travers le temps. C'est alors un déluge de lettres d'insultes ou d'amour (ces dernières avec rouge à lèvres imprimé sur papier), des messages narcissiques plus ou moins érotiques ou mystiques, des reproches, des extases dans la nature, un don total à rétribuer. On ne répond pas, on n'y a évidemment jamais touché, *mais justement,* ça s'endiable, avec le plus grand mépris pour votre vie privée, laquelle leur appartient dans un au-delà fusionnel.

Tout cela est d'une grande violence doucereuse et idiote. J'ai dû me brouiller avec un ami, qui avait donné mon numéro de portable à l'une d'elles. Elle l'avait assuré qu'elle devait me joindre d'urgence dans l'hôpital où je me trouvais après un grave accident. Le naïf (naïf?) l'avait crue, ou bien mon hospitalisation dramatique lui faisait plaisir. Immédiatement, inondation de gémissements, de plaintes, de poésie surréalisante, de souffles. Dieu, ou ce qui en tient lieu désormais, est très présent chez les folles, le sexe étant supposé être son inamovible support. C'est fou, en effet, ce que les fous et les folles croient au Sexe (surtout les folles). Selon eux, et surtout selon elles, c'est ce qui m'occupe en permanence. Il paraît que je suis écrivain, mais, bien entendu, à leurs yeux, je n'ai jamais rien écrit.

Les curés du passé ont connu ce harcèlement infernal, et les « médiatiques » d'aujourd'hui doivent, je suppose, l'endurer comme une expiation. Sinistre privilège. Ce n'est pas drôle, bien que, souvent, ahurissant de comique. La folie est terrible, mais surtout comique. La prendre au sérieux est une erreur. Oublions, passons, dégageons.

Le plus curieux, dans les envois compulsifs des folles, c'est le contenu-poubelle de leurs messages délirants : une véritable déchetterie. Kleenex, tickets usagés, fleurs séchées, dessins orientalistes ou se voulant érotiques, pages de journaux découpées, etc. Elles se vivent comme des déchets, et vous êtes leur poubelle. Pourquoi vous ? Ce sont des cadeaux, pas de doute, comme ces deux petites filles de 2 et 3 ans qui, autrefois, à la campagne, venaient chier, le matin, devant ma porte. Adoration, révérence, cadeau infantile. L'admirable Freud a dit ce qu'il fallait sur ces transactions.

J'ai connu de sérieux philosophes embarqués dans des histoires de folles, dont l'une, écrivaine connue, me convoquait chez elle, tous rideaux tirés en plein jour, bougies allumées, pour me lire interminablement ses œuvres fiévreuses. J'en ai connu une autre, pourtant psychanalyste, s'allongeant sur un lit et s'offrant par cette phrase : « Fais-moi exploser » (de rire ?). D'autres m'ont demandé de déposer un extrait de mon sperme, dans un flacon, sur mon palier, pour aller illico se faire inséminer. Une autre, plus sombre, tenait absolument à être enfilée pour ne rien sentir, et que j'éprouve comme ça, en érection, sous elle, le souffle du continent noir. La proposition amoureuse la plus touchante a consisté, dans un aéroport, à me demander qu'on soit enterrés ensemble. Enfin, bref : j'ai connu pas mal de « féministes » de la grande époque. Les types recevaient leur salaire mérité, j'étais sur le terrain, j'ai pris des notes. *Femmes* est un roman parfait.

Apollinaire n'a pas craint d'écrire que les hommes et les femmes avaient des éternités différentes, et Freud qu'il s'agissait, en somme, des relations entre ours blancs et baleines. Les baleines peuvent avoir l'air délicates et fragiles, mais il n'en est rien. Baleinier je suis.

L'épisode des Sirènes, dans l'*Odyssée*, m'a toujours paru bizarre, de même que la prétendue
expérience de Tirésias sur la jouissance féminine. Ulysse a menti, une fois de plus : le chant
des Sirènes est lamentable. Quant à Tirésias, il
ment lui aussi : la religion est à ce prix.

Apollinaire, dans *Les Mamelles de Tirésias*,
événement théâtral fameux d'où est sorti le
surréalisme, (avec un coup de feu mémorable
de Jacques Vaché, en officier anglais, pendant
la représentation), fait dire, déjà à la Beckett,
au personnage masculin : « Je veux mon lard, je
veux mon lard ! » À quoi sa femme, de l'autre
côté de la scène, répond : « Écoutez-le, il ne
pense qu'à l'amour ! »

La comédie s'achève, elle aura été intéressante. On aura beau, par tous les moyens, col-
mater la brèche par où la vérité s'est montrée,
elle n'en finira pas d'ébranler le mensonge.

Apollinaire, pour finir :

> Je souhaite, dans ma maison,
> Une femme ayant sa raison.

Pour moi, programme rempli, et ce n'est pas
une mince affaire.

Aveux féminins

J'aime que Simone de Beauvoir, dans des lettres de 1939, à Sartre, après avoir admis « qu'on ne peut pas prendre la sensualité plus au *tragique* qu'elle ne le fait », décrive ainsi Bianca Bienenfeld : « trop sociale », pas « authentique », « elle ne rend pas un son vrai dans un tas de circonstances », « elle me glace par son badinage et son sérieux, les deux me hérissent ».

Mais voici le plus beau :

« Vous savez, je pourrais très bien écrire un roman, la prochaine fois, où le héros serait un homme à femmes. On s'est couchées, et j'ai été secouée d'une haine absolument noire pour cette malheureuse créature quand elle s'est mise à m'embrasser sauvagement, elle a une conception des rapports physiques qui a quelque chose de familial, de rationnel et de cru à faire s'entrechoquer les os ; littéralement, je l'ai haïe, en jouissant de la haïr, pendant qu'elle s'extasiait de l'air tendre que j'avais. Rétrospectivement, je lui en veux encore. Dire que j'étais de glace serait un euphémisme ; j'étais pétrifiée comme la forêt elle-même avec en dedans des bouillonnements de fureur : je comprends qu'un type puisse haïr à mort une bonne femme qu'il n'aime plus, et surtout s'il est obligé par politesse de coucher avec elle. »

Il m'est arrivé (dans *Femmes* ou ailleurs) de parler de « baises de charité ». Que n'avais-je pas dit ! Scandale !

Je trouve Carlo-Emilio Gadda bien courageux d'avoir écrit, dans *Des accouplements bien réglés*, ce portrait, très répandu par ailleurs, d'une certaine Teresa Tarabiscotti :

« Une femme pleine de sagesse et de bon sens, comme disent les optimistes et les enthousiastes, pour dire : très près de ses sous, énergique, pointilleuse et constipée. »

Je m'arrête, on n'en finirait pas, et n'oublions pas qu'il faut purifier la bibliothèque. Tout de même, en prime, ces perles de Virginia Woolf, en 1940, à propos de l'*Ulysse* de Joyce (que Katherine Mansfield trouvait « ridicule », et Gide « un faux chef-d'œuvre »), où elle justifie le refus du livre par Hogarth Press : « Les pages indécentes paraissaient tellement incongrues », c'était « un tissu d'obscénités »...

Woolf insiste :

« Joyce est un écœurant étudiant qui gratte ses boutons... Son livre est inculte et grossier, le livre d'un manœuvre autodidacte, et nous savons à quel point ces gens sont déprimants. »

Pas de Jim Joyce à Bloomsbury pour le thé, donc. Dominique, au contraire, m'a assez vite appelé « Jim » dans ses livres. Elle admire beaucoup Woolf, mais quand même.

Je tombe sur deux remarques de Hemingway, le 1er juin 1950 :

« Je vais mettre maintenant à la radio un programme mélangé de Fats Waller et de Mozart. Ils vont très bien ensemble. »

« Jim Joyce est le seul écrivain vivant que j'aie jamais respecté. »

Nietzsche parle ainsi de l'instinct anti-artistique :

« Une façon de se comporter qui appauvrit, amincit, anémie toute chose. »

On opposera à ce bas *instinct*, celui, magnifique, de Pound :

« Lire le chinois, ce n'est pas jongler avec des concepts, mais observer les choses accomplir leur destin. »

J'y pensais, en me recueillant sur la tombe du fabuleux jésuite Matteo Ricci, à Pékin. Il faudra bien que nous devenions davantage chinois, un jour ou l'autre.

Isabelle R.

Il y a une femme qui a été tellement décriée que je ne résiste pas au plaisir de faire son éloge : Isabelle Rimbaud.

Elle n'a rien compris, mais elle a, de ce fait, beaucoup mieux compris que ceux qui ont mal compris.

L'aventure de Rimbaud n'est pas « littéraire », elle n'est pas non plus celle « d'un mystique à l'état sauvage » (Claudel) qu'il faudrait domestiquer, elle n'est en rien l'annonce d'une révolution sociale (Breton), au contraire. Rimbaud n'est ni un dévot en devenir, ni un trotskiste virtuel.

Verlaine a mal compris, Mallarmé a mal compris, Claudel, pourtant foudroyé, a mal compris, les surréalistes ont mal compris, et les « poètes » comprennent plus mal encore. Ils ont tous de très bonnes raisons d'en vouloir à Isabelle, témoin capital de la fin de Rimbaud à Marseille. C'est, au fond, un problème d'inceste et de *sœur*.

Verlaine, « vierge folle », puis hypocrite « Loyola » ; Mallarmé disant que Rimbaud, « s'étant opéré vivant de la poésie », avait des « mains de blanchisseuse » ; Claudel coincé par sa propre sœur en route pour la folie ; Breton obsédé par les dégâts de la conversion de Claudel, etc., tout le monde, entre misère sexuelle et rumination « littéraire », passe à côté d'une expérience unique, percée au-delà du dire, le dire n'étant pas une obligation.

Isabelle comprend mieux, à cause, précisément, de ses limites « religieuses ». Son frère est un saint, mais de quelle nature ? En tout cas, il faut le défendre contre les potins sexuels et la manie « littéraire ». C'est beaucoup plus, tout à fait autre chose, mais quoi ?

On se moque d'Isabelle, mais les filles Rimbaud (voir le journal de Vitalie à Londres dont personne ne s'était soucié avant que je le mette en perspective dans *Studio*) sont la noblesse même. Leurs préjugés sont moins importants que la perception, constamment et *organiquement* juste, qu'elles ont de leur frère. Beaucoup plus juste, en tout cas, que celle, homosexuelle (explicite ou refoulée), des contemporains et des successeurs.

Exemple, lettre d'Isabelle, en août 1895 :

« Ce serait une erreur de croire que l'auteur

d'*Une saison en enfer* a jamais pu se plier à la vulgarité de la vie du commun des mortels. »

Parfait.

L'année suivante (réaction à un article de journal) :

« Pourquoi insister sur des misères démesurément simplifiées ? »

En effet.

Et puis :

« Croyez-vous qu'on le méprisait tant que cela ? N'y avait-il pas, dans ces dédains apparents, une forte dose d'envie, la crainte de succès présumables pour l'avenir, et le désir de les enrayer d'avance ? »

On ne saurait mieux dire.

Et encore :

« Il possédait l'anglais à fond, et le parlait aussi purement que le plus parfait gentleman. »

Rimbaud *gentleman* ? Stupeur des vieux amis de province, Delahaye, Verlaine, avec leur argot pénible et merdique. Jugement, en tout cas, qui rejoint les descriptions de l'autre sœur, Vitalie, à Londres, en 1874.

Il faut voir comment Rimbaud, après sa mort (1891), est traité par les journalistes et les échotiers français de l'époque : polisson, vagabond, communard, escroc, racoleur, carliste, propre à rien, ivrogne, fou, bandit, etc.

De nos jours, hagiographie et légende, ce qui est la façon renversée de passer à côté du sujet.

Isabelle, d'emblée, pointe l'essentiel :

« Je crois que la poésie faisait partie de la nature même d'Arthur Rimbaud ; que, jusqu'à sa mort *et à tous les moments de sa vie*, le sens poétique ne l'a pas abandonné *un instant*. » (Je souligne.)

Et aussi :

« On peut sans crainte faire entrer, dans les révélations de ses derniers jours, extases, miracles, surnaturel et merveilleux, on restera toujours en dessous de la vérité. »

Isabelle parle ici avec ses mots de paysanne ignorante et dévote, elle vient, en réalité, de faire la connaissance de son frère en le veillant et en l'écoutant beaucoup. Sous la pression de l'opium qu'on lui donne comme calmant, il improvise pendant des heures, musique qu'elle dira, plus tard, retrouver dans les *Illuminations*. Tout naturellement, elle range cette expérience dans le seul registre symbolique qu'elle connaisse : la dévotion catholique, et la foi ou les visions qui y sont associées.

Ici, tout le monde se cabre : Breton est indigné de retrouver là l'opium du peuple et l'obscurantisme religieux ; Claudel s'enflamme puis se méfie (il a été « séminalement » influencé par les *Illuminations*, mais enfin, ça va comme ça, et, plus tard, quand on lui reparlera de Rimbaud, il

répondra qu'une messe suffit pour sa mémoire).
La légende de la falsification et de la récupéra-
tion « catholique » par une sœur abusive est en
route, et inutile de dire que si les dévots anticlé-
ricaux se déchaînent, les « catholiques », dans
leur ensemble, s'en foutent royalement.

En somme, c'est le contraire de l'affaire
Nietzsche, même si le parallèle est tentant. Isabelle, Camille, Élisabeth ? Trois sœurs, en tout
cas, sur la *chose*.

Claudel, après son ordination manquée, veut
faire vendre du Claudel, et ce sera le théâtre,
avec, comme expiation, une interminable, et
souvent très belle, lecture de la Bible en latin.
Mais enfin, bon, plutôt Isabelle : après tout, elle
était là, et Rimbaud est mort dans ses bras, scel-
lant, dans son langage à elle, un fabuleux
mariage d'au-delà. Je ne la sens pas inventer, les
heures qu'elle a vécues sont ici bouleversantes et
intenses. Au Harar, dit-elle, « il illuminait splen-
didement la salle de réunion et organisait des
concerts, musique et chants abyssins ».

Histoire génétique de sœur, et pas d'« âme-
sœur ».

Extrême jalousie et consternation, en
revanche, chez les « frères » imaginaires.

Comme on sait, Rimbaud n'a jamais coupé les
ponts avec sa famille, comme il l'a fait avec le
milieu « littéraire ». On connaît son programme

de retour : avoir le plus d'argent possible, se marier, avoir un fils qui devienne ingénieur, etc., décisions qui font encore se révulser la bien-pensance poétique. Moins remarquée est son invocation finale et constante sur son lit d'ago-nie : *al-Kârim ! al-Kârim !*, un des noms de Dieu signifiant l'« abondant », le « riche », le « munifi-cent », le « généreux ». Mais c'est aussi, en alchi-mie arabe, le nom de la Pierre philosophale.

Comme le disent souvent au lecteur les traités de cette dimension, pour conclure un passage important : *Comprends !*

Je ne fais que prendre au sérieux l'alchimie du verbe.

Générations

Au début de *La Fête à Venise*, j'évoque Stendhal, à Rome, le 20 juin 1832, commençant à écrire ses souvenirs « forcé, dit-il, comme la pythie ». Il a 49 ans. Il s'arrête le 4 juillet sur ces mots : « La chaleur m'ôte les idées à 1 h 1/2. »

Souvent, Stendhal n'écrit pas son disgracieux nom d'état civil, Beyle, mais le transforme en « Belle ». Il se trouvait laid, gros, avec une tête de boucher italien. Mais il écrit ceci, qui est inouï :

« Les yeux qui liront ceci s'ouvrent à peine à la lumière. » Et encore : « Mes futurs lecteurs ont 10 ou 12 ans. » Ailleurs, il ose prétendre qu'il sera lu en 1936. Ses contemporains, s'ils avaient lu ces propos, l'auraient trouvé prétentieux et fou.

Je me demande maintenant, le plus sincèrement possible, quels sont les individus célèbres, plus âgés que moi, dont j'ai vraiment aimé la rencontre et, parfois, les enseignements. J'en trouve six : Mauriac, Bataille, Breton, Ponge, Barthes, Lacan. C'est beaucoup.

Pour ma génération, je constate que le film social est toujours le même, avec les mêmes acteurs : Le Clézio (sanctifié), Modiano (idolâtré), moi (contesté), Quignard (encensé). Dans les 40-60, à part la vedette Houellebecq, personne ne s'est encore imposé, mais il est peut-être trop tôt pour le dire, quoique à 40 ans tout soit joué. Les 30-40 me semblent en difficulté (l'époque). On attend les 20-30, qui semblent, naturellement, mieux disposés à mon sujet.

Un journaliste littéraire français, qui doit aller sur la quarantaine, se permet ainsi de dire qu'on me regrettera lorsque d'autres, « moins cultivés et moins drôles », m'auront « remplacé ». *Remplacé* est le mot qu'il emploie, comme si un écrivain pouvait être remplacé par un autre. Parole de prétendant. Voir l'*Odyssée*.

Remplacez-moi donc, chers contemporains, et que les dieux soient avec vous. Je préfère compter sur ceux qui ne sont pas encore nés, et ne naîtront peut-être jamais. J'écris pour certains morts très vivants, et pour certains pas-encore-vivants hypothétiques. C'est d'ailleurs ce qu'on me reproche, et c'est parfaitement normal.

Chaque « génération » fait ses expériences sociales, sexuelles, symboliques, sentimentales : c'est souvent difficile ou tragique, chaque fois nouveau. Les anciens n'ont rien dit *pour nous*, qu'ils disparaissent.

Prenons le sujet principal qui occupe les esprits de notre puissante et très basse époque, le sexe. On peut se demander avec profit pourquoi, après l'embellie du dix-huitième siècle, les choses s'aggravent singulièrement après la Révolution et la Terreur, jusqu'à déboucher sur la pruderie dix-neuvième et la pathologie vingtième, au point qu'on peut dire que le « sexe », aujourd'hui, se révèle comme maladie.

Gide, Claudel, Mauriac, les surréalistes, Breton, Aragon, Artaud, Bataille, tous ont l'air différemment frappés de malédiction sur cette question, tellement surévaluée qu'elle finit par paraître folle. Gide est obsédé, Claudel ne veut rien savoir, Mauriac est fasciné par Gide, les surréalistes (il suffit de lire leur « Enquête sur la sexualité ») sont à côté de la plaque (ou bien se désavouent vite, comme Aragon), Artaud est littéralement possédé et hyperpuritain (comme sa fille spirituelle, Paule Thévenin), Bataille est vampirisé masochistement par Sade, *Histoire d'O* est un remake laborieux de la grande époque — tout est noir, en impasse, tordu, inquiétant. Seul le docteur Céline est net sur cette affaire, que les métaphores de Proust ont pour fonction de voiler.

Je me rappelle ma stupeur devant Ponge me citant avec admiration un propos de Mallarmé établissant une équivalence entre éjaculer et se moucher, ajoutant qu'il avait découvert l'existence de l'inversion chez Proust, m'assurant que Bataille était quelqu'un qui confondait le sperme et l'urine (il semblait beaucoup tenir à cette idée). Bataille, lui, se taisait, ses livres parlaient pour lui. On m'accordera que Blanchot n'est pas un auteur particulièrement érotique (pas plus que Beckett, Simon, Duras, Sarraute ou l'élémentaire Robbe-Grillet). Genet? Mais pourquoi *à ce point* pas de femmes? Lacan? Sans doute, mais que de préciosités, que de nœuds! Joyce? Bien sûr, mais pourquoi cette écrasante Molly sur son trône?

Il s'est donc passé quelque chose, mais quoi? La brutale apparition du sida a poussé l'énigme à son comble. Les nouvelles générations doivent donc faire leur apprentissage entre préservatifs et mauvaise humeur. On comprend leur désarroi, sans précédent dans l'Histoire, mais peut-être les choses sont-elles destinées à aller encore plus mal et plus bas, sans parler du déferlement de moralisation vertueuse qui profite de cet étiage. Bon, une mutation viendra. Sale temps social, en tout cas, bien que les réponses, sur ce terrain, ne soient *jamais* sociales. Quelle idée, aussi, d'avoir ramené le sexe à une fonction démocratique indexée sur la marchandise. Avoir rendu le sexe laid et surtout *ennuyeux* restera le symptôme de la période.

Comme toute « vie intérieure », dans le flux de la communication monétaire, sera de plus en plus bannie au profit des sollicitations extérieures et d'ordres donnés (tapez ici, tapez là, vous êtes branchés), les solutions viendront automatiquement des enfances « religieuses », à condition qu'elles se rendent compte du véritable désir qui anime cette dimension. Entre-temps, il faudra supporter très longtemps encore la propagande moralo-romantique (valeur-travail, « profondeur de la souffrance », réussite financière, « authenticité », etc.), c'est-à-dire la rengaine de l'escroquerie générale. L'instrumentalisation de la majorité des femmes est, comme d'habitude, prévue à cet effet. C'est une vieille histoire, mais les nouveaux pouvoirs viennent de lui donner un sacré coup de fouet : attention à l'utérus artificiel ! Procréez vous-mêmes !

En tant que « docteur », je n'*exerce* plus, comme on dit, ce qui ne m'empêche pas de donner parfois des leçons particulières d'anti-marchandise à des élèves douées. On peut en lire les détails dans *Une vie divine*.

Cauchemars

Cauchemar : je suis aux Enfers, les vrais, ceux de l'Antiquité la plus reculée, je vois devant moi se lever des ombres.

Hallier, avec son masque de rire idiot,

Huguenin, pâle jeune homme, fracassé dans sa voiture,

Matignon, colonel fébrile, cherchant une nouvelle formule assassine à mon sujet,

Bastide, grand dindon caquetant, répétant à quel point il me trouve « immonde »,

Poirot-Delpech, en costume d'académicien, avec un air torve d'auteur de lettres anonymes,

Rinaldi, déjà là, qui m'a tellement aimé, pendant des années, qu'il ne pouvait pas relâcher un instant son embrassement négatif,

Roux, ou plutôt de Roux, prétendant lyrique « de droite », occupé à rédiger son dixième discours contre moi,

Faye, prétendant embrouillé « de gauche » et dépité amoureux, rassemblé en famille pour jeter des tomates sur des effigies de Heidegger et de moi,

Roubaud, poète sans poésie, grand échalas aux regards vindicatifs lancés sur une de mes photos jaunies,

Foucault, très agité, entrant, sortant et entrant de nouveau dans des backrooms sombres,

Guibert, ange de la mort, poursuivi par des chœurs énamourés de mères,

Françoise Verny, grosse baleine décomposée à la dérive, mais gémissant encore des « cheuri », « cheuri »,

Bernard Frank, sénateur appuyé sur sa canne, vie au restaurant, mort au restaurant, sûr d'avoir plus d'esprit que tout le monde (pas faux), me donnant une petite tape paternaliste sur le bras avant de s'enfoncer dans l'alcool,

Bourdieu, grimaçant, la bouche mauvaise, continuant à me traiter de « prostitué »,

Muray, renfrogné, avec, sur le dos, un plein sac de ses romans ratés (et, bien entendu, c'est ma faute),

Et puis des lémures, encore des lémures, mâles ou femelles, on ne sait plus, tous enveloppés d'une croûte de haine.

J'entends crier « Joyaux au poteau ! », pendant que de grosses vieilles figurantes en tutu brandissent des pancartes où l'on peut lire « Pour en finir avec Philippe Sollers », ou « Rien de nouveau sous le Sollers » (titres bien réels de journaux d'époque).

Une autre manif, maintenant, avec des banderoles où je suis stigmatisé dans ces termes : « Illisible », « Imposteur », « Provocateur », « Parrain », « Bookmaker », « Maoïste », « Papiste », « Misogyne », « Homophobe », « Libertin pervers », « Polygraphe mondain », « Nul », « Baron », « Mandarin ».

Tout cela en hommage à mon *stylo*, je pense.

J'ai toujours été plus ou moins accusé d'avoir du « pouvoir », merveilleuse invention du pouvoir lui-même. Allons-y : alignons les chiffres, les rétributions, les vraies possibilités de pression, et rions.

L'intérêt de toutes ces péripéties, c'est qu'au bout du centième article contre X, Y, ou Z (en majorité des morts) on finit par se demander pourquoi un tel acharnement, une telle insistance. La question n'est-elle pas résolue ? Existe-t-il un mouvement de masse dangereux, s'inspirant, par exemple, de Nietzsche, Céline, Heidegger, tous ces islamistes de choc ? Ou bien... Ou bien...

Continuez : une attaque, et encore une autre,

et encore une autre. Vous êtes en train de former les nouvelles générations, qui préféreront ce que vous censurez, déformez, rejetez, à tout le reste... Merci pour cette vigilance constante, ce *travail*... Je ne donne pas de noms, ils sont déjà oubliés, ils ont droit à une médaille du Mérite... On les voit d'ici au combat, le matin, le soir, dans leurs téléphonages, leur vie privée, leurs communautés instinctives... Les communautés contre les exceptions irrécupérables, voilà l'hypocrisie en fonction.

Les cauchemars sont ce qu'il faut payer, pendant les nuits d'angoisse, comme appartenance à un temps de contrainte. La guerre continue pendant le sommeil, ce qui prouve à quel point, dès l'enfance, elle est violente. Que veut un enfant ? S'échapper, mais aussi rentrer chez lui en vainqueur. Histoire d'Ulysse, qui y parvient, grâce au secours d'Athéna. Comme quoi, dans la vie d'un mortel, il faut, pour s'en tirer, des déesses.

« *Prix* »

En septembre 2002, je publie *L'Étoile des amants* : tout le milieu littéraire croit que je veux le Goncourt, le livre est aussitôt éreinté sans être lu, et, comble d'ironie, apparaît une fois sur la liste du prix Renaudot, pour en être promptement retiré comme une erreur de listing. Cette minuscule affaire Clearstream reste opaque, les trésoreries des éditeurs ayant leurs non-dits. Une ruse de ma part *pour voir* ? Peut-être.

Je ne vais pas aller plus loin sur les « prix », qui n'ont jamais été mon affaire. J'ai obtenu, très jeune, le prix Fénéon grâce à Paulhan, le prix Médicis en 1961, grâce à une manœuvre contre mon éditeur de Mauriac, puis des prix sans grande signification des Villes de Paris et de Bordeaux, un prix de l'Académie française, dit « Paul Morand » (pas mal d'argent), et surtout le prix Montaigne, à Bordeaux, cent vingt bouteilles de grands crus (tous bus). Bon, tout ça dans un désordre de rêve, sans que je m'en occupe le moins du monde. J'allais oublier :

après dix ans de « nomination », un truc à Monaco, charmante princesse.

Quand on sait à quel point le microcosme éditorial français est mobilisé comme un seul homme sur ces affaires, on en reste amusé et légèrement effaré. Je suis très peu « milieu », j'ai des amis qui travaillent, et une vie privée à plein temps.

Je ne suis pas candidat à l'Académie française, je n'ai aucune chance pour le Nobel, je ne suis membre d'aucun jury, sauf du « prix Décembre », un « petit prix », mais généreusement doté par Pierre Bergé. Les lauréats sont là des écrivains de qualité, et qui va s'en plaindre ?

Voilà tout. J'ai une vie sociale à éclipses (ce n'est pas comme ça qu'on fait carrière), une vie officielle d'éditeur discret (chez Gallimard), et une vie souterraine plutôt intense. En gros 1/4 de visible, 3/4 en plongée. Comme personne ne lit plus grand-chose, je suis donc jugé sur 1/4, et encore de façon erronée.

La plongée, c'est, comme en ce moment, 6 h 30 du matin, et grand silence sur Paris, ou alors, les journées éclatantes, avec leurs nuits spéciales, à Venise et à Ré. En tout : trois mois de corps réel et de main d'écriture constante.

En 2004 : *Dictionnaire amoureux de Venise* (un succès) et, en 2006, *Une vie divine* (plutôt un succès). Très bientôt, *Guerres secrètes,* voyage à travers l'*Odyssée* et la généalogie de Dionysos, en passant par les traités de stratégie chinois.

En préparation : un nouvel ensemble, suite de *La Guerre du goût* et d'*Éloge de l'infini* dont le titre, en toute modestie, sera celui d'un traité ésotérique du début de notre ère : *Discours parfait,* et puis un roman, surgi par surprise, dont je ne donne pas le titre par superstition (mais on peut le lire en 2009 : *Les Voyageurs du Temps*).

Où suis-je ? La main court, l'océan monte à l'horizon, je sens de loin sa pression et son odeur d'iode, les acacias, sur ma droite, sont toujours aussi indulgents pour moi. Il y aura, comme tous les ans, une « rentrée littéraire », 700 romans en compétition, 6 ou 7 de sauvés, marathon maniaque. La Toile fait rage, les blogs pullulent, Internet ne dort pas, les mails pleuvent, les fax crépitent, les télés et les radios se courent après, les journaux roulent. Bien entendu, *je me tiens au courant.* Une ou deux heures de vice, huit de vertu. J'aime bien bavarder, mais j'aime encore mieux me taire.

J'aime le jeu, l'amour, les livres, la musique,
La ville et la campagne, enfin tout,
Il n'est rien qui ne me soit souverain bien,
Jusqu'au sombre plaisir d'un cœur mélancolique.

Ces vers de La Fontaine (et surtout l'admirable double négation du troisième vers) se
récitent en moi tout seuls. Ils *germent*. Même
chose avec des formulations de Rimbaud, par
exemple le simple et mystérieux : « Le ciel bleu
et le travail fleuri de la campagne. » Ou bien
ceci, récité intérieurement chaque matin :

> Mon âme éternelle,
> Observe ton vœu
> Malgré la nuit seule
> Et le jour en feu.

Puissance de l'océan, joie des acacias,
vacances.

Déesses, fées, sorcières

Il y a les fées, les sorcières, ou, plus rarement, les déesses. Si, si, je les ai rencontrées. Ulysse, par exemple, tombe sur Athéna : elle lui apparaît, l'aide, le sauve, le soutient, l'encourage. Je vous fais une confidence, mais ne me dénoncez pas trop : je crois aux dieux grecs, Dionysos, Hermès, Apollon, et encore plus aux déesses, Aphrodite, Artémis, Athéna. Mes liens sont plus distants avec Zeus, Héra, Poséidon (mauvais œil) et Hadès. Pour moi, indubitablement, de temps en temps, *les dieux sont là*. Je vous ai déjà dit que j'étais fou, mais ce n'est pas grave.

Les déesses, les fées, les sorcières ont toutes en commun d'être extraordinairement *raisonnables*, mais avec une vivacité et une énergie que, le plus souvent, on ne leur reconnaît pas. Pas folles du tout, elles, *au contraire*. Il leur arrive de ne pas détester un homme, et peut-être, même, de l'aimer.

Ma mère, d'abord, sorcière redoutable en divination, et puis fée, tout à coup, avec ses yeux différents et ses rires.

Eugénie, vraie sorcière bénéfique, d'une patience à mon égard qui m'étonne encore.

Dominique, grande déesse adorable de ma vie, à qui j'ai dédié mon *Venise*, en l'appelant « Grande Petite Jolie Belle Beauté ». Elle est beaucoup là dans *Passion fixe*.

Julia, réincarnation d'Athéna, qui apparaît déjà dans *Femmes*, et puis un peu partout, et puis dans *L'Étoile des amants*, où personne n'a voulu la voir, c'est drôle.

Principe de discrétion : pas d'autres noms. Encore une fois, il n'est pas interdit de lire mes livres.

Déesses, sorcières, fées. Les sorcières devenues fées sont particulièrement efficaces, les fées ne deviennent jamais sorcières, mais peuvent s'endormir, les déesses nous protègent de la Reine de la Nuit.

Le secret, en amour, c'est que l'autre et vous, même si ce n'est pas le cas, vous êtes connus lorsque vous étiez enfants. Vous êtes des enfants, vous êtes *vos* enfants. Ensemble, vous condamnez le monde des adultes, auxquels vous ressemblez trop souvent.

— Alors, tout ça, votre jeunesse, vos amours,

vos écritures, l'avant-garde, *Tel Quel*, *L'Infini*, etc.,
une simple histoire d'enfance prolongée ?

— Mais oui.

— Vous n'avez donc jamais *grandi* ?

— Il faut croire.

— Comment voulez-vous qu'on vous prenne
au sérieux ?

— Je ne m'y attends pas. Mais je constate que
je reste libre dans mon studio libre.

— C'est ça. Et, naturellement, vous allez nous
répéter que vous serez lu en 3036 ?

— Bien sûr.

Je passe parfois un peu de temps à lire les
romans que je reçois. Ils sont en général senti-
mentaux ou violents, enfance malheureuse,
déboires conjugaux, impasses sexuelles, obstacles sociaux. Du côté gay, en majorité, porno
forcée et répétitive (il y a maintenant un conformisme homo, comme il y a un conformisme
hétéro). Les hommes semblent épuisés et perdus, les femmes souffrent, et le disent. Non seulement le bonheur n'existe pas et ne peut pas
exister, *mais il ne faut pas qu'il existe.* Puisque la
société va mal, *il faut* que j'aille mal.

Finalement, j'ai fait le tour des préjugés qui
me concernent. Origine « bourgeoise », ni
vichyste ni traditionaliste, mauvaise note. Débau-

ché catholique, mauvais, mauvais. Renvoyé d'un peu partout, y compris de l'armée, bizarre. Liaison, à 15 ans, avec une diabolique étrangère plutôt lesbienne, deux fois plus âgée, et au niveau social « inférieur », exécrable. De nouveau avec une très belle femme plus âgée (mais on n'a pas d'âge, et c'est ça le scandale) qui n'est pas vraiment française puisqu'elle est d'origine belge, mais, surtout, juive polonaise, très mal toléré. Clandestinité voulue, revoulue et jamais révolue, extraordinairement suspect. Et puis une jeune et jolie étrangère, venue, à l'époque, d'un pays communiste, brillante intellectuelle, devenue, en plus, « femme légitime », trahison, désertion, défection, cordon sanitaire, attention.

Les homos sont outrés, les jeunes Françaises dépossédées d'un mariage possible, la droite classique horrifiée, la gauche pincée, les communistes furieux que je ne sois pas communiste, l'extrême gauche en revient toujours à la case « bourgeois », les libertaires et les anarchistes me trouvent conventionnel, l'extrême droite n'a pas de mots assez durs pour stigmatiser le poison que je représente. Non seulement j'ai fait le Diable au corps *en mieux*, mais j'ai défié les usages de ma famille, de ma classe sociale, de ma nation, de ma religion, de l'humanisme tranquille, et même de la perversion instituée.

Aucune circonstance atténuante, puisque je viens d'une province riche, que mon père n'était pas instituteur ni ma mère employée.

On peut donc comprendre, sans s'énerver, que j'aie été, à un moment donné, dans cette solitude existentielle, tenté par la phraséologie révolutionnaire. Je l'ai fait, ça n'a pas duré.

Les hommes et les femmes, en général, épousent des fonctions sociales. Ça n'a pas été mon cas, pas plus que je n'ai participé à l'échange de femmes entre hommes, socle de l'homosexualité refoulée. Nous avons, Julia et moi, été longtemps pauvres dans l'insouciance (mais c'est vrai qu'il y avait *l'arrière-pays*), étudiants attardés, marginaux, incontrôlables et, au fond, on est restés comme ça, stabilisés mais précaires. Solidaires, donc. Le mot « fraternité » ne me dit pas grand-chose, pas plus que celui d'« égalité », mais « solidarité », oui, je comprends, j'accepte. En un sens, tous les réfractaires spontanés sont solidaires. Ils ont vu la douleur, l'absurde, le néant, la mort, et ils n'oublient rien, ni les précipices ni les fêtes. On les croit rangés, ils restent étrangers.

Resterait à analyser l'abjection rampante, à partir des années 1970, d'une entreprise d'instrumentalisation technique, gynécologico-féministe, du corps des femmes. On atteint là des sommets. Je pourrais donner des noms et des lieux d'expérimentations et d'accomplissements cliniques, qui, d'ailleurs, doivent durer encore. Je pourrais même me procurer certaines preuves. Mais bon, passons, la Diabolie n'est pas ma passion.

Le Jardin

À en croire la rumeur bourdonnante
ambiante, les horreurs du vingtième siècle
devraient nous enfermer à jamais dans un cercle
noir. Cette opinion a ses raisons lourdes, sauf
que ce cercle est désormais enveloppé d'une
sphère d'horreur constante en expansion insen-
sée. Frénésie financière et publicitaire, donc, sur
fond sans fond de trou noir.

Je lève les yeux, le jardin est très beau, les
arbres qui ont basculé, hier soir, du vert au
noir, remontent peu à peu, ce matin, du noir
vers le vert. La contradiction est si flagrante
qu'elle explose en plein visage. Comble de
contradiction ? C'est l'époque où nous vivons. Le
vingt et unième siècle, d'ailleurs, est-il encore un
« siècle », ou une autre dimension du Temps ?
Question à laquelle on est forcé de répondre.

J'ai sur ma table, à droite, les *Vies des hommes
illustres*, de Plutarque, et, à ma droite, *Vie, doc-*

trines et sentences des philosophes illustres, de Diogène Laërce. Dans un roman, sans craindre la
comparaison, je pourrais dire que j'occupe exactement la même position que Montaigne il y a
plus de quatre siècles, et inventer que j'entends
crisser la plume qui écrit les *Essais*. Il n'y a que le
mot « illustre » qui peut froisser un contemporain. C'est du latin, *illustris*, qui veut dire « d'un
renom éclatant et célèbre ». Des familles, paraît-
il, ont été « illustres ». Vous voyez bien.

Pendant des siècles, beaucoup ont lu et relu
ces vénérables volumes. Qui le fait encore ? Des
érudits et des spécialistes, sûrement, mais où est
l'amateur ?

Diogène Laërce, surtout, m'intéresse, du fait
qu'on ne sache rien, ou presque, de sa vie. Il est
là entre 200 et 500 de notre ère (dite de J.-C,
mais qui comprend encore ces deux lettres ?).
La date la plus probable de son existence se situe
au début du troisième siècle. Je vois qu'il a été
très pratiqué par Montaigne, mais aussi par
Pascal et Rousseau. Il est maintenant critiqué
par des professeurs, dont l'un nous dit, sans
rire, qu'« il a l'imagination d'un romancier ou
d'un fabuliste, et nullement l'esprit philosophique ». Sans doute, d'où le plaisir qu'on prend
à le lire.

Ce sont mes vieux livres d'étudiant, transportés autrefois de chambre en chambre. Plutarque, Diogène Laërce, et tant d'autres, ont été achetés avidement (avec quel argent?) à la librairie Guillaume Budé, boulevard Raspail. Couvertures jaunes pour les grecs, rouges pour les latins; d'un côté Homère, Eschyle, Sophocle, Euripide, Pindare, de l'autre Lucrèce et Virgile. Je me demande encore ce qui pouvait bien me pousser, moi si enthousiaste des surréalistes et de la subversion littéraire, vers l'Antiquité. Instinct, en tout cas : il faut tout revisiter, tout changer, repartir de plus loin, reprendre. J'ai eu au moins, très tôt, la conscience d'être très ignorant. Rayon jaune, donc, rayon rouge, puis rayon biblique et théologique, rayon gnostique, rayon ésotérique, rayon indien, rayon chinois... Tous ces volumes ont été longuement consultés, pas seulement pour apprendre, pour vivre.

Pour en revenir à Diogène Laërce, je sais déjà les passages que j'ai envie de relire. La vie d'Épicure, bien sûr (341-270 avant J.-C), en commençant par cette définition d'Apollodore, lequel rappelle qu'il était d'abord grammairien et qu'il est venu à la philosophie parce que les grammairiens étaient incapables de lui expliquer le chaos d'Hésiode. Cette anecdote me plaît, d'autant plus qu'elle réveille aussitôt les atomes, le vide, les tourbillons, l'infini. Qu'on

débouche ainsi sur une pensée du *jardin* me
paraît encore incroyable. Suit le relevé de toutes
les insultes dont Épicure a été l'objet de la part
des concurrents de son temps : « le plus grossier
des êtres vivants », « scandaleux », « débauché »,
« entrailles », « habitué des prostituées », « pla-
giaire », « voleur », « immoral », « bâfreur »,
« dépensier », « ignare », « menteur », etc. Les
philosophes entre eux, quel spectacle ! Et les
religieux, donc ! On sait que, plus tard, le christianisme s'est beaucoup acharné contre Épicure,
devenu tout simplement un *porc*, distinction qui
l'honore.

Diogène Laërce conclut froidement cette énu-
mération d'injures comme suit :
« Voilà tout ce que des écrivains ont osé dire
d'Épicure, mais tous ces gens-là sont des fous. »
Après quoi, il le loue.

Je constate que mes notes de jeunesse vont
toutes vers la *Lettre à Ménécée*. Qu'est-ce qui m'a
aidé, là, et m'aide toujours ?
D'abord : « Il faut étudier les moyens d'acquérir le bonheur, puisque quand il est là nous avons
tout, et quand il n'est pas là, nous faisons tout
pour l'acquérir. »
Cette sublime définition du « sage » : « Il sera
semblable à lui-même pendant son sommeil. »

Enfin, cette récusation de la peur, celle des astres comme celle de la mort :

« On redoute l'insensibilité de la mort comme si on devait la sentir. »

La mort n'est *rien*, il faut donc juste se demander qui a intérêt à en faire un épouvantail ou un horizon indépassable.

Mais voici :

« Pense d'abord que le dieu est un être immortel et bienheureux, comme l'indique la notion commune de divinité, et ne lui attribue jamais aucun caractère opposé à son immortalité et à sa béatitude. Crois au contraire à tout ce qui peut lui conserver cette béatitude et cette immortalité. Les dieux existent, nous en avons une connaissance évidente. Mais leur nature n'est pas ce qu'un vain peuple pense. Celui qui nie les dieux de la foule n'est pas impie, l'impie est celui qui attribue aux dieux les caractères que leur prête la foule. Car ces opinions ne sont pas des intuitions, mais des imaginations mensongères. De là viennent pour les méchants les plus grands maux, et pour les bons, les plus grands biens. »

J'avais oublié la sentence suivante : « Les dieux existent, nous en avons une connaissance évidente. »

De nouveau :

« La foule, habituée à la notion particulière qu'elle a de la vertu, n'accepte que les dieux conformes à cette vertu, et croit faux tout ce qui en est différent. »

N'est-ce pas.

Le texte continue ainsi :

« Habitue-toi, en second lieu, à penser que la mort n'est rien pour nous, puisque le bien et le mal n'existent que dans la sensation. D'où il suit qu'une connaissance exacte de ce fait que la mort n'est rien pour nous nous permet de jouir de cette vie mortelle, en évitant d'y ajouter une idée de durée éternelle et en nous enlevant le regret de l'immortalité. Car il n'y a rien de redoutable dans la vie pour qui a compris qu'il n'y a rien de redoutable dans le fait de ne plus vivre. Celui qui déclare craindre la mort non pas parce qu'une fois venue elle est redoutable, mais parce qu'il est redoutable de l'attendre est donc un sot. »

Ici, je m'étonne, une fois de plus, que ce texte ait été conservé : il aurait dû être brûlé mille fois, il l'a d'ailleurs été, mais en vain. Il rayonne.

« C'est sottise de s'affliger parce qu'on attend la mort, puisque c'est quelque chose qui, une fois venu, ne fait pas de mal. Ainsi donc, le plus effroyable de tous les maux, la mort, n'est rien pour nous, puisque tant que nous vivons, la mort n'existe pas. Et lorsque la mort est là, alors, nous ne sommes plus. La mort n'existe donc ni pour les vivants ni pour les morts, puisque pour les

uns elle n'est pas, et que les autres ne sont plus.
Mais la foule, tantôt craint la mort comme le pire
des maux, tantôt la désire comme le terme des
maux de la vie. Le sage ne craint pas la mort, la
vie ne lui est pas un fardeau, et il ne croit pas que
ce soit un mal de ne plus exister. De même que
ce n'est pas l'abondance des mets, mais leur qualité qui nous plaît, de même, ce n'est pas la longueur de la vie, mais son charme qui nous plaît.
Quant à ceux qui conseillent au jeune homme
de bien vivre, et au vieillard de bien mourir, ce
sont des naïfs, non seulement parce que la vie a
du charme, même pour le vieillard, mais parce
que le souci de bien vivre et de bien mourir ne
font qu'un. »

Le jeune homme et le vieillard ne font qu'un.

Après quoi Épicure défie Sophocle et son
Œdipe à Colone, vers 1217-1219 :

« Bien plus naïf est encore celui qui prétend
que ne pas naître est un bien : "Et quand on est
né, franchir au plus tôt les portes de l'Hadès."

« Car si on dit cela avec conviction, pourquoi
ne pas se suicider ? C'est une solution toujours
facile à prendre si on la désire si violemment. Et
si on dit cela par plaisanterie, on se montre fri-
vole sur une question qui ne l'est pas. Il faut
donc se rappeler que l'avenir n'est ni à nous, ni
tout à fait étranger à nous, en sorte que nous
ne devons ni l'attendre comme s'il devait arriver,

ni désespérer comme s'il ne devait en aucune façon se produire. »

Ici, je range mon vieux Diogène Laërce, et je note que le livre le plus usagé (il est presque en lambeaux) est, tout près, le *Ecce Homo* de Nietzsche. Nietzsche trouve Épicure trop peu « dionysien », mais ça, c'est une autre affaire.

Un aveu quand même : dans Plutarque, l'assassinat de Cicéron me fait, encore aujourd'hui, venir les larmes aux yeux.

« *Français* »

Les plus « drogués » de mes livres (« afghans »,
si l'on veut) sont *Nombres*, *Lois*, *H* (surtout *Lois*,
1972). On pourrait dire que *Paradis* est une
grande cure de désintoxication, ce qui, d'ailleurs, vaut pour toute expérience initiatique.
On traverse des jours, des nuits, des mois, sans
s'en rendre compte. On est en enfer, avec des
zébrures de paradis, on monte vers la lumière,
on passe par des purgations diverses, l'enfer ne
lâche pas prise comme ça, on atteint peu à peu
la zone de « non-trouble ». Ce chemin ne mène
nulle part, c'est-à-dire partout. À chaque étage,
en plus de l'aide dispensée sans relâche par des
alliées de fond, il y a obstacle ou secours féminin
imprévus. Tout cela est vrai, et plus qu'étrange.

Au passage, je l'ai dit, la bibliothèque entière
se met à parler à mi-voix, et, à travers le temps et
l'espace, on capte en direct de larges pans de
peinture, de musique, de sculpture, d'architec-

ture. La planète du langage se met à tourner dans toutes les langues et sous toutes les latitudes, avec cet avantage que le français, très curieusement, se révèle être la langue universelle de la traduction, de la transposition et de l'actualisation active. C'est sa propriété la plus propre, d'où l'abondance de Mémoires de premier ordre, mais aussi une ouverture sans pareille à tous les horizons et à toutes les civilisations. C'est en ce sens précis qu'il est universel. Pour cela, il doit éviter la pétrification académique, la limite scolaire, et, de plus en plus, l'autodestruction moderniste. Le système nerveux le plus résistant, c'est-à-dire clair, s'y retrouvera forcément.

J'ai constamment été heureux de cette navigation contrastée. À l'époque « droguée », j'ai été plutôt loin dans ce sens. Le corps est léger, le délire afflue de partout, les mots jouent entre eux, les associations se multiplient, les calembours et les coq-à-l'âne, éblouissants de justesse, fleurissent. C'est souvent idiot, mais pénétrant, et surtout comique, en relief. On est clown dans la comédie, et encore clown dans la tragédie. On ne marche plus, on vole, on titube, aussi, mais on fait le mur. Le mur du son cède, c'est dangereux de planer au-delà, mais le plaisir est très grand, même si les retombées sont lourdes. À partir de là, encore une fois, il y a, très nettement, les bons et les méchants, les gracieuses et les grimaçantes. On fait, en cours de route, quelques erreurs de diagnostic, mais pas longtemps.

Les camarades de navigation sont Retz, Sévigné, Saint-Simon, Voltaire, Rousseau, Chateaubriand, Stendhal, Proust, Céline. Il y a du fleuret dans l'air, plein de sommeils inspirés, de la *fronde*, des escales, des traversées. L'Histoire veut vous raconter quelque chose sur son envers, elle compte sur votre éveil. Vous ne vous abrutissez que d'un œil (l'abrutissement est nécessaire), puis vous vous levez d'un bond, vous êtes, rien à faire, un animal *français*. C'est quoi, ça ? De l'accumulation de poignet, de toucher, de visée ; du savoir-se-fendre. Les phrases sont des pointes, vous savez vous battre dans les escaliers.

« Le français est langue royale, foutus baragouins tout autour », répète Céline, ce grossier raffiné, increvable et fabuleux personnage. Au lieu de passer votre temps à déglutir, en bon colonisé, du « traduit-de », vous feriez mieux de vous enfermer avec vos classiques. *C'est vous qui traduisez tout*, les traductions sont nulles à côté des vôtres. Vous saisissez les choses par l'intérieur, vous êtes grec, hébreu, latin, sanscrit ou chinois quand ça vous chante. Mais surtout, vous

écoutez ceux qui ont respiré, bougé, parlé, souffert et joui dans cette langue. Vous entendez et
voyez leurs solitudes. Elles viennent vers vous,
elles justifient la vôtre, là, sur le papier.

Toutes ces expériences s'appellent *Solitudes*
(« *Soledades* », dit Góngora). Un seul livre, au
fond : *Vies et sentences des grandes solitudes*. Un vrai
roman. Peu importent les époques, les régimes,
les savoirs du jour : la vibration est là, singulière,
unique.

Je lis un reportage sur la Chine actuelle et son
tourbillon gigantesque. Il paraît que la demande
en psychanalyse ne cesse d'augmenter chez les
Chinois stressés, premiers Asiatiques mordus
de l'intérieur. Le journaliste se demande si,
après « l'oncle Marx », l'empire du Milieu ne va
pas aller vers « l'oncle Freud ». Il oublie « l'oncle
Nietzsche », dont l'heure ne semble toujours
pas venue. Je me tâte : ne serait-il pas opportun
que j'ouvre un cabinet d'analyste à Pékin ? Vous
voyez d'ici le roman : *Un divan à Pékin*, best-seller
automatique. Je procéderais par acupuncture
psychique : séances courtes, et même zen, à la
Lacan. J'hésite. Il faudrait me remettre sérieusement au chinois, et puis la pollution, là-bas, est
trop forte.

Votre maître anglo-saxon, dont vous n'êtes
plus, désormais, qu'un petit dominion, n'arrête
pas, lui ou ses collaborateurs, de vous dire et de

vous faire sentir que vous êtes « *too French* » ?
Misez le *too* sur le *too*, le trop sur le trop, dix fois
plutôt qu'une.

Solitudes : Montaigne retrouvant sa solitude
avec un soupir ; Retz, archevêque de Paris, sou-
levant des quartiers entiers ; Pascal et sa nuit de
feu ; Saint-Simon, épuisé, le soir, par les ignomi-
nies de la Cour, et allumant ses bougies pour
plus tard ou jamais ; Voltaire, en carrosse, fuyant
Frédéric de Prusse ; Rousseau à la dérive, allongé
dans sa barque ; Casanova, un jour de pluie en
Bohême ; Maistre, par une belle soirée, à Saint-
Pétersbourg ; Sade, homme de théâtre à Cha-
renton ; Chateaubriand, pleurant à Saint-Louis
des Français, à Rome ; Stendhal comme chez lui
à Rome ; Baudelaire, s'embarquant un soir à
Bordeaux ; Lautréamont, débarquant un matin à
Bordeaux ; Rimbaud, à la tête d'une caravane
d'armes dans le désert ; Mallarmé, et son spasme
final de la glotte ; Proust étouffant dans son lit ;
Céline en prison, au Danemark...
Je m'en tiens au français, mais la liste, en italien, espagnol, anglais, allemand, serait longue.
Et, finalement, vues de près, solitudes de tout-
un-chacun et de toute-une-chacune. Toutencha-
cun, Toutenchacune, personnalités anonymes,
aztèques ou égyptiennes, des temps anciens...

La jeune masseuse qui vient me voir tôt le matin s'appelle Ophélie. Elle a 24 ans, et elle se soucie, avec force, habileté et précision, de mon épaule droite. Elle me trouve chaque fois un peu contracté, donc pas assez chinois, et pour cause. Elle a un ami de son âge, elle veut, un jour, avoir trois enfants. Elle comprend intimement les muscles, les circuits nerveux, tout ce qui vit sous la peau, en douce. Elle est très consciente de la couleur érotique chaste de ce genre de séance. Elle me demande quand je prends des vacances, et feint de s'étonner quand je lui dis « jamais ». « Mais le samedi ? le dimanche ? » « Encore moins. » Drôle de client, ça la change de ses sportifs. Est-ce qu'elle devine qu'elle est tout à coup une fée de passage ? Sans doute.

Mes deux sœurs ont eu sept enfants, et leurs enfants plus d'une quinzaine. Une de mes nièces rentre de Berlin, une de mes petites-nièces (22 ans) était en Inde, puis à Shanghai, et écrit dans un journal financier. Un de mes neveux, Hugues, produit de l'excellent bordeaux, dont il m'apporte trois caisses. Tous ces personnages sont bizarres, ils habitent un peu partout, en Suisse, à Bordeaux ou dans les environs, à Biarritz, Nantes, ou Strasbourg. Je n'en vois certains qu'une fois par an, ici, à Ré, rendez-vous rapides. Le plus étonnant, c'est le peu de nouvelles qu'ils ont les uns des autres. On apprend des nais-

sances à l'improviste, des maladies ou des séparations à mots couverts. « C'était bien, Shanghai ? » « Je te raconterai. » On ne se raconte
rien, et tout va bien. Ils et elles savent que je suis
« écrivain », et même connu, paraît-il. Mais c'est
le moindre de leurs soucis, et je les approuve.

Pendant ce temps, après ses livres sur Hannah
Arendt, Mélanie Klein et Colette, Julia, de son
côté, met la dernière main à un gros livre passionnant sur sainte Thérèse d'Avila, ce qui me
permet, par moments, de m'imaginer en Bernin
ou en Jean de la Croix. L'athéisme freudien souriant de Julia est inflexible, alors que, tout bien
réfléchi, je ne suis athée qu'une fois sur trois. Il
y a un beau portrait, peu connu, de sainte Thérèse, par Vélasquez, au Prado. Elle apparaît très
belle, les yeux au ciel, avec une plume à la main.
Ce Docteur féminin de l'Église a beaucoup écrit,
et ses visions sont célèbres. Je redis la formule
d'elle que je préfère : « L'Enfer est un lieu où
l'on n'aime pas. »

Si j'adopte la théologie catholique de la Résurrection, dont personne ne me parle jamais, je
vois que j'obtiens, à ce moment-là, un corps
impassible, agile, subtil et glorieux. Ça me va.

Un temps gris doux, sans vent, est idéal pour
écrire. Peu à peu, le ciel s'éclaircit, le soleil

perce, les couleurs s'affirment. J'irai me baigner en fin d'après-midi, emmené par une légère brise nord-est, petites rides continues sur l'eau, le rêve. Le rosier, protégé par un pan de mur et le mimosa et l'acacia enlacés, fleurit et refleurit ses grands calices rouges de cœur. Je traverse la route, je suis immédiatement sur la plage, il n'y a personne, je dois, pour entrer dans l'eau, franchir un mur d'algues où j'enfonce jusqu'aux genoux, et ensuite c'est l'océan calme dans le soleil, un banc de mouettes à gauche, un autre à droite. Elles acceptent, et c'est rare, l'humain qui se mêle à elles. Je n'ai aucune mauvaise intention, c'est la paix.

Je me laisse porter, et j'apprends avec étonnement plus tard, par mon neveu, que l'expression « faire Mao » est couramment employée, depuis au moins vingt ans, par les jeunes gens sur les plages pour signifier qu'on se laisse porter par le courant. Bien entendu, ils n'ont aucune idée (ou alors très vague) de la baignade célèbre de ce grand et subtil criminel dans le Yangzi, pour déclencher sa « Révolution culturelle ». Il a 73 ans à l'époque, il laisse croire qu'il est très fatigué, et le voilà tout à coup en plein fleuve Bleu, sur quinze kilomètres, tortue millénaire, entouré de centaines d'autres baigneurs brandissant de grands drapeaux rouges. Les documents filmés existent, mais personne de l'âge de

20 ans ne semble les avoir vus, et encore moins savoir à quoi ils correspondent. Énigme, donc, des transmissions symboliques. « Faire Mao », finalement, c'est tendance. J'en ris tout seul, et les mouettes aussi.

Je rentre par le jardin, je me demande où est passée ma mémoire, mais elle est là, dans le rosier, nulle part ailleurs. Essaie donc d'être toi-même une rose, c'est-à-dire « sans pourquoi ». Tu connais le « comment », tu n'as pas besoin du « pourquoi ».

Je regarde quand même, à la télévision, la cérémonie d'enterrement du cardinal Lustiger à Notre-Dame de Paris. C'est parfait. Le président de la République française a interrompu son voyage aux États-Unis pour assister au spectacle, dans un fauteuil un peu grand pour lui. Sur le parvis, terre d'Israël, minutieusement versée dans un bol sur le cercueil de ce cardinal juif (un événement de première importance dans la catholicité), et Kaddish récité en araméen (« la langue de Jésus », soulignent les commentateurs). On entre dans la cathédrale sur fond de « *requiem aeternam* », les discours sont impeccables, archevêque, Académie française, message du pape Benoît XVI, puis disparition du cercueil dans la crypte. La chorale de Notre-Dame me paraît en nets progrès : c'est toujours ça, dans ces jours étranges.

« *Dieu* »

Voyons un peu cette question de Dieu *mono*. Je lis la Bible, les prophètes, les Évangiles, le Coran, et il me paraît évident, assez vite, que, dans cette région fondatrice et toujours en ébullition, c'est la figure du Christ qui retient la plus grande attention.

Je fais comme si j'ignorais tout le reste, je deviens donc *contemporain*, un drôle de contemporain, avec des dieux grecs plein les poches, mais très étonné par le manque de discernement des vivants.

Je n'entre pas dans les guerres de Religion, les déviations, les hérésies, les scissions, les anathèmes, je laisse tout ça aux Propriétaires du Temps, ou se croyant tels. Ce que je veux, c'est éprouver directement la Révélation face à face, et, sinon voir Dieu lui-même (on en meurt), du moins être là quand un homme se prétend fils de Dieu, puis Dieu en personne. L'histoire est

connue (vraiment?), et elle a eu les conséquences que l'on sait (vraiment?).

Je me mets donc dans un présent intégral,
j'estime que tous les malentendus viennent de
se situer au passé, j'ouvre l'Évangile de Jean (qui
me le demande), et je l'écoute au présent. Je
garde le mot *Verbe*, plutôt que *Parole*, c'est plus
ample, moins routinièrement humain, plus significatif. J'évite les versets, je laisse couler en prose.
Voici :
« Au commencement est le Verbe, et le Verbe
est avec Dieu, et le Verbe est Dieu. Il est au commencement avec Dieu, Tout est par lui, et sans
lui rien n'est. Ce qui est en lui est la vie, et la vie
est la lumière des hommes, et les ténèbres ne la
saisissent pas. »

Je continue :
« Le Verbe est la lumière véritable qui éclaire
tout homme, il vient dans le monde, il est dans le
monde, et le monde est par lui, et le monde ne
le reconnaît pas. Il vient chez lui, et les siens ne
l'accueillent pas. »
C'est donc bien maintenant, là, tout de suite,
que cela se passe.
Je continue :
« Mais à tous ceux qui l'accueillent, il donne le
pouvoir de devenir enfants de Dieu, à ceux qui

croient en son nom, lui qui n'est pas engendré ni de sang, ni d'un vouloir de chair, ni d'un vouloir d'homme, mais de Dieu. »

Au passage, je note que « vouloir d'homme » doit aussi s'entendre comme « vouloir de femme », ce qui n'est pas dit, mais c'est mieux de le dire.

Je continue :

« Et le Verbe s'est fait chair, et il habite parmi nous, et nous contemplons sa gloire, gloire qu'il tient de son Père comme Fils unique, plein de grâce et de vérité. »

Enfin :

« De sa plénitude nous recevons tout, et grâce pour grâce. Nul ne voit jamais Dieu, le Fils unique qui est tourné vers l'intérieur du Père, lui, le fait connaître. »

Le présent présentifiant a l'avantage de rendre plus réel le rituel de l'eucharistie où l'introduction du « pour mémoire » sonne trop comme une commémoration. C'est ici, maintenant, tout de suite que la transsubtantiation a lieu. Dire, c'est transformer. Dire que le dire fait tout, c'est ouvrir la lumière.

Tout cela, finalement, est un énorme blasphème, et c'est bien ainsi que les contemporains le comprennent à l'écoute du Diseur divin. De

leur point de vue, ils ont raison, même si ce Juif
sublime les rassure sur leur Loi, Moïse, l'Écriture,
etc. Je me souviens d'avoir été surpris que Proust
(pourtant charmant premier communiant)
appelle le Christ, dans une de ses lettres, « le
Blasphémateur ». On ne saurait mieux dire.

L'événement est bouleversant, et ça chauffe à
la Synagogue. « N'étant qu'un homme, tu te fais
Dieu. »

La question, nettement posée, est biologique,
et touche tout simplement à la Mort (« pacte
avec la mort », «la mort, maître absolu », dira
Hegel). Dieu, présent en tant qu'homme, vous
dit « Je sais d'où je suis venu et où je vais », et ce
n'est pas seulement une histoire de Fils et de
Père, mais carrément la réaffirmation du nom
divin : « Je Suis. »

« Qui es-tu ? » lui demandent les Juifs sérieux.
Réponse : « Dès le commencement, ce que je
vous dis. » Bref, Moi, la Vérité, je parle. La Vérité
vient pour sauver et vous rendre libres, et celui
qui l'entend « ne verra jamais la mort ». Ici,
panique : l'homme en question ne peut qu'être
possédé d'un démon (malgré ses miracles physiques), il est probablement fou, même s'il tient
des propos très raisonnables, en tout cas il
énonce une chose abominable. Ne pas mourir
est le scandale absolu, puisque la mort est la

seule réalité certaine dont on a peur. « Je viens pour qu'on ait la vie, et la vie *surabondante* » (je souligne).

Vient alors l'épisode crucial, toujours sur le Temps, la question d'Abraham. Au fond, dans tout ça, il y a trois « pères ». Le juste, le vrai, le lumineux, le Verbe incarné (révolution), le père ancêtre biologique révéré (Abraham), et puis, et ça c'est très nouveau, le « Père du mensonge », autrement dit le Diable lui-même. À ses contra-dicteurs, qui veulent, en fait, le tuer, le Christ dit en effet : « Vous êtes du diable, votre père, et ce sont les désirs de votre père que vous voulez accomplir, *il est homicide dès le commencement,* il est menteur et père du mensonge » (je souligne).

Cet « homicide dès le commencement » est monumental. Il vous rappelle qu'Ève a travaillé pour la mort à la suggestion du Diable, bref que l'homicide (ou l'infanticide) est là dès le début de la Chute, celle-ci n'ayant rien de fatal ni de naturel.

Le Verbe est tombé dans le sang, la chair, et la volonté de la chair : il vient le dire lui-même dans le sang et la chair. Stupeur, et scandale méritant la mort.

La pointe extrême du blasphème est donc atteinte lorsque le Christ, non content de s'ap-pliquer le nom de Dieu révélé à Moïse depuis le buisson ardent, se situe par rapport à Abraham lui-même. « Abraham, votre père, a exulté à la pensée qu'il verrait mon jour. Il l'a vu et a été dans la joie. »

Abraham est mort, les prophètes sont morts, tout le monde est mort, tout le monde va, et *doit*, mourir, seul Dieu ne meurt pas, mais il est inaccessible sauf par la Loi. La Loi, c'est la vie de la mort. « Tu n'as pas cinquante ans, et tu as vu Abraham ? » Là, le comble : « Avant qu'Abraham fût, Je Suis. »

Aucun doute, la lapidation s'impose, ce Blasphémateur est l'Adultère suprême. Mais le moment n'est pas encore venu, et le Criminel s'éclipse, guérit un aveugle de naissance au passage, et insiste ensuite sur le fait qu'on le reconnaîtra, animalement, à sa voix.

Voilà, je vous épargne la suite, mais le plus étonnant, ici, n'est pas le refus indigné, mais que certains aient marché dans ce scandale, cette folie, et ce qu'il faut bien appeler ce crime. Un crime contre un autre crime.

L'impression qui domine, en tout cas, est que personne ne sait très bien de quoi il s'agit, et que la confusion demeure. Ce Verbe va faire beaucoup bavarder et délirer. Pourtant, si j'ose dire, c'est tout simple, que vous le disiez en hébreu, en araméen, en grec, en latin, en français.

Juste une petite insolence en passant : Épicure a été mal vu à cause de sa proximité avec une prostituée connue ; le Christ, lui, célibataire blasphémateur, a sa mauvaise réputation à cause de Marie-Madeleine. Camarades, comme ma jeunesse vous comprend ! Et comme Nietzsche, oui, l'Antéchrist lui-même, est bien avisé, à la fin de sa vie, à Turin, d'imaginer que les « petites femmes » seraient les bienvenues dans sa pensée profonde ! Hélas, hélas, trop tard !

Ne confondons pas : Épicure est Épicure, le Christ le Christ, et Dionysos (avec ou sans ménades) le dieu philosophe de Nietzsche. Plût au ciel que les philosophes deviennent des dieux au lieu de nous faire la morale ! (Pour plus de détails à propos de ce programme détonant, voir *Une vie divine*.)

Je rentre un jour d'Israël, il y a vingt ans, par la compagnie El Al. Je mange casher, c'est plus léger et meilleur. L'avion est plein de jeunes Colombiennes juives qui reviennent de Jérusalem. L'une d'elles, très jolie, s'intéresse à moi, on parle moitié en espagnol moitié en anglais, elle rit, elle a envie de flirter, et, soudain, sérieuse, me demande si je suis juif. Honnête, je réponds non. Elle se retire doucement, et me dit, avec un grand sourire : « *Don't worry.* »

Elle est certainement fée dans un autre monde.

Nuits

Rouge à l'ouest le soir, jaune à l'est le matin.
Dîner poisson, informations, et, pendant une
demi-heure, n'importe quelle série télé américaine, complètement oubliée le lendemain. En
réalité, sauf raccords techniques et envahisse-
ment des ordinateurs et du virtuel, c'est toujours
la même histoire. Le bon flic, le mauvais flic, l'affreux méchant, la femme-otage, la femme-
traître, la femme future qui sera heureuse malgré la mort de son frère, de son père, de sa sœur.
Les courses-poursuites à tombeau ouvert, les
virages à 180 degrés dans les parkings, les rafales
de tirs, les explosions, la morgue, les sérial-
killers, les décryptages haletants (puisqu'une
bombe va exploser d'une minute à l'autre), la
difficile, mais inévitable, victoire du Bien sur le
Mal. En somme, je prends le pouls du Spectacle.
S'il se ralentissait, ce serait très mauvais signe à la
Bourse, mais tout va pour le mieux accéléré dans
le pire des mondes possibles.

Le matin, j'ai feuilleté les journaux et les magazines, et me suis émerveillé, une fois de plus, de la vie des « people », argent dépensé à flots, femmes fatales, actrices incontournables, mariages, divorces, attentes de bébés en série, drame des couples ou nouvelles amours éblouies. Là encore, les formules de présentation ne varient pas, seuls les remplacements sont indicatifs, les générations se succèdent, tiens, encore un mort célèbre de l'ancien temps, au suivant. Les événements d'hier sont déjà très loin, et ceux de tout à l'heure en dissolution rapide. L'astuce est de mêler à ce déferlement de désirs quelques documents particulièrement atroces : famine dans des camps de réfugiés, pendaison chez des barbares, découvertes de nouveaux charniers, infanticides, crimes pédophiles, incendies ou inondations avec foules affolées fuyantes. L'horreur met mieux le faux bonheur en valeur.

Après quoi, vers 10 heures du soir, et jusqu'à minuit, j'ai rendez-vous avec la Nuit, la vraie Nuit, la grande « couseuse d'étoiles ». À Ré, comme si j'étais en bateau, j'ai à ma disposition un véritable planétarium. La Grande Ourse, là, à gauche, va basculer lentement vers l'océan. La Petite est plus musicale, et permet de repérer la Polaire. Vénus, guettée la nuit et le matin très tôt, l'étoile des amants cachés. Constella-

tions, Voie lactée, comme le plafond silencieusement mouvant d'une loge. Les avions vont
plutôt vers l'ouest, ils clignotent (les passagers
dorment), les satellites sont plus rapides, on
croirait entendre leur froissement. Quelques
tracés d'étoiles filantes, mais, là, pour un vœu, il
faut être plus qu'immédiat. Le phare, dit « des
Baleines », vient balayer le mur blanc de ma
chambre, un-deux-trois-quatre-rien, un-deux-
trois-quatre-rien, et ça recommence. Ce batte-
ment cardiaque me ferme les yeux. Et, pas loin,
la grande nuit liquide de l'océan est là, elle
veille.

Avant de dormir, c'est le moment des notes
jetées pour le lendemain, et puis, dans le jardin,
le silence d'attente et d'appel. Il faut *prier* le
silence, il vous entend. Et prier, en même temps,
l'herbe, les cailloux, le gravier, la Terre, son
centre et son autre côté, et aussi les fleurs et les
arbres qui se replient dans leurs calices et leur
bois. Quelques mouettes crient encore leurs sarcasmes, là-bas ? Pas longtemps, c'est vite le vide.
Le matin à 6 heures, sans bruit, les hérons et
les aigrettes, venus du bois de cupressus proche,
traversent le ciel avec le surgissement du soleil.

La Nuit m'enseigne, et je n'ai pas besoin de
savoir quoi, bien au-delà des cauchemars ou des

rêves vite démasqués, on connaît le film. J'aime marcher dans le noir profond, je fais ça depuis l'enfance. À l'aveugle, en chantant un peu en dedans. Et puis je m'endors d'un coup, et s'il ne se passe rien, c'est que je vais plutôt bien (moins bu, moins parlé, plus concentré).

Les amateurs de la Nuit pour la Nuit, de la Nuit *noire*, sont rares. Des voleurs de temps. Les autres dorment, ou sont en train de s'abrutir dans des projecteurs de vacarme, mais toi tu veilles comme un idiot bienheureux. Tu cueilles en passant une feuille de laurier, de menthe, de lavande, tu presses ça dans ta main droite, tu traverses, au nez, les années. Tu respires par les talons, à la chinoise. J'allais oublier la lune et les clairs de lune, mais l'évolution morcelée de la lune et des marées est une dimension du noir.

C'est là qu'il faut écouter Zhuangzi :

> Côtoyer le soleil et la lune,
> Tenir l'univers sous son bras,
> Que tout se relie et s'accorde,
> Laisser aux choses leur désordre,
> Et traiter l'esclave en seigneur.
> La foule s'affaire et se démène,
> Le sage fait figure d'idiot,
> Il participe de tous les âges,
> Mais, uni, il accomplit la pureté.

Et aussi :

« Autrefois, les hommes véritables avaient un sommeil sans rêves, et une veille sans soucis. Ils se nourrissaient sans chercher plus loin, et profonde, profonde, était leur respiration. L'homme véritable respire par les talons, l'homme courant par la gorge. »

Pour dire comment il fonctionne, Zhuangzi, avec modestie, parle à l'imparfait des hommes d'« autrefois ». Il est plus que jamais fabuleux de vivre dans la nouveauté d'autrefois.

Goût

Le sommeil est un art de nageur, et les partenaires de sommeil peuvent, dans une vie, se
compter sur les doigts d'une main. Pour un
homme, il y a des femmes de sommeil, sommeil
de jour ou sommeil de nuit, peu importe. Pas
toutes les nuits, en tout cas, sinon la barbe. Une
femme de sommeil accepte le vôtre, et se coule
en lui sans effort. L'assassinat n'est pas à l'horizon ? Confiance. Comme dans le rire, une
femme bien dormie en vaut dix. Pas de rires, pas
de savoir-dormir.

Il faut beaucoup de frivolité pour jouer
ensemble à l'image de la mort. Bien morts,
mieux vivants. Le « petit déjeuner » dit tout. Mais
les siestes ont leur profondeur qui valent des
nuits entières. Où étions-nous, déjà ? Ah oui,
encore là. L'amour est une agitation vive et gaie,
mais aussi un repos de mortalité.

Donc, à tout prix, mon enfant, ma sœur, ma

douceur, ordre, beauté, luxe, calme, volupté. L'ordre et la beauté, facile. Le luxe peut être très simple, et on ne le trouve pas dans les lieux commis à cet effet. Le luxe, c'est l'intensité, pas l'exhibition ni la clientèle. J'ai connu des gens très riches, l'ennui suintait de leurs murs (et parfois même des toiles de maîtres devenues esclaves), et des gens pauvres, mais, là, la tristesse empoisonne l'air. On peut faire de la richesse avec presque rien, les fées s'y entendent (robes, sacs, souliers, bijoux). Œil, vision, cruauté, bonté, goût.

Le mot *goût*, en français, résume ce savoir-vivre. Il y a des mots comme ça, *tact*, par exemple, ou encore *grâce*, *gré*, *guise*, qualités aristocratiques parentes. La famille des Guise est très mal vue en Histoire, à cause de la Ligue et de l'horrible Saint-Barthélemy (3 000 morts, crise de nerfs de Voltaire pour chaque anniversaire de ce massacre), éternelle guerre civile française, déniée, mais poursuivie à travers le temps. *Guise* est quand même un nom incroyable, où l'on compte trois assassinés d'envergure, dont un cardinal (22 mai 1588, à Blois).

On peut imaginer des noms définitivement frondeurs de ce genre : comte du Goût, princesse de Grâce, marquis du Gré, duc de Guise... On les a tous tués, pourquoi s'acharner ?

La meilleure définition du goût est à mon avis

celle-ci, dans une lettre de Vauvenargues à Voltaire, datée de Nancy, le 4 avril 1743 :

« Dans les matières de goût, il faut sentir sans aucune gradation, le sentiment dépendant moins des choses que de la vitesse avec laquelle l'esprit les pénètre. »

« Le mauvais goût, dit Stendhal, conduit au crime. » Il suffit, ici, d'écouter Georges Bataille, *en septembre 1933* (je souligne la date) :

« Staline, l'ombre, le froid projeté par ce seul nom sur tout espoir révolutionnaire, telle est, associée à l'horreur des polices allemande et italienne, l'image d'une humanité où les cris de révolte sont devenus politiquement négligeables, où ces cris ne sont plus que *déchirement* et *malheur.* »

On oublie trop que Roosevelt appelait Staline « Uncle Joe », et on peut très bien entendre aujourd'hui, en privé, des hommes d'État occidentaux parler de « Brother Poutine ».

Les métamorphoses du mensonge planétaire, mafias comprises, ne manqueront pas d'étonner un « savant au fauteuil sombre ».

En parlant d'aristocratie, je ne pense évidemment pas à la lamentable aristocratie des événements « people », mais à la question de fond posée par Nietzsche : « Qu'est-ce qui est noble ? » Obscurément, tout le monde sent bien qu'une nouvelle noblesse est nécessaire, puisque, désormais, c'est « plèbe en haut, plèbe en bas ». Pas une noblesse de noms ni de privilèges, mais d'*esprit*. Elle naîtra peu à peu, du fond du désastre, et il est beaucoup trop tôt pour formuler un avis. Ce qui compte, pour l'instant, ce sont les forces qui n'en veulent *à aucun prix*, puisqu'elle n'a pas de prix. Il est bon de faire *avouer* ces forces.

Nuit du 4 Août : déclaration de la naissance d'une nouvelle noblesse d'esprit. X, Y ou Z, venant de n'importe où, et surtout aucune définition « nationale ».

Je ne sais plus quel auteur, voulant me stigmatiser du haut de son tabouret jacobin, m'a traité, un jour, de « ligueur ». Pas mal vu.

Il n'y a pas de « littérature-monde », mais il y a, et il y aura, une *littérature-esprit*.

Identités

Vous avez plusieurs identités, et, instinctive-
ment et très sagement, vous ne voulez renoncer
à aucune. C'est pourtant une demande pres-
sante : pas ceci et cela *à la fois*. Eh bien si, pourquoi pas ?

Toute femme, par exemple, se croit seule et
unique au monde. C'est normal, mais vous
n'êtes pas obligé d'entrer dans cette métaphysique, paranoïaque, d'ailleurs très datée (elle
persiste, pourtant, ce que personne n'a l'air de
vouloir comprendre). Ce point de vue est social,
donc pour vous sans valeur, ce qui ne vous
a pas empêché de vous marier avec la femme
de votre choix (et du sien), en n'imaginant
jamais des possibilités de divorce. Bref, vous avez
traité ce genre de choses à votre guise, non sans
grâce, avec goût, et de très bon gré. Cela n'a nullement interrompu votre amour essentiel pour
une femme rencontrée avant votre femme
légale, ni votre vie pendant longtemps plutôt
agitée.

Vous avez vos papiers d'identité, vous défendez tous les sans-papiers, vous n'admettez pas qu'on aille, au nom de la « nation » (mot pour vous très creux, rempli de plis sombres), persécuter les uns ou les autres. Vous êtes un citoyen convenable, pas d'histoires, payant ses impôts. Vous paraissez « docteur », et sûrement pas « écrivain ».

Bon, mais vous êtes *qui*, finalement, pour le Cyclope du Spectacle ? Écrivain, romancier, essayiste, journaliste, éditeur, médiatique ? Quel est votre vrai nom ? *Personne.* Vous croyez vous en tirer comme ça ? Mais oui, et plutôt très bien.

Pas de nostalgie, de mélancolie, de « café de la jeunesse perdue » ? Non. J'ai toujours connu et fréquenté des individus, hommes et femmes, qui étaient d'abord « à l'attaque », avec, quelles qu'aient pu être les conséquences, un courage remarquable. Courage ou inconscience ? Courage. Quand lesdits individus ont cru que je passais des compromis alors qu'ils en avaient envie pour eux-mêmes, je ne les ai plus vus. Pas de ramollissement, mais pas de martyre. La tendance au martyre a été la plaie de l'ancienne époque, ce qui ne veut pas dire que le ramollissement soit mieux.

Ô Société ! Tu n'auras que mes restes et

mes manuscrits. Prends soin des seconds, ils le méritent.

Est-ce que je demande pardon ? Non. Qu'on me pardonne ? Non plus. Que tout le monde prenne ses risques. J'ai pris les miens, c'est bien le moins.

Au fond, après mille épreuves que vous n'aimez pas évoquer, et qui ont fait de vous, très souvent, un humain épuisé comme les autres, vous faites preuve, ayant survécu, d'une prudence d'alchimiste. Vous n'avez pas beaucoup d'efforts à fournir puisque, une fois que le Social s'est formé une image de vous, il y tient, il n'en démord pas, il la répète. Même ce que j'écris ici ne lui fera pas changer d'avis, je suis fiché pour la vie. L'avantage, c'est que vous pouvez vous déplacer avec une pellicule d'invisibilité : caché en plein jour, vous évoluez parmi une humanité finalement aimable et compréhensive, c'est-à-dire qui ne demande pas mieux que de ne rien comprendre. Chacun ses circuits.

Il y a un ou deux siècles, vous auriez peut-être dû simuler la folie, avec les dangers d'enfermement que cela suppose, mais ce n'est plus nécessaire, la folie étant désormais partout de façon visible. Vous n'aurez pas à finir vos jours, comme Hölderlin, chez un menuisier, en signant des poèmes, datés d'avant votre naissance, du nom de Scardanelli (tiens, encore l'Italie). De même,

il est exclu que vous tombiez paralysé et gâteux
entre les mains de votre mère ou de votre sœur,
pas plus qu'il n'est fatal que vous vous pendiez
dans une rue déserte, ou que vous vous tiriez, en
pleine campagne, un coup de revolver ou de
carabine en plein cœur. Pas nécessaire non plus
que vous soyez un rescapé des camps ou des
asiles psychiatriques, avec leurs vieux électrochocs romantiques d'autrefois. Désormais, la
chimie est là.

Le Social aura été friand de ce genre de naufrage, qui l'a toujours conforté dans son confort
abruti. Pas *tout* le social, bien entendu, qui n'a
jamais entendu parler de ces tragédies, mais un
clergé très spécialisé dans ces choses, clergé
actif, universitaire, psychanalytique, philosophique, journalistique qui n'aime rien tant que
les déconstructions toxiques, à odeur de mort.
De ce point de vue clérical, tout doit rester en
place : les maudits sont les maudits, les fous les
fous, les suicidés les suicidés, les professeurs les
professeurs, les académiciens les académiciens,
le marché le marché, les critiques les critiques. Si
vous n'acceptez pas ce rangement, détruisez-
vous, nous ferons le reste. Renoncez à votre
identité, en tout cas. Ainsi fonctionne encore
une Église ruminante et noire, dont je suis considéré, à juste titre, comme l'adversaire informé
majeur.

Shakespeare

Je regarde, une fois de plus, le merveilleux film de Madden, *Shakespeare in love* (1998), avec l'éblouissante, fine et subtile Gwyneth Paltrow. Comme elle embrasse son Shakespeare, Gwyneth, non pas l'acteur qui joue le rôle, mais Shakespeare lui-même à travers le temps ! Elle mange avec énergie son fantasme, et c'est très beau, très au-delà de la caméra, parce qu'elle est réellement Juliette avec son William Roméo. Elle a lu et entendu Shakespeare comme personne, elle se trouve devant un garçon embrassable, et, tantôt femme et tantôt garçon, elle est aussi étonnante dans un rôle que dans l'autre.

Elle aime de tout son corps les mots qui sont venus l'enchanter. Shakespeare, et lui seul, permet ça, songe d'une nuit d'été, magie, fées, musique, ciel étoilé. Démonstration unique : Shakespeare plus fort qu'Hollywood. On n'osait pas le croire, mais Gwyneth l'a fait (je ne sais pas ce qu'elle est devenue, carrière honnête, sans plus, elle avait 26 ans à l'époque). Les baisers, les bouches, les langues ? Tout est là, le reste s'ensuit (ou pas), preuve qu'un corps s'habite vraiment lui-même, ou bien se vit à côté (c'est le plus souvent le cas). Il est possible que Shakespeare n'ait jamais été embrassé de cette façon, mais sa poésie oui. Pauvres Français, qu'avons-nous au théâtre ? Du comique, de l'esprit, des alexandrins gémissants, mais le corps, les nerfs, la virilité, la fulguration rythmique ? Les Anglais ont toujours eu raison, parce que Shakespeare avait raison.

On n'a jamais mieux défié l'absurde, le néant, la mort, la folie, le crime, et, en même temps, mieux célébré l'amour, l'harmonie, la douceur, les fleurs. Sacrée Gwyneth ! Et pourtant, elle est américaine, née à Los Angeles en 1972. Elle a obtenu l'Oscar de la meilleure actrice en 1998 pour *Shakespeare in love*, et même le prix du « meilleur baiser » pour ce même film, où son partenaire était Joseph Fiennes. Ce « prix du meilleur baiser » me laisse rêveur. Qu'on me montre les autres, avant et depuis celui-là, lequel, d'ailleurs, est chaque fois différent (ça n'arrête pas). Rien de langoureux, de languide, de simulé romantique ; des baisers de feu *complets*, comme des épées. To be or not to be ? *To be !*

J'ai souvent eu recours à la vitamine Shakespeare dans les moments d'accélération (*H, Paradis, Femmes*). La grande séquence sur lui, dans
Ulysse, de Joyce, est une des plus belles digressions qu'on ait faites sur l'auteur de *Hamlet*. Au
cinéma, l'interprétation de Laurence Olivier
reste indépassée. Toute la musique de Purcell ou
de Haendel permet d'entendre respirer les
gorges et les voix du sublime artiste. Ici, dans
mon île, *La Tempête* n'est jamais loin de moi.

Prospero :

« Ma science prévoit que mon zénith est visité
par une étoile très favorable, dont il faut que j'accueille l'influx sans attendre, sinon ma destinée
entrerait en déclin pour toujours... »

Ou bien :

« Par gentillesse, sachant à quel point j'aimais
mes livres, il m'en fournit certains que je place
plus haut que mon duché... »

La Tempête est la victoire magique de la science
des livres sur la réalité falsifiée. Magie blanche
contre magie noire. Grâce à ses livres qui sont,
donc, beaucoup plus que des livres, Prospero
a dépossédé de son île une sorcière et son fils,
et il y vit avec sa fille, Miranda, arrivée avec lui,
en exil, lorsqu'elle avait 3 ans. Grâce à Ariel, un
esprit qu'il a libéré, il a pouvoir sur la Nature,
la nervure des phénomènes, les ressorts et
la machinerie des vents et de l'eau. À la fin,

Prospero-Shakespeare indique clairement qu'il renonce à l'inceste Père-Fille qui irrigue secrètement toute la pièce. Magie blanche, Père-Fille ; magie noire, Mère-Fils. Qui ne voit pas ça ne voit pas grand-chose.

La magie blanche, à travers mots, musique, esprits, propose d'ouvrir les yeux sur le monde et la société, cette dernière étant toujours mue, quelle qu'elle soit, par la magie noire. Malgré vos dénégations, vous préférez cette dernière. Si, au contraire, vous êtes du côté de Prospero, il ne vous reste plus qu'à vous retirer sur la pointe des pieds, en demandant, ironiquement, l'indulgence du public (sans quoi la pièce ne serait pas jouée). Même ruse dans le finale du *Don Giovanni* de Mozart, frère de Shakespeare.

Il y a un Shakespeare « italien », fasciné par ce pays tellement en avance, auquel la France se croit supérieure, on se demande pourquoi. La question religieuse est évidemment là, dans l'ombre. Que font ces franciscains dans *Roméo et Juliette* ? La rupture de l'Angleterre avec Rome n'est-elle pas une tragique erreur ? Shakespeare, lui, est très souvent à Vérone, Milan, Naples, Venise, et jusqu'en Sicile, dans une Italie *vivante* de son temps. L'Italie prohibée en français ?

Mais oui, et c'est la raison pour laquelle le « Milanais » Stendhal a tenu à son épitaphe italienne.

Et puis voyez ces prénoms, surtout de femmes : Miranda, Viola, Cordelia, Ophelia, Perdita, Diana, Julia, Silvia, Bianca, Desdemona... On est en *a* pour les femmes, et en *o* pour les hommes : Roméo (Rome !), Prospero, Banquo, Antonio, Orsinio, Cassio, Iago, Othello, Lodovico... En vérité, l'italien, en quittant le latin, *fait vivre le grec*, et Homère vous parle à travers Shakespeare, comme vous pouvez l'entendre aussi, direct, dans les *Illuminations* de Rimbaud.

Roue libre

Celui qui a vu, mieux que personne, le roule-
ment continu de la magie noire sociale, n'est
autre que le duc de Saint-Simon, cet extralucide
notoire. Je ne suis pas le premier à le célébrer
(Stendhal, Proust), j'espère que je ne serai pas le
dernier.

Regardez sa petite graphie tenace, presque
sans ratures. Voilà au moins quelqu'un qui est
sûr d'avancer dans les ténèbres, à la bougie, en
toute légitimité. Pas de doutes, pas de trouble,
pas d'hésitation, à chaque instant dans la cible.
La ponctuation tombe quand il faut, et c'est la
mort. Tout est lumineux dans la révélation des
coulisses.

Je le lis depuis longtemps, celui-là, dans l'admirable édition d'Yves Coirault (8 volumes en
Pléiade). Quelques pages, et ma journée est
gagnée. Il ne confie à personne qu'il est là en
train d'écrire, Saint-Simon : « Il faudrait qu'un

écrivain eût perdu le sens pour laisser soupçon-
ner seulement qu'il écrit. »

Pour l'instant, quelques détails de sa biographie m'enchantent. Qu'il soit né, dans la nuit du
15 au 16 janvier 1675, rue des Saints-Pères, dans
un hôtel détruit par le percement du boulevard
Saint-Germain. Que son père, Claude, ait
épousé en secondes noces sa mère Charlotte de
l'Aubespine. Qu'il soit mort le 2 mars 1755, rue
de Grenelle. Qu'il soit entré aux mousquetaires
en 1691 (à 16 ans, donc). Qu'il ait demandé que
son cercueil soit enchaîné à celui de sa femme,
Marie-Gabrielle de Lorges, morte avant lui. Qu'il
date de juillet 1743 son Avertissement : « Savoir
s'il est permis d'écrire et de lire l'Histoire, singulièrement celle de son temps. »

Singulièrement.

Mieux que tous les romans, ses *Mémoires* sont
pleins de choses drôles, vibrantes, froides, émou-
vantes. J'ouvre presque au hasard, nous sommes
en 1701, un certain Rose, qui avait « la plume »
du roi (c'est-à-dire le droit d'écrire à sa place en
imitant son écriture, « ce qui aurait coûté la vie à
tout autre »), vient de mourir à l'âge de 86 ans :

« Rose était un petit homme ni gros ni maigre
avec un assez beau visage, une physionomie fine,
des yeux perçants et pétillants d'esprit, un petit
manteau, une calotte de satin sur ses cheveux

presque blancs, un petit rabat uni presque
d'abbé, et toujours son mouchoir entre son
habit et sa veste : il disait qu'il était là plus près
de son nez.

Il m'avait pris en amitié, se moquait très librement des princes étrangers, de leurs rangs, de
leurs prétentions, et appelait toujours les ducs
avec lesquels il était familier : "Votre Altesse
Ducale". C'était pour rire de ces autres préten-
dues *Altesses*. Il était extrêmement propre et
gaillard, et plein de sens jusqu'à la fin. C'était
une sorte de personnage. »

En effet, cette *plume* de Rose n'était pas
n'importe qui : ancien protégé de Retz, puis de
Mazarin, Toussaint Rose (1615-1701), membre
de l'Académie française, a eu comme amis Boi-
leau et Racine. Une seule faute de goût, mais
mortelle : il s'oppose, en 1683, à l'élection de
La Fontaine, en croyant que c'est une sorte de
Marot. N'empêche, il méritait d'être ressuscité
un instant, et il serait juste qu'un académicien
d'aujourd'hui se fende d'un *Éloge de Rose*.

Un qui avait l'air tombé à la fois de Lascaux
et du Grand Siècle, c'est bien Louis, l'escrimeur,
mon grand-père maternel, dont je descends
indubitablement par la case folie plus ou moins
furieuse. Je rappelle son chagrin inguérissable :
la mort atroce de son pur-sang préféré, brûlé vif

dans l'incendie criminel d'un wagon en transit pour une course à Londres. Un chagrin, et deux fureurs : l'électricité accrochée au cul des escrimeurs pour identifier les touches, invention pour lui diabolique, et le *handicap* imposé aux chevaux trop performants dans les courses, mainmise détestable de l'esprit démocratique sur le noble sport.

En somme, un malade archaïque, sourdement monarchiste, aucunement religieux, nullement républicain, et assurément anarchiste. Un con sans doute, mais sublime. Je retrouve en moi certaines de ses fureurs mélancoliques, mais je pense à lui avec gratitude, puisqu'il a perfectionné le coin d'île où j'écris (à l'instant, fonce sur moi un essaim de mouettes rieuses).

Il y a un dieu des îles, c'est connu. Celui-là était tireur, pêcheur, ronchonneur. Ma mère s'en est sortie par la gaieté et un bavardage inspiré à toute épreuve. La roue libre de ma mémoire, en tout cas, vient de ces deux-là.

Classes

Il m'est arrivé de m'entendre traiter de mâle blanc, hétérosexuel, bourgeois, d'origine catholique. La honte. Ces accusations, métissage de clichés américains et russes, venaient en général, mâles et femelles confondus, d'individus de la « classe moyenne » et se présentant comme tels. Des petits-bourgeois et des petites-bourgeoises, bien entendu, mais « classe moyenne » sonne mieux à l'oreille, et capte un pâle écho rédempteur de « prolétariat ».

Marx l'a noté : pas de pays où la « lutte des classes » ait été plus implantée dans les réflexes instantanés que la France. C'est une longue histoire, sur laquelle il est inutile de s'appesantir. On ne réfute pas des romans familiaux, on passe.

Ces préjugés d'un autre âge, toujours vivaces, appellent plutôt la compassion que devrait provoquer tout être humain qui se considère comme membre d'un ensemble. Le « mâle blanc » (occidental) est colonisateur, fasciste et nazi en puissance, dévoreur de femmes, et, s'il est « hétérosexuel » et « bourgeois », un abruti brutal. D'« origine catholique » ? Tout s'explique. Vous me dites qu'il a plusieurs femmes à la fois, et qu'il a même théorisé cet attentat à la morale sociale ? Allant jusqu'à prétendre que, pour un homme, il en fallait au moins trois, *jamais deux*, et quatre à l'occasion si le temps et l'argent le permettent ? N'est-ce pas là une répugnante atteinte à la dignité humaine ? Un *écrivain*, ça ?

Croyez-moi : il n'étreindra jamais le réel, le vrai réel, celui du peuple réel représenté par la classe moyenne universelle réelle. Après l'aristocratie insupportable, la bourgeoisie, inacceptable, doit être sans cesse éradiquée. La « classe moyenne » se reconnaît d'ailleurs volontiers dans l'extension de la mafia financière planétaire, un pour fric, fric pour tous. Il y a des *débouchés* dans cette voie égalitaire et royale.

— Mâle ?
— Pardon.
— Blanc ?

— Pardon.

— Hétérosexuel?

— Pardon.

— Bourgeois?

— Pardon.

— D'origine catholique?

— Pardon, pardon!

Fantasmes... D'ailleurs, est-ce que les mâles blancs hétérosexuels d'origine bourgeoise et catholique vous soutiennent? Nullement, *au contraire*. Alors? Eh bien, une curieuse solitude, dès le début, et toujours.

La seule solution juste peut se dire ainsi : Un pour Seule, Seul pour Une.

Résumons : dans la très basse époque où nous vivons, l'information dépend de la GSI, Gestion des Surfaces Imprimées, Imagées, ou Imaginaires. On peut s'y infiltrer comme virus et émettre sur une longueur d'onde codée.

De là, on observe comment se fabrique l'IFN, Indice de Flottaison des Noms (il ne faut pas craindre de laisser flotter son image ou son nom, comme à la Bourse).

Enfin, n'oublions pas que tout revient désormais socialement à l'ICQ, Inférieur Clapotis Quelconque (formule du *Coup de dés* de Mallarmé), et surtout à la NQIN, Notable Quantité d'Importance Nulle (formule de

Lautréamont dans une lettre à son banquier parisien).

Depuis longtemps, l'Histoire est un cauchemar dont j'ai réussi à me réveiller. *Se réveiller* est chaque fois un miracle.

Fête

Tous les 14 juillet, ici, dans l'île, je célèbre une courte fête transnationale. Pas nationale, pas internationale, *trans*. Dans le jardin au bord de l'océan, j'accroche aux arbres quatre grands drapeaux, un français, un anglais, un chinois, un du Saint-Siège.

Bleu, blanc, rouge ; rouge à étoiles d'or ; jaune et blanc. Les clés de saint Pierre ne font pas mal du tout dans le vent.

Au moment où j'écris ces lignes, la radio m'apprend que six solides Calabrais, originaires de San Luca, ont été assassinés en Allemagne, ce qui prouve que le trafic de cocaïne mondial connaît de sérieux réajustements.

Mes lignes de mots, elles, sont de loin les meilleures.

Juste un saut à Venise pour vérifier si j'ai eu raison de vivre comme j'ai vécu. La réponse vient en bateau, le matin, et c'est oui, *encore*.

Ce livre-ci sera publié à la fin de 2007, dans ce que Nietzsche appelait le « faux calendrier », puisque, selon lui, la première année du « Salut » doit commencer le 30 septembre 1888. Ce volume verra donc le jour en 120 et, en Folio, en 121. Il est fort possible que personne ne s'en rende compte.

Et maintenant, roman.

Table 453

DU MÊME AUTEUR

Aux Éditions Gallimard

FEMMES, *roman*, 1983 (Folio n° 1620).

PORTRAIT DU JOUEUR, *roman*, 1985 (Folio n° 1786).

THÉORIE DES EXCEPTIONS, 1986 (Folio Essais n° 28).

PARADIS II, *roman*, 1986 (Folio n° 2759).

LE CŒUR ABSOLU, *roman*, 1987 (Folio n° 2013).

LES FOLIES FRANÇAISES, *roman*, 1988 (Folio n° 2201).

LE LYS D'OR, *roman*, 1989 (Folio n° 2279).

LA FÊTE À VENISE, *roman*, 1991 (Folio n° 2463).

IMPROVISATIONS, *essai*, 1991 (Folio Essais n° 165).

LE RIRE DE ROME, *entretiens avec Frans De Haes*, 1992 (« L'Infini »).

LE SECRET, *roman*, 1993 (Folio Essais n° 2687).

LA GUERRE DU GOÛT, *essai*, 1994 (Folio n° 2880).

SADE CONTRE L'ÊTRE SUPRÊME, *précédé de* SADE DANS LE TEMPS (Quai Voltaire, 1989) 1996.

STUDIO, *roman*, 1997 (Folio n° 3168).

PASSION FIXE, *roman*, 2000 (Folio n° 3566).

ÉLOGE DE L'INFINI, *essai*, 2001 (Folio n° 3806).

LIBERTÉ DU XVIIIᵉ, 2002 (Folio 2 € n° 3756).

L'ÉTOILE DES AMANTS, *roman*, 2002 (Folio n° 4120).

POKER. ENTRETIENS AVEC LA REVUE LIGNE DE RISQUE, coll. L'Infini, 2005.

UNE VIE DIVINE, *roman*, 2006 (Folio n° 4533).

LES VOYAGEURS DU TEMPS, *roman*, 2009.

Dans les collections « L'Art et l'Écrivain » ; « Livres d'art » et « Monographies ».

LE PARADIS DE CÉZANNE, 1995.

LES SURPRISES DE FRAGONARD, 1987.

RODIN. DESSINS ÉROTIQUES, 1986.

LES PASSIONS DE FRANCIS BACON, 1996.

Dans la collection « À voix haute » (CD audio)

LA PAROLE DE RIMBAUD, 1999.

Aux Éditions Grasset

VISION À NEW YORK, *entretiens avec David Hayman* (Figures, 1981 ; Médiations/Denoël ; Folio n° 3133).

Aux Éditions Plon

CARNET DE NUIT, *essai*, 1989 (Folio n° 4462).

LE CAVALIER DU LOUVRE : VIVANT DENON, 1747-1825, *essai*, 1995 (Folio n° 2938).

CASANOVA L'ADMIRABLE, *essai*, 1998 (Folio n° 3318).

MYSTÉRIEUX MOZART, *essai*, 2001 (Folio n° 3845).

DICTIONNAIRE AMOUREUX DE VENISE, 2004.

UN VRAI ROMAN, MÉMOIRES, 2007 (Folio n° 4874).

Aux Éditions Lattès

VENISE ÉTERNELLE, 1993.

Aux Éditions Desclée de Brouwer

LA DIVINE COMÉDIE, *entretiens avec Benoît Chantre*, 2000 (Folio n° 3747).

Aux Éditions Carnets Nord

GUERRES SECRÈTES, 2007.

Aux Éditions Robert Laffont

ILLUMINATIONS, *essai*, 2003 (Folio n° 4189).

Aux Éditions Calmann-Lévy

VOIR ÉCRIRE, *entretiens avec Christian de Portzamparc*, 2003 (Folio n° 4293).

Aux Éditions Verdier

LE SAINT-ÂNE, *essai*, 2004.

Aux Éditions Hermann

FLEURS. Le grand roman de l'érotisme floral, 2006.

Au Cherche midi éditeur

L'ÉVANGILE DE NIETZSCHE, *entretiens avec Vincent Roy*, 2006 (Folio n° 4804).

GRAND BEAU TEMPS, 2008.

Aux Éditions du Seuil

Romans

UNE CURIEUSE SOLITUDE, 1958 (Points-romans n° 185).

LE PARC, 1961 (Points-romans n° 28).

DRAME, 1965 (L'Imaginaire n° 227).

NOMBRES, 1968 (L'Imaginaire n° 425).

LOIS, 1972 (L'Imaginaire n° 431).

H, 1973 (L'Imaginaire n° 441).

PARADIS, 1981 (Points-romans n° 690).

Journal

L'ANNÉE DU TIGRE, 1999 (Points n° 705).

Essais

L'INTERMÉDIAIRE, 1963.

LOGIQUES, 1968.

L'ÉCRITURE ET L'EXPÉRIENCE DES LIMITES, 1968
   (Points n° 24).
SUR LE MATÉRIALISME, 1971.

   Aux Éditions de La Différence
DE KOONING, VITE, *essai*, 1988.

   Aux Éditions Cercle d'Art
PICASSO LE HÉROS, *essai*, 1996.

   Aux Éditions Mille et Une Nuits
UN AMOUR AMÉRICAIN, *nouvelle*, 1999.

   Aux Éditions 1900
PHOTOS LICENCIEUSES DE LA BELLE ÉPOQUE, 1987.

   Aux Éditions Stock
L'ŒIL DE PROUST. Les dessins de Marcel Proust, 2000.

Préfaces

Paul Morand, NEW YORK, *GF Flammarion*.

Madame de Sévigné, LETTRES, *Éditions Scala*.

FEMMES, MYTHOLOGIES, en collaboration avec Erich
   Lessing, *Imprimerie Nationale*.

D.A.F. de Sade, ANNE-PROSPÈRE DE LAUNAY : L'AMOUR
   DE SADE, *Gallimard*.

Mirabeau, LE RIDEAU LEVÉ OU L'ÉDUCATION DE
   LAURE, *Jean-Claude Gawsewitch Éditeur*.

Willy Ronis, NUES, *Terre bleue*.

Composition C*MB* Graphic
Impression Maury
à Malesherbes, le 23 février 2009
Dépôt légal : février 2009
Numéro d'imprimeur : 144745.

ISBN 978-2-07-037954-5/Imprimé en France